光文社古典新訳文庫

# ニコマコス倫理学(上)

アリストテレス

渡辺邦夫・立花幸司訳

kobunsha classics



光文社

Title : ΗΘΙΚΑ ΝΙΚΟΜΑΧΕΙΑ

Author : ΑΡΙΣΤΟΤΕΛΗΣ

## 凡例

一　本訳の底本として用いたのは、Oxford Classical Text (OCT) に収められている、Bywater, Ingram (ed.). *Aristotelis Ethica Nicomachea.* Oxford: Clarendon Press, 1894. である。底本と異なる読みをした箇所は注に明記した。

二　記号等の使用について以下の通りである。

「」……原文の言葉のほかに、原文の趣旨として強調されるべき箇所と判断した場合の訳者強調と、訳文を読み下した際に一括りのものとして読者に理解して欲しい箇所を示すために用いた。

（）……底本で丸括弧となっているもの。

［］……訳者による補足。

傍点……訳者による強調。

三　底本に注はなく、付せられた注はすべて訳者によるものである。

四　各章の見出しは訳者によるものである。

五　ギリシャ語の表記については、短母音・長母音の区別を踏まえながらも、慣例に従って表記している。

例　ソークラテース→ソクラテス

# 『ニコマコス倫理学（上）』目次

# 訳者まえがき

『ニコマコス倫理学』は、古代ギリシャの哲学者アリストテレスの書いた倫理学書であり、もともと講義用のノートとしてつくられたものと伝えられています。書名にある「ニコマコス」はかれの息子の名前と推測されます（ほかに倫理学書として『エウデモス倫理学』があり、『ニコマコス倫理学』の第五、六、七巻を共有しますが、いくつか別の内容の巻を持ち、両著作の関係は研究上重要です）。以下では本書『ニコマコス倫理学』におけるアリストテレスの倫理学講義について、これからわれわれがいわば「受講」するための準備となる事柄を述べておきましょう。

アリストテレスはこの講義を、アテナイの自分の学園（「リュケイオン」といいます）の学生のためだけでなく、学外の一般市民、とくに将来ギリシャの各ポリス（都市国家）で立法をおこなう可能性のある前途有望な人々のためにも開放していました。

かれはあらゆる学問の才能に恵まれた人で、理論的な学問においても、のちに古典となる重要著作を講義ノートとして数多く残しましたが、それらはもっぱら学内向けの講義と研究の材料として使われていました。したがって、使命感を持って学問をしてきたアリストテレスが、自分たちのつぎの時代の市民たちや国や学問がどのようになってほしいかということにかんする自らの切実な思いを、この倫理学講義に込めていた、とみることができます。つまり、本書は全体として、アリストテレスが次代を担うべきすぐれたギリシャ人に向けて、またそのことを通じて（間接的に）人生と社会について深く考える力のあるあらゆる文化のあらゆる人に向けて贈る、教育と倫理と政治にかかわる熱いメッセージなのです。

アリストテレスは五〇歳ころの前三三四年に学園リュケイオンをアテナイに創設しましたが、その当時の古代ギリシャはマケドニア王家の支配下にあり、かつて政治的に完全に独立していた都市国家の自主性と自立性は、不完全なものでしかありませんでした。マケドニアの影響の強い北部ギリシャのスタゲイラに前三八四年に生まれたアリストテレスの父ニコマコス（当時は祖父の名が孫に継がれることがふつうにおこなわれました）は、マケドニア王アミュンタスの侍医でした。アリストテレス自身も後にフィリポス王（英語読みでフィリップ二世。ギリシャのポリス連合にカイロネイアの戦いで勝ち、ギリシャ全土を制圧しました）の要請で若き王子アレクサンドロス（英語読みで、後のアレクサンダー大王）の家庭教師を務めた時代がありました。親子ともどもマケドニアとマケドニア王家とのつながりが深かったわけです。リュケイオンは、学頭アリストテレスの力と名声によるだけでなく、王となったアレクサンドロス率いるマケドニアの支援によっても学園として栄えました。そこに運命の急転が起こります。アリストテレスは前三二三年の東征中のアレクサンドロス王急逝ののち起こったアテナイにおける反マケドニアの政治運動に巻き込まれ、「国家の認める神々を認めず不正を犯している」として告発されました。前三九九年にソクラテスが告発され裁判にかかり死刑になったのと同じ、不敬神による告発です。アリストテレスは合法的に裁判を避けるために引退を選び、アテナイから母の故郷であるエウボイアのカルキスに退きましたが、翌前三二二年に六二歳の生涯を閉じます。かれの死の前後にギリシャの各ポリスはアレクサンドロスの後継者たちによって政治的独立を奪われ、ここに古代ギリシャ文明のポリスの時代は終焉し、巨大帝国のヘレニズム・ローマ時代になります。

このような近い未来の世界史的大変化が起こることを、アリストテレスはもちろん知らずに倫理学講義をおこないました。また、アリストテレスがモデルにした「国」と「市民」は、マケドニア支配下の不十分な自由のポリスでさえなく、それ以前の完全な独立を誇った小規模諸ポリス国家であり、与えられた法を守るだけでなく、よりよい法によるよき統治に積極的に参画しうる素質と力を持つ、そこの有力市民でした。そして、かれの『ニコマコス倫理学』はつぎの著作『政治学』と連続して聴講される意図のもとで組み立てられた講義であり、この二作は、(『エウデモス倫理学』をも合わせて)かれの実践哲学のほぼ全体になっています。アリストテレスは広い意味での「政治学」という名でもこの両方を呼んでいました。したがって、『ニコマコス倫理学』は、多くの市民が自由を手にし、政治に参加でき、それぞれの自己実現を自分の力でおこなった、世界でも初めての貴重な時代であるギリシャのポリス期の人々にとっての、「人としての生き方の問題」の書である、ということができます。主題は幸福であり、人生の幸福を獲得するためにいかにしてまず徳を磨くか、そして幸福にとってとくに決め手となる徳があるだろうかということが、主要な問題としてたてられています。

ところで、この問題をめぐるアリストテレスの論述を読んでいく際、もっとも気を付けるべきことは、かれの文章が、近現代の哲学者の文章に比べて、きわめて簡潔に書かれていて、「ぶっきらぼう」な印象を与えるということです。アリストテレス自身のための講義用ノートなので、実際におこなわれた授業ではこのノートをもとに口頭で補足説明や例示を加え、また場合によっては石板に必要な図や表や説明を描いてみせて聴講者の理解の助けとしたと推測されます。本訳では、それに近づくよう注を各頁につけたので、一読して理解に困難がある場合には、それにあたっていただくことができます。自由でありまた自己実現が問題であるという点で、現代日本のわれわれは古代ギリシャの人々と或る意味で似ていますが、しかし依然としてどうしても理解しにくい当時のギリシャのさまざまな事情もあります。そこが読解の邪魔にならないように、注で説明を加えたつもりです。それ以外の面は、おおむね、アリストテレスが、われわれと同じような人々に語りかけている講義として読んでいくことができるはずです。

しかし、いまこれに付け加えてぜひとも書いておかなければならないことは、基本的にアリストテレスの説明や主張は、われわれ読者がよく考えて読んでいけば、理解できるように書かれているということです。つまり、「ぶっきらぼう」で「言葉足らず」と現代の読者が感じる印象の大きな部分は、どちらかといえば、アリストテレスの書物に対して現代人が（誤って）抱く甘い期待に基づくものだと、われわれ訳者は考えています。現代の読者は、哲学や倫理学の巨人たちがかつて書いた古典的著作を読むとき、著者が考案した、かれなりの背景を持つ独特で天才的な考え方を、「受け取りたい」「理解したい」という思いで読むでしょう。たいていの哲学者相手であればこの期待どおりでよいと思います。しかし、アリストテレスの倫理学的著作では著者アリストテレスの言葉は、アリストテレス流の発想法をわれわれ読者（と当時の聴講者）に「植え付ける」ことを目標にしてはいませんでした。むしろ、読者・聴講者の側で著者の言葉を受け取った上で自分の経験にてらして、その言葉を自分なりに理解すれば、自然とかれと同じような考え方に至るだろうとアリストテレスは考えました。いってみれば、アリストテレスの言葉に足りないものを感じるとき、それは、われわれの経験によって不足する点を埋められるよう、そしてそうすることで言葉が経験になじみ、一つとなるよう、隙間がはじめから設けられているということなのです。

そして、本書はそのための、いわば水先案内人としての言葉となっています（本書が内容的にも著者のこの絶大な自信どおりのものかどうかを、読者は、全体を読んで判断することができます）。それで、そのように得られた本書の理解を、それぞれの人が自分なりに今後の人生や社会貢献に生かすべきだとアリストテレスは思っていたのです。このような著作執筆の背景を理解すれば、かれが言葉の節約をしがちな人だったことは、それほど大きな非難や嘆きにあたることではなくなります。なぜなら、倫理学書ははじめから、読者がそこに参加してやっと完成するような「読者のためのもの」であったからです。

アリストテレス倫理学の最大のテーマが「幸福」であったことが、ここに関係してきます。われわれは自ら幸福を希求しており、その実現のためにはどうしたらよいか、考えています。そのような真摯な考えを後押しすること、そしてその考えの中にある重要な部分にアンダーラインを引き、混乱した部分を整理する手段をさまざまに提供することが、アリストテレスがこれから聴講者相手に、つまり読者であるあなた相手におこなうことなのです。

それでは、アリストテレスの倫理学のレッスンに、どうぞ付き合ってください。全体の内容については、ふつうより詳しい目次をつけたので、それを参考にして読み進めるのがよいでしょう。この上巻には、十巻からなる『ニコマコス倫理学』の前半五巻を収めました。いろいろな読み方ができると思いますが、この五つの巻のうち、とくに第一巻から第三巻まではできるだけ通して読むこと（もちろん、なかのいくつかの章は場合により読み流したり、ななめ読みしたりするだけでもかまいませんが）をお勧めします。そこに、幸福を考えるヒントのうちの、もっとも基本的なものが、非常によく考えられた順番で、登場してくるはずだからです。

# ニコマコス倫理学（上）

# 第一巻　幸福とは何か——はじまりの考察

# 第一章　行為の目的の系列から善さについて考える

1094a どのような技術も研究も、そして同様にしてどのような行為も選択も、なんらかの善を目指しているように思われる。それゆえ、善はあらゆるものが目指すものであるとする人々の主張[1]はすぐれていたのである。

しかし、これらの目的[2]のあいだに或る種の相違があることは明らかである。実際、活動［そのもの］を目的とするものもあれば、活動とは別になんらかの成果を目的とするものもある。そして行為とは別の何かが目的であるような場合には、活動よりもその成果のほうが善いのが自然である。

また、行為や技術や学問は数多くあるので、それに応じて目的もまた数多くあることになる。実際、医術の目的は健康であるが造船術の目的は船であり、戦争術の目的は勝利であるが家政術の目的は富である。

しかし、こうした多様な技術が並ぶなかで、或る技能の下《もと》にそろって束ねられるような一群の技術が成り立つということがある。たとえば、馬術というひとつの技能の下には、馬勒をつくる技術など、馬に関する技術の諸部分となるようなもろもろの技術が束ねられるし、さらに、この馬の技術は、戦争にかかわるほかのあらゆる行為とともに、戦争術というひとつの技能の下に束ねられている。そしてこれと同様の関係は、いろいろな技術のあいだで成り立っている。そのような場合はいつでも、支配的な技術の目的が、それらの下にある技術の目的よりも、いっそう望ましい。なぜなら、支配的な技術の目的のために、その下にある技術の目的も追求されるからである。こ

1　クニドス生まれの数学・天文学・哲学の研究者エウドクソス（前三九〇頃～前三四〇頃）などが唱えた善の説明。本書第十巻第二章一一七九b九～一〇の説明では、エウドクソスは「すべてが目指すもの」を最高善として、そこから、快楽が最高善であるという快楽主義を主張したとされる。アリストテレスは快楽主義を採用しないが、「善」のエウドクソス的な言い換えには理解を示す。

2　ギリシャ語原語は telos。「目的」「完成」「終局」など。『ニコマコス倫理学』ではおおむね「目的」を意味するが、アリストテレスは以下で、「善」との意味の上での一致を確認してゆく。

のことは、活動そのものが行為の目的である場合でも、あるいはちょうどいま述べた学問の場合のように活動とは別の何かが目的である場合でも、なんら違いはない。

## 第二章　最高の目的としての幸福は政治学と倫理学によって研究される

そこで、われわれによって為される事柄のなかに、われわれがそれ自身のゆえに望み、ほかの事柄をこの事柄のゆえに望むような、なんらかの目的があるとしてみよう。つまり、われわれはあらゆる事柄を何かそれとは別の事柄のゆえに選ぶのではないとしてみよう（というのも、もしわれわれがほんとうに何もかもをその都度それと異なるもののゆえに選んでいるとすると、その過程は無限に進み、その結果、もとの欲求は空しく実質のないものとなるだろうから）。その場合、明らかにそうした目的こそが「善」であり、「最高善」であることになる。そうであるとするならば、そのような目的を知ることは人生にとっても重大なことではないだろうか。そして、ちょうど射手たちがそうであるように、標的をもつことで、われわれは為すべきことをよりいっそうよく成し遂げられるのではないだろうか。

もしそうであるとするならば、そのような目的とはいったい何であり、どのような学問ないし技能が扱うものなのかを、概略的にでも把握しようとしてみなければならないだろう。

まず、ここで言うような大きな目的は、もっとも権威のある学問、すなわちもっとも統括的な学問が扱うものだと考えられよう。そしてそのようなものは政治学であると思われる。というのも、政治学は、国家[1]に必要なのはどのような学問か、各人はどのような学問をどの程度まで学ぶ必要があるのかを定めるからである。

またわれわれが目にしているとおり、戦争術や家政術や弁論術のようにさまざまな技能のなかでももっとも人々の尊敬を集めているもののもまた、政治学に従属しているのである。また、政治学はそのほかの学問を活用するだけでなく、さらには人々が何を為し何を避けるべきかをも法として定めるので、政治学の目的はほかの学問の目的を包括することになるであろう。その結果、政治学の目的が人間にとっての善である

1　原語はpolis。古代ギリシャ特有の、アテナイやスパルタなど人口数十万規模までの「都市にして国家」。各ポリスの立法の重要部分は国民教育に関するもので、アリストテレス『政治学』はその立法をよりよくするための助言でもあった。『ニコマコス倫理学』も『政治学』に続いてゆく著作で、教育に関する提言という面をもっていた。

ことになるであろう。[2] というのも、一個人の目的と国家の目的が同じものであるにしても、国家の目的を実現しそれを維持することのほうが［一個人の目的を実現しそれを維持することよりも］より大事業であり、より完全なものと思われるからである。実際、目的の実現とその維持は、一方で一個人にとっても望ましいものであるが、他方で［ギリシャ］民族や［かれらが形成するさまざまな都市］国家にとってはより素晴らしく、より神的なものである。

こうして、この研究は［最高善にかかわる］これらのことを目指しているのであり、［その意味では］或る種の政治学だということになる。

2　ここで言う政治学は広義の「政治学」のことであり、狭義の政治学（『政治学』）と倫理学（本書『ニコマコス倫理学』および『エウデモス倫理学』）を合わせた内容を含む。なお、アリストテレスは国家のために個人があると言っているようにもみえるが、そのような強い主張ではない。かれは、「国家の目的」は国民である人々が「よい人生を送ること」に、つまり人々の幸福にあると考えている（『政治学』第一巻第二章一二五二b二七〜三〇）。

# 第三章　倫理学講義を受講する際に心がけておくべきポイント

論述というものは、それぞれの題材ごとに明確にされるならば、それで十分であろう。というのも、手工芸品の場合でもちょうど同じことだが、何を論述する場合でも同じ程度の厳密さが求められなければならないわけでもないからである。

政治学が考察の対象とする「美しいこと」[1]や「正しいこと」には多くの相違やゆらぎがあると思われており、そのためそうした美しいことや正しいことは、ただ単に人々の定めた決まりごとでしかなく、自然本来においては存在しないものだとも思われている。しかし、「善いこと」にもこうした種類のゆらぎがある。というのも、多くの人たちがこれら「善いこと」から生じた害を被っているからである。実際、これまでも或る人たちは富のせいで破滅し、また或る人たちは勇気のせいで破滅したのである。

そこで、このような主題についてこうしたゆらぎのある題材をもとに語る場合には、真理を大雑把に、そしてその輪郭だけを明らかにすることで満足すべきである。また、たいてい成り立つ事柄の領域について、そのようなたいてい成り立つ原則や事実をもとに語る場合は、まさにそれと同じ種類のたいてい成り立つ事態を結論として導くことで満足すべきなのである。[2] したがって、〔話を聴く側も、〕語られた事柄のひとつひとつをこれと同じ仕方で受け取る必要がある。というのも、事柄の自然本性がゆるすかぎりでの厳密さをそれぞれの分野ごとに追い求めることが、教育を受けた者には[3]ふ b20

1　「美しいこと」はギリシャ語では、行為や営みや人柄が「立派であること」をも意味した。

2　アリストテレスは法則を語りうる領域に、必然的に事柄が成り立つ領域のほか、「たいてい成り立つ」領域を含める。倫理学では「たいてい成り立つ」事柄が問題なので、「法則」も一定の意味をもちながらも、例外や個別の事実の問題への感受性がつねに問われる。

3　アリストテレスは、専門教育を受けた専門家だけではなく、専門的知識につながるさまざまな事柄を学びながらも専門家にはならない人、いわば教養として全般的な知識を身につけた人も、それぞれの分野について的確な判断ができると考え、善き人・善き市民に必要なのはそうした（専門技術者を養成する教育とは区別された）教育だと考えている（『政治学』第三巻第十一章、第八巻第二章、第三章、第六章）。同様の考えはプラトン『法律』第一巻六四三B～六四四Bにもみられる。

さわしいからである。実際、数学者から単にもっともらしいだけの議論を受け取ったり、弁論家に［厳密な］論証を要求することは、明らかにどちらもおかしなことなのである。

人はだれしも、自らが知っている事柄について判定を正しく下すのであり、こうした事柄のすぐれた判定者である。それゆえ、各々の事柄について教育を受けた者が、その事柄についてのすぐれた判定者であり、すべての事柄にわたって教育を受けた者が、そうした分野を問わず限定ぬきにすぐれた判定者なのである。それゆえ、政治学について言えば、若者は聴講者としてふさわしくない。というのも、若者は人生におけるさまざまな行為について未経験であるのだが、［本研究の］もろもろの論述はこれらさまざまな行為から出発し、これらを主題とするものだからである。しかも、若者は感情に従いがちなので、講義を聴いても無駄であり無益であろう。というのも、［本研究の］目的は認識ではなく、行為だからである。

ただし、年齢の点で幼いのと性格の点で幼稚なのとでは違いはない。というのも、その欠陥は歳月の問題ではなく、感情のままに生き、感情のままにその時々のものを追求することに由来しているからである。実際、こうした若者たちにとって、認識は無益となる。ちょうど抑制のない人たち[4]にとって、認識が無益となるように。しかしながら、分別《ロゴス》[5]に従って欲求し行為する人たちにとっては、ここで議論することについて知ることは非常に有益であろう。

a10

以上のことを、聴講者についての、またいかに［この講義を］受け取るべきなのかについての、そしてわれわれがどのような問題を提起しているのかについての序論としよう。

---

4　「抑制のない人」は、最善の判断がありながら逸脱した行動をする意志の弱い人のことである。第七巻第一～十章で論じられる。

5　原語はlogos。「言葉」「言論」「説」「理（ことわり）」「分別」「理由」など。倫理学では「分別」「理性」「理」などが適切な場合と、「理由」が適切な場合がある。本訳では「分別」と「理由」を用い、「ロゴス」とルビをふる。

# 第四章　幸福は倫理学の目的であるが、人々の激しい論争の的である

さて、話を元に戻して、[1]あらゆる認識も選択もなんらかの善を求めている以上、政治学の目的とわれわれが言っているものは何であるのか、為しうるすべてのよいもののうちで最上位のものとは何であるのか、これらの問題を論じることとしよう。

そこでまず、その名称の点では大多数の人の意見はおおよそ一致している。つまり、一般大衆も立派な人々もそれを「幸福」と呼び、[2]「よい人生を送ること」[3]や「立派にやっていくこと」[4]を「幸福であること」と同じものと考えているからである。

しかし、幸福について、それは実のところ何であるのかという問題になると、人々は言い争い、一般大衆の説明は賢い人々と同じにはならない。一部の人々は、たとえば快楽や富や名誉のように、だれの目にも明白な、はっきりとした事柄を幸福として挙げる。しかし、人によって挙げる事柄は異なっており、しかも同じ人が別の事柄を挙げることもよくある。実際、人は病気になったときには「健康」を挙げ、貧しいと

きには「富」を挙げるのである。そして、人々は自分たちの無知を自覚したとき、自分たちの理解を越えた、何かとても大きなことを語る人たちに、驚嘆するのである。また一部の人々は[5]、そうした多くのよいものとは別に、それ自体で存在する何かよいものがあり[6]、そしてそれは、「それ自体だけでなく」それら多くのものすべてがよいことの原因となっていると考えている。

1　第一章冒頭一〇九四a一から始まる議論を指す。

2　原語はeudaimonia。「daimon（神霊）」の「eu（恵み）」という語源的な語感がある。人生をトータルに眺めた評価の観点を含む。「幸福な感じ」の意味合いが強く、一瞬の幸福感にも適用される日本語の「幸福」や英語のhappinessとは、この点で違うニュアンスである。

3　原語は「eu（よく）zēn（生きること）」で、「eudaimonia（幸福）」と同じ意味の熟語として理解されていた。

4　この原語「eu（よく）prattein（為すこと、行うこと）」もeudaimoniaと同義の熟語だった。

5　プラトンなど善の「イデア」を立てる人。第六章で主題的に議論される。

6　「それ自体で」の原語はkath' hauto。自らによって、自らの本性にそのまま基づいて、という語感がある。これには、「ほかのものによって存在する」「たまたまのおまけのように、付帯的に存在する」といった意味の、対になる存在のしかたが理解されている。

そこで、これらすべての見解を検討するのは、おそらくあまり有益ではないだろう。
a30 もっとも普及しているか、あるいは一理あると思われる見解を検討すれば十分である。
ただし、「原理から出発する議論」と「原理へと向かう議論」が異なるものであるこ
とに、われわれは自覚的でなければならない。実際、プラトンもまた見事な表現でこ
1095b れを問題にしていて、ちょうど、競技場の走路で審判員のいるところから「反対の」
端へ向かうのか、あるいはその逆なのかというように、議論の道筋が原理からなのか、
あるいは原理に向かうのかを問うたものである。というのも、よく知られた事柄から
出発しなければならないが、これには「われわれにとってよく知られた事柄」と「限
定ぬきによく知られた事柄」の二種類があるからである。[7]そのため、ここでわれわれ
としてはおそらく、われわれにとってよく知られた事柄から出発すべきなのである。

こうして、美しいことや正しいこと、すなわち一般に政治学［と倫理学］が扱う話題についてしっかり聞こうとするならば、人は習慣によって立派に躾けられていなければならない。というのも、事実が出発点であり、これが十分明らかになっていれば、その理由をさらに必要とすることはないであろうから。そうした立派に躾けられている人というのは、出発点をすでに手にしているか、あるいは、たやすく手にすること

のできる人なのである。どちらでもない人は、ヘシオドスのつぎの詩[8]を聞くべきである。

あらゆることを自ら悟るような人は、もっともすぐれた人
立派なことを語る人に耳を傾け、それに従う人も、すぐれた人
しかし、自ら悟ることもなければ、他人の言葉を聞いて
心に刻むこともないような人は、どうしようもない人。

b10

---

7　アリストテレスで何度か出てくる方法論的な区別。〔解説〕を参照。

8　ヘシオドスはホメロスと並び称される詩人。引用は『仕事と日々』二九三～二九七行だが、二九四行が引用されていない。その一行では「あらゆることを自ら悟り、後々に、また最後には何がより善いか示す人は、もっともすぐれた人」と書かれている。

# 第五章　代表的な三種類の生き方の検討

話が横道にそれたところにもどって、[1]改めて論じることにしよう。一般大衆、すなわちもっとも粗野な人々は、善や幸福とは快楽のことだと理解しているように思われるが、かれらの生活からすれば、それは理由のないことではない。そうであるからこそ、かれらは「享楽的な生活」を好んでいるのである。つまり、もっとも主要な生活の形態は三つあり、今述べられている享楽的な生活と、「政治的な生活」と、第三として「観想的な生活」[2]である。一般大衆は家畜が送るような生活を選んでいて、まさに奴隷のようだが、権力のある地位にいる人々の多くが〔享楽に耽った王の〕サルダナパロス[3]と同じような心持ちになってしまうことからすれば、一般大衆にも理由《ロゴス》はあるのである。

他方で、立派で行動力のある人々は、名誉が善や幸福だと理解しているように思われる。というのも、政治的な生活の目的は、おおよそこの名誉だからである。しかし

b20

名誉は、［われわれが］探し求めているものと比べると、まだあまりに表面的なものにみえる。というのも、名誉は、それが与えられる側の人々よりも、それを与える側の人々に、いっそう依っているように思えるが、われわれの予感によれば、善というものは、それをもつ人に固有な何かであり、その人から奪い取りがたいものだからである。さらにまた、［立派で行動力のある人々が］名誉を追求するのは、自分が善い人間であると確信したいためであるようにも思える。いずれにせよ、かれらは、自分のことをよく知る人々のあいだで、思慮深い人々から、自分の徳《アレテー》[4]を理由にして名誉が与えられることを欲しているのである。それゆえ、少なくともかれらとしては、徳《アレテー》の

1　第四章の一〇九五a三〇の議論に戻る。
2　ものをその本質から考察して把握しようとする学問的生活。原語は theōrētikos bios で、「観想的」の名詞「観想」の語源は「見ること」。
3　サルダナパロスは前七世紀アッシリアの王と伝えられる享楽的人物。
4　ギリシャ語 aretē は一般にものごとの卓越性を意味する言葉で、人としての aretē ならば「徳」のようにおおよそ訳せる。本訳では「徳」と訳すことが多く、稀に「卓越性」も用いる。いずれの場合もルビで原語「アレテー」を添えることにする。

ほうが名誉よりもよいもののはずである。そこで、おそらく人は、「名誉よりも」徳《アレテー》 b30
のほうこそが、政治的な生活の目的だと思うことだろう。しかし、明らかに、これも
「目的として」完璧とはいえない。というのも、人は徳《アレテー》をもちながら、眠ったり何も
せずに人生を過ごしたりすることがありうるのだし、それに加えて、最悪の苦境に
陥ったり最大の不運に見舞われたりすることもまたありうると思われるからである。 1096a
或る種の立場[5]を擁護するのでなければ、このように生きている人をだれも幸福とは呼
ばないだろう。これら「第一と第二の生活」[6]についてはこれで十分である。というの
も、これらについては、回覧されている論考の中でも十分に論じられているからで
ある。

第三に、観想的な生活であるが、これにかんする考察は後でおこなうつもりである。[7]
また、金儲けの生活とは、或る意味で「生活の必要によって」強いられた生活なの
であり、明らかに富は、探究されている善ではない。というのも、富は「有益なも
の」であるから、つまり富は、ほかのもののため「になるという意味で「有益」なも
の」だからである。それゆえ、むしろ先に述べられた「快楽、名誉、徳《アレテー》といった」も
ののほうが目的だと理解する人もいることだろう。というのも、これらは、それ自体

のゆえに好まれるからである。しかしそれらが探究されている善ではないことは明らかである。それにもかかわらず、これらを支持する[8]多くの言説が［これまで］唱えられてきたのである。以上で、これら［の言説と、候補としての快楽・名誉・徳《アレテー》］は退けられたとしよう。

5　徳《アレテー》だけで幸福だとする立場。プラトンの学園アカデメイア内に支持者がいて、アリストテレス流のより現実主義的な立場と対立した。

6　現在アリストテレス全集の大半を占める講義ノートではない、アリストテレスの学園リュケイオンの外部の読者にも開かれた一般的著作。『哲学のすすめ』などが残っている。

7　第十巻第六〜八章で幸福な生活の最有力候補として再論される。

8　一〇九六a一〇 pros auta を「支持する」という含みに解釈する。「批判する」と解する研究も多い。その場合底本の一〇九六a九「kaitoi（それにもかかわらず）」の代わりに「kai（そして）」を読むのが自然である。

# 第六章　プラトンの善のイデアに対する批判

ここでわれわれは、普遍としての善[1]を考察し、それがどのような意味で語られるのかという問題に立ち入るのがよいだろう。ただ、イデアを導入したのがわれわれの親しい人々なので、こうした探究は気乗りしにくいものではある。しかし、おそらく、真理を救い守るためには、われわれに非常になじみのものであっても破棄したほうがよいのであり、またそうすべきだと思われる。とりわけ知恵を愛する哲学者であるならばそうである。真理と友のどちらも愛すべきであるが、真理のほうをより尊重するのが敬虔なことなのである。

この考え方を導入した人たちは、前後関係が語られるもの[2]についてはイデアを立てず、それゆえ、かれらは数のイデアも設定しなかった。さて、「よい」は「何であるか［実体］」においても、「性質」においても、「関係」においても語られる[3]が、「それ a20
自体としてあるもの」すなわち「実体」は、その自然本性からして、「関係」よりも先立つものである（実際、関係［として語られるもの］は、幹から枝分かれしたようなものであり、「ある」ものにたまたま付帯するようなものである）。したがって、こうしたものに共通するイデアはありえないということになるだろう。

さらにまた、「よい」は「ある」[4]と同じくらい数多くの意味で語られるので[5]（というのも、「よい」は、たとえば神や知性が「よい」と語られるように「何であるか」

1　プラトンの善のイデアのこと。「よい（善い）」には広い用法と意味があるが、プラトンはそのすべて（ないし主要なすべて）に普遍的に当てはまる意味を説明しようとして、そのような意味の担い手としての「善そのもの」（善のイデア）があると考えた。

2　アリストテレスでは、数のほか、もろもろの図形などが前後のある順序系列をなす。プラトン対話篇にこの文に当たる明言は見あたらず、アカデメイアの議論だろう。その議論では、普遍的なイデアを立てられるのは、「同類項」で「順番」のないものである。これに対し数は一、二、三……のような順序系列をなし、二も三も「一からの順番」において理解されなければならない。したがって一にも二にも三にも同等に普遍となるイデアを立てることは、できない。かりに数にイデアがあれば、最初の数の一より前にイデアがあることになってしまう。『形而上学』B《ベータ》（第三）巻第三章九九九a六〜九参照。

3　次段落一〇九六a二三〜二八参照。

「実体」」においても語られるし、もろもろの徳《アレテー》が「よい」と語られるように「性質」においても語られる。また適度であることが「よい」と語られるように「量」においても語られ、有益さが「よい」と語られるように「関係」においても語られ、好機が「よい」と語られるように「時」においても語られ、住居やほかのそうしたものが「よい」と語られるように「場所」においても語られるからである）、それゆえ明らかに、善がすべてのカテゴリーに共通する普遍的な何かひとつのものであるということはありえないのである。というのも、［もしそうだとしたら］すべてのカテゴリーにおいてではなく、ただひとつのカテゴリーにおいてのみ語られただろうからである。[6]

さらにまた、ひとつのイデアに基づくものについての学問もまたひとつなので、［善のイデアがあるならば］善とされるあらゆるものについてさえ、何かひとつの学問があることになるだろう。しかし実際には、ひとつのカテゴリーのもとにあるもろもろの善についてさえ、数多くの学問がある。たとえば好機について言うと、「戦争にかかわる好機」には戦争術があり、「病気にかかわる好機」には医術があるし、また適度について言っても、「栄養にかかわる適度」には医術があり、「運動にかかわる適度」には体育術がある。

a30

人間そのものを定義するにしても、「現実の」人間を定義するにしても、人間の定義はいずれにおいても同一になる以上、「イデア論者たちが一般に」「〜そのもの」「という特殊な言い方」でいったい何を言おうとしているのかと、難問に悩む人もいるだろう。[7] というのも、人間であるという点で、この「人間そのものと、現実に生きているもろもろの人間の」両者に異なるところは何もないだろうからである。またそうだとすると、「善である」という点で、善のイデアと善とのあいだに異なるところは何もない。また、長期にわたって白いものが、一日だけ白いものよりもいっそう白いという

---

4　人や馬や机が実体として存在する（ある）ことと、赤や黄色が性質として存在することと、二メートルや三キログラムが量として存在することは、「存在」の意味がカテゴリーごとに違っているとアリストテレスは考える。「存在」は多義的であり、中では実体の存在が多様な意味の中心に来るという立場を採る。『形而上学』Γ《ガンマ》（第四）巻第二章など。

5　「よい」も、以下の例が示すように、神や知性など実体の場合と、性質の場合と、適度などの量や、有益さなどの関係の場合で意味が異なり、この点で「存在」のさまざまな意味の違いと同じくらい大きな違いがあるとアリストテレスはみなす。

6　以上はアリストテレス『カテゴリー論』の理論による反論。「カテゴリー（範疇）」は、それ以上の部門が考えられない最大分類。実体、量、質、関係など十をかれは挙げる。

1096b

わけではない以上、永続的であるという点で善のイデアがより善いということはないだろう。

善については、ピュタゴラス学派の人たちが語っていることのほうがより説得力があると思われる。というのも、かれらは、もろもろの善の系列に「一」を置いているからである。[8] したがって、スペウシッポス[9]もかれらに追従したように思われる。しかし、この点については別の機会に論じることにしよう。

さて、以上述べてきた事柄にかんして、ひとつ異論があるだろう。というのも、［イデア論者の］諸説はありとあらゆる善について述べられたものではなく、それ自体で追求され好まれているものごとは、たしかにひとつの善のイデアに基づいて善いと述べられているのであるが、そうしたものごとを作り出したり、なんらかの仕方で保全したりする事柄や、あるいはそれら善いものごとと反対のものを防ぐ事柄のほうは、それらのものごとゆえに、つまり［それらとは］別の仕方で善いと述べられているからである。そうすると明らかに、もろもろの「善」は二通りの仕方で善いと述べられることになる。［すなわち］一部分はそれ自体で善いのであり、またそれとは別の一部分は、それら［それ自体で善いもの］のゆえに、善い。したがって、［後者の］有益

b10

なものと、［前者の］それ自体で善いものを分けた上で、これらそれ自体で善いものがひとつのイデアに基づいて語られるのか否かをわれわれは吟味しよう。

では、人はどのような種類のものを「それ自体で善いもの」とするのだろうか。「ほかに何もなくとも追求されるもの」がそうなのだろうか。たとえば、思慮をはた

7　プラトンは「善」や「美」や「等しさ」などにイデアを立てたが（『パイドン』六五D～E、七四A～七五D）、「人間」にイデアを立てることは問題を含むと考えた（『パルメニデス』一三〇C）。善にかんして善のイデアが善として完全であり、われわれの身の回りの「善いもの」はその不完全なコピーだ（つまり、善でないと思われる側面がつねにある）という説明は、まだ説得力があるように思える。他方、この世の人間が人間として不完全で「人間そのもの」のみが人間性を完全に具現している、とは言えない。普通の人間も人間である点で劣らない（つまり、本質の定義も同じになる）ように思える。

8　ピュタゴラスは前六世紀南イタリアで活躍したギリシャ人数学者、哲学者。「限定―無限定」、「奇数―偶数」、「一―多」のように反対のものを対にしたリストをつくる。その右（上）欄が「善の系列」で、ここに限定、奇数などとともに一も入り、左（下）の欄に無限定・偶数・多などが含まれる。『形而上学』Α《アルファ》（第一）巻第五章九八六a二二～二六参照。

9　プラトンの甥で、前四〇七年頃生まれ。プラトンが死去した前三四七年から自ら亡くなる前三三九年頃までの間、アカデメイア第二代学頭。

らかせることやものを見ること、あるいは或る種の快楽や名誉がそうなのか？　というのも、別の何かのゆえにもわれわれがこれらを追求するとしても、それにもかかわらず人は［それらを］それ自体で善いもののひとつであると考えることができるだろうから（あるいは、［それ自体で善いものは善の］イデア以外には何もないのだろうか？　その場合イデアは［ほかのことの役に立たないので］無駄であろう）。もしそれら［自体としてもほかのもののゆえにも追求されるもの］がそれ自体で善いものに属するのであれば、それらすべてにおいて、善の定義が同一のものとしてあらわれなければならないだろう。それはちょうど、雪と白チョークにおいて、白さの説明が同じになるように。しかし、名誉や思慮深さや快楽についていえば[10]、それらの説明は、［それらが］善いとされるまさにその点において別々であり、異なっているのである。したがって、「善」とは、ひとつのイデアに基づいた共通のものではないのである。

b20

　しかしそうだとすると、「善」とは、どのような仕方で語られるものなのだろうか？　実際のところ、［さまざまな善いものが］たまたま同じ名前であるだけ[11]だとも思えないのである。そして、そうであるなら、もろもろのものが同名異義に「善」と語られるのは、「或るひとつの善」から派生することによるのだろうか、あるいは「或るひとつの「善」に向かっていくことによるのだろうか、それともむしろ、類比[12]によるのだろうか。類比とは、たとえば身体に視覚があるように、魂に知性があり、そのようにして、その都度或るものにはそれに対応する或るものがある、といったことである。しかし、おそらく今は、これらについてはこれでおしまいにすべきである。というのも、これらについて精確に論じることは、別の哲学がもっとふさわしいだろうから。[13]

b30

10　名誉については、第四巻第三章一一二三b三五「名誉は徳《アレテー》への褒賞」参照。徳《アレテー》の一種としての思慮深さについては第六巻第五章、第八章、第九章、第十一～十三章参照。快楽については第十巻第一～五章、とくに第四章の一一七四b一五～一一七五a二〇「快楽はこうした活動を、完成させる」「快楽は或る終局［活動］に付随する」参照。

11　同名だが意味が違い、定義が異なる二つの語。同名同義（sunōnuma「同音同義」ともいう）と同名異義（homōnuma「同音異義」ともいう）については、『カテゴリー論』第一章など参照。

12　「類比」とは、はなれた二組のペアが「A：B＝C：D」のように比例関係に立つこと。アリストテレスは、知を根拠づける善のイデアを、視覚を根拠づける太陽に喩えたプラトン『国家』第六巻五〇六B～五〇九Bの「太陽の比喩」の検討が必要であると示唆している。

同様のことが、善のイデアについてもあてはまる。というのも、もし［さまざまな善いものに対して］共通して述べることができる或るひとつの善があるとしても、あるいは、それ自体であるものとしてほかから独立してありうるような或るひとつの善があるとしても、それが、人間が為しうる善でも、人間が獲得できる善でもないことは、明らかだろう。そして、今探究されているのは、こうした人間が獲得できて為しうる何かなのである。

しかしこれに対して、人は、こう思うかもしれない——もろもろの善のなかでもわれわれが獲得できて為しうる善を知り、獲得するためにこそ、善のイデアを認識することは、よりよいことなのだ、というように。というのも、善のイデアを範型のようなものとしてわれわれが手にするならば、14 われわれは自分にとってのもろもろの善についてもいっそう知ることになるだろうし、またもし自分にとって善いものを知るならば、われわれはそれらもろもろの善を獲得できるだろうからである。——この説明は一定の説得力をもっているが、諸学問の実情とは一致しないと思われる。というのも、あらゆる学問はなんらかの善を目指し、足りていないものを探し求めるが、善のイデアの認識にはかかわらないでいるからである。それゆえ、善のイデアの認識がそ

1097a

の点で有益だとしたら、それほど助けになるものをどの技術者も知りもしなければ探し求めもしないということは、説明がつかないことである。
そして、さらにほかの困難もある――この善そのものを知っていたとしても、織工や大工がそこから自分自身の技術に対して得られる利益は何なのか、また、イデアそのものを見てとった人はどんなふうに医術において、あるいは戦争術において熟達す a10
るのか？　というのも、医者は健康をそのように研究してはおらず、人間の健康を、さらにおそらくはこの具体的な人間の健康を研究していることは明らかだからである。というのも、医者は［患者を］個々別々に治療するからである。そこで、こうした問題については以上で語られたとしよう。

13　神学的な話や天体の運行に関係する形而上学的な「善」の議論が不可欠ということ。倫理学は実践学の部門で、イデアの検討は理論学のとくに第一哲学（『形而上学』で論じられる）と、カテゴリーの理論を必要とする。

14　「範型」の原語はparadeigma。プラトンのイデア論は、イデアを模範的な本物とし、対応する感覚されるよいものや美しいものをイデアの「写し（eikōn）」としたため、「範型イデア論」とも言われる。

# 第七章　幸福の定義「徳《アレテー》に基づく魂の活動」

われわれが探究しているもともとの善の問題に話を戻して、[1] そのような善とはいったい何なのかという問題に取り組もう。というのも、行為や技術が異なればそこでの善も異なるようにみえるからである。実際、医術における善と戦争術における善は別であり、そのほかの行為や技術でも同様である。それでは、それぞれの事柄における善とは何なのか？　それは、「それ以外のものがそのもののために為されているもの」のことではないだろうか？　医術においては健康があり、戦争術においては勝利があり、建築術においては家があり、それぞれの事柄にそれぞれ善があるが、あらゆる行為と選択において、「目的」がそのような善である。実際、目的のためにだれもがそれ以外のことを為しているのである。したがって、もし人間の為しうるあらゆる事柄に何かひとつの目的があるとするならば、そのひとつの目的が為しうる善であろうし、そうした目的が多くあるとするならば、それらが為しうる善であろう。[2]

a20

こうして議論は、違う筋道を辿りつつも同じ結論に到達したのである。[3] しかし、それをさらにいっそう明確にするよう努めなければならない。

さて、目的は多くあるように思える。だが、これら多くの目的のうちの或るも

1 アリストテレスは善の議論でプラトン的な着想に負っているが、イデアの想定には反対する。前の第六章でその論拠を挙げ、善を「人間的な善で、行為に関わりを持つ範囲の善」として、あらかじめ限定しておき、その上でプラトン以来の行為・選択の「目的」としての善という議論を、本章において完結させる。

2 第一章一〇九四a一～三で述べられたような、あらゆる行為とあらゆる選択によって目指される善のこと。第五章までの議論で、学問的研究であれ行為であれ、およそ人間の為すことには目的があり、この目的を「善」とも言うことが確認された。そして、そうした目的（善）から目的の系列を辿って「幸福」という最高善に至るので、その最高善の解明は逆に、いま人が為すべきことを行為者本人が明確化するのに役立つ、というように論じられてきた。さらに、第六章でアリストテレスはイデア論を批判して、最高善は「人間が獲得できて為しうる善」でなくてはならないと指摘した。これらを受けるかたちで、ここでかれは、自分が最高善として位置づけた幸福が、イデア論と同じ轍を踏んでいないことを強調するために、人間がもっている可能性に関係させて「為しうる善」と表現している。

3 最初の議論のひとつである、第二章一〇九四a一八～二二の議論のこと。

の——たとえば、富や笛や、一般に道具となるさまざまなもの——をわれわれが選ぶのはそれとは別の何かのためなので、明らかに、あらゆるものがそれで完結した目的 4 となるわけではない。しかし、明らかに、最高善とは完結した目的なのである。したがって、もし或るひとつのものだけが完結した目的だとしたら、それがわれわれの探究している善であろうし、もし多くあるのだとすれば、それらのなかでもっとも完結した目的がわれわれの探究している善であろう。

われわれは、「それ自体として追求される事柄」を「ほかのもののために追求される事柄」よりも「いっそう完結したもの」と言い、また、「ほかのもののために選ばれることがけっしてない事柄」を「それ自体としてもほかのもののためにも選ばれる事柄」よりも「いっそう完結したもの」と言っており、「それ自体として選ばれ、ほかのもののために選ばれることがけっしてない事柄」を「限定ぬきに完結したもの」と言っている。そして、とりわけ幸福が、そうしたものであると思われている。というのも、われわれが幸福を選ぶのは、つねに幸福それ自体のためであって、けっしてほかの何かのためではないからである。これに対して、名誉や快楽や知性やあらゆる徳《アレテー》を、われわれはそれ自体のためにも選ぶが（というのも、そこから何も生まれな

1097b

くても、これらそれぞれのものを選ぶだろうから）、これらを通じて幸福になるだろうと考えて、幸福のためにも選ぶからである。しかし、だれも、幸福をこれらのもののために選ばないのであり、およそ何かほかのもののために幸福を選ぶこともない。

また、自足性からも同じ結果になるように思われる。というのも、完結した善は自足的だと思われるからである。ただし、ここでわれわれが自足的と言うのは、「その人自らのみに足りる」という観点、すなわち孤独に生を送っている人に足りるという観点からではなく、両親や子どもや妻、一般に親しい人たちや市民とともに生を送っている人に足りるという観点からである。というのも、人間はその自然本性において国家《ポリス》を形成するものだから[5]である。とはいえ、こうした［自足性に必要とされる人々の］範囲については、なんらかの規準を設ける必要がある。[6]というのも、祖先や子孫や、［自分の］親しい人のさらにまた親しい人にまでその範囲を拡張すると、どこま

4　「それで完結した」と訳した形容詞 teleios は、「目的」と訳した名詞 telos と同根の言葉で、「完全な」「完結した」「目的の中でも絶対最終の目的」という意味である（英訳は complete）。幸福を説明する際、幸福の規準として本章でもっとも重要な役割を果たす。

でも際限がなくなるからである。しかしこのことは機会を改めて考えなければならない。また、われわれが自足的としているのは、それだけで人生を望ましくし、また何も欠けていないものにするものであり、幸福とはそうしたものであるとわれわれは考えている。

さらにまたわれわれはこうも考えている。幸福はすべてのなかでもっとも望ましいものだが、これは、それ以外の事柄と同列に並べられるものとしてではない。――同列に並べられるとしたら、明らかに、もろもろの善のなかでほんのわずかなよさを加えただけでも、より望ましい善になるだろう。というのも、付け加えられた部分は善の加算分となり、〔同列の〕もろもろの善のあいだでは、より大きい善がつねにより望ましいからである。したがって、幸福は、完結した何かであり自足的なものであって、もろもろの行為の目的であるということは、明らかである。

さて、幸福を最善のものと語る点ではおおよその合意が得られているようにみえるが、さらにここでは、より明確に幸福とは何であるかを語ることが求められている。おそらく、人間の「はたらき」が把握されるときに、明確に語られることになるだろ

b20

う。というのも、笛吹きや彫刻家やあらゆる技術者にとって、また一般に或るはたらきや行為をする人にとって、よさや立派さということがそのはたらきにはあると思われており、そのようにして人間［自身］にもなんらかのはたらきがあるとするならば、人間にとってもまたよさや立派さがあると思われるからである。

さて、大工や靴職人には或る一定のはたらきや行為があるのに、人間にはそうした一定のはたらきは何もなく、人間は本来無為なものなのだろうか？　それとも、目や b30
手や足や一般に身体のそれぞれの部分に一定のはたらきがみられるように、そのようにして人間にも、それらすべての部分とは別に、人間としての或る一定のはたらきを想定できるのだろうか？

5　原語は politikon で、「ポリス的」という意味。アリストテレスは人間を「ポリス的動物」「国家を形成する動物」として規定した。国家を形成し、もろもろの規範を共有する者として存在するという意味。この点の議論は、『政治学』第一巻第二章一二五二a二四～一二五三a二九参照。この規定は、アリストテレス以後、「政治的動物」「社会的動物」としても論じられる。

6　第九巻第十章で、愛の種類分けから必要な親しい者の範囲を論じる。

想定できるとすれば、そのはたらきはいったい何なのだろうか？　探究されている
のは「人間のはたらきとして」固有なものだが、「生きること」は、明らかに植物にも
共通している。それゆえ、「栄養摂取の生」と「成長の生」は除外しなければならな 1098a
い。そのつぎの候補は「感覚にかかわるなんらかの生」であろうが、これもまた明ら
かに馬や牛など、あらゆる動物と共通している。したがって残っている候補は、
「分別《ロゴス》がある部分による行為にかかわるなんらかの生」である。ただし、「分別《ロゴス》がある
部分」については、「分別《ロゴス》に従う部分」と「まさに分別《ロゴス》をもち思考する部分」がある。7
しかし、「行為にかかわるなんらかの生」もまた、［「活動する」と、単に「性向のもと
にある」の］二つの仕方で語られるので、8活動の意味での生を想定しなければなら
ない。というのも、それのほうがより本来的な意味で語られているように思われるから
である。
人間のはたらきは、分別《ロゴス》に基づく、もしくは分別《ロゴス》ぬきにはないような、魂の活動で
あるとしてみよう。そして、キタラ9奏者とすぐれたキタラ奏者が類10において同一であ
り、これは、あらゆることについても限定ぬきにそうであるが、そのように「この人
間」と「このすぐれた人間」とでは、はたらきが類において同一であるとわれわれは a10

言っておこう（なぜなら、はたらきに、卓越性《アレテー》の点での加算分が付加されているので

7　人の「欲求」は、分別《ロゴス》に従って分別《ロゴス》に協力するはたらきをするときには「分別《ロゴス》がある」と言える。育ち方の問題などから人の欲求が分別《ロゴス》に敵対する場合もある。この場合の欲求は、「分別《ロゴス》に逆らう」と言える。

8　「性向」と「活動」の区別が問題となっている。正義の人（正しい人）は正義の性向を持ち、正義の行為をおこなう傾向にある。この人は、妨げがなければ、実際にも正義の行為をする。「活動」の原語は energeia。不正な人は心に不正の性向をもち、不正をしがちである。徳《アレテー》も悪徳も、活動の水準ではなく性向の水準の事柄を言う。アリストテレスは、徳《アレテー》という性向をまずそなえた人間が、その後も条件に恵まれて徳《アレテー》に見合う活動をし続けることが幸福だと考える。第二巻第五章注3参照。

9　キタラとは古代ギリシャの弦楽器（竪琴）のひとつ。

10　「種類」の類。「種」より大きな部門。「類」という大グループの中に、キタラを弾く人と、すぐれた技量でキタラを弾く人がともに入る。アリストテレスは「数において」「種において」「類において」という三段階で「一」や「同じ」を論じる（『形而上学』Δ《デルタ》（第五）巻第六章一〇一六b三一〜一〇一七a三など）。ソクラテスは数において「一」である。ソクラテスとプラトンは人である点で同じなので、種において「一」で「同じ」である。ソクラテスと犬のポチは、動物（ないし哺乳類）に属し、類において「一」で「同じ」である。

ある。というのも、キタラ奏者のはたらきは「キタラを演奏すること」だが、すぐれたキタラ奏者のはたらきは、「すぐれた弾き方で演奏すること」だからである）。

このようだとしてみよう。そしてわれわれは人間のはたらきを或る種の生と定め、それを、分別《ロゴス》を伴った魂の活動および行為と定めているので、これらを［みな］美しく立派に為し遂げることはすぐれた人に属し、それぞれが何かを立派に為し遂げることはその固有の卓越性《アレテー》に基づいてのことであるとしてみよう。[11]――もし以上のようだとすると、人間にとっての善とは

徳《アレテー》に基づく魂の活動

となる。そしてもし徳《アレテー》が二つ以上だとしたら、

もっとも善く、かつもっとも完全な徳《アレテー》に基づく魂の活動

が人間にとっての善となる。ただしさらに、完全な生においてという条件も付け加え

なければならない。というのも、一羽のツバメが春をもたらすのではないし、一日で春になるのでもないように、一日やわずかな時間が至福や幸福を作り出すのではないからである。

さて、以上をもって善については素描されたとしよう。おそらく、最初に素描して、 a20
そのつぎに詳細に論じるべきだからである。また、見事な素描からさらに先に進んでその細部を完成させることならだれにでもできるように思われるし、また時というものはこうした細部のよき発見者であり、よき協力者であると思われるからである。技術もまた、このようなことから進歩してきたのである。実際のところ、足りないものを補うことはだれにでもできることなのである。

また、先に語られたこと[12]を記憶に留めておくことも必要である。すなわち、どのような論述にも同じような厳密さを求めるのではなく、それぞれの話題に応じて、その

11　底本のOCTでは一〇九八a一二 anthrōpou ～一六 houtō を削るよう提案するが、従わずそのまま読む。

12　第三章一〇九四b一一～二七。

a30 研究に固有な程度の厳密さを求めることが必要である。実際、大工と幾何学者が直角を求める仕方は異なっている。大工は仕事に有益な程度で直角を求め、幾何学者は直角とは何であり、どのようであるかという観点で直角を求める。なぜなら幾何学者は真理を研究する人だからである。したがって、副次的なものが本来の仕事よりも多くなることのないよう、ほかの分野においても同じようにすべきである。

1098b そして原因についても、あらゆる場合に同じ仕方でこれを求めるべきではない。場合によっては、たとえば原理[13]についての場合のように[14]、事実がきちんと示されていれば、それで十分なのである。事実が第一のもので原理だからである。そしてさまざまな原理のうち、或るものは帰納によって、或るものは知覚によって、また或るものは習慣によって、またそれと別のものは別の仕方によって、把握される[15]。それぞれの原理を、その自然本性のかぎりで探究しようとしなければならないし、きちんと定義されるよう腐心しなければならない。というのも、原理はそのあとに続く事柄にとって、大きな影響をもっているからである。実際、原理は全体の半分以上であり、探究されているものの多くは、原理を経由することで明確になると思われるのである。

13 「原理」の原語は arkhē。出発点、端緒なども訳されることがある。

14 論証の原理自体を論証しようとしてはならない。原理は論証とは別の仕方であらかじめ把握されていなければならない。『分析論後書』第二巻第十九章、『形而上学』Γ《ガンマ》（第四）巻第四章、『自然学』第一巻第一章参照。

15 論証的な学問の原理は帰納により把握される（『分析論後書』第二巻第十九章）。帰納の出発点自体は知覚により把握される（同書第一巻第十八章）。倫理学では研究の出発点は習慣により把握される。

# 第八章　人々の通念から幸福の定義を正当化する試み

　さて、原理については、議論の結論と出発点［となる諸前提］から考察する[1]だけで
なく、原理について一般に語られる見解からも考察しなければならない[2]。というのも、 b10
真実の見解にはあらゆる事実が同調の声を上げるが、虚偽の見解は真実とのあいだで
すぐに不協和音が鳴るからである。
　ところで、一般には善さは三通りに分けて語られる。つまり、外的なものにかんし
て、また、魂および身体にかんしても、それぞれ善さが語られるのだが、われわれは
一般に、魂にかんするものを「もっとも本来的で、最高によいもの」と語っている。
そして、魂にかんするものとわれわれが一般にみなしているのは、さまざまな行為と
魂にかかわる活動である[3]。したがって、少なくとも、昔からあって哲学する者たちに
よって同意されているこうした見解に従うかぎり、［われわれがこれまで論じてきた見
解は］正しく語られているといえよう。

また、われわれの見解は、或る種の行為や活動が目的だと語られていることからも、正しいものである。というのも、このように定めることで、目的は外的な善さにではなく、魂にかんする善さに属することになるからである。また、幸福とはよい人生を送り、立派にやっていくことであるというのも、われわれの説に同調の声を上げるものである。というのも、「われわれの説では、幸福とは」或る種の善き生であり、善き行為であると大体は語られていたからである。

さらにまた、幸福について人々が探究している事柄のすべても、これまで語られて

b20

1　第七章後半部の議論のように、人間の自然本性から論じる本格的な議論のこと。

2　人々の通念、「あらわれ」から論じる議論。本章の以下の議論。アリストテレスは一般に学問において「あらわれ」を重視し、観察された事実のほかに、人々の常識、知識人の代表的見解、言葉の使用法の事実をもその中に含めた。第七巻第一章注6も参照。

3　テキスト読解として「魂にかかわるさまざまな行為と活動」のように理解することも可能だが、本訳では、身体を伴っておこなわれる人の行為であればすべて「魂にかかわる」と言いうるとアリストテレスは考えていたと解釈している。他方「魂にかかわる活動」のほうは、考えをめぐらす学問的観想活動のように、「行為」とは言えない種類の活動を付加するための言葉と解釈する。

きたわれわれの説に明らかに含まれている。というのも、幸福というのは、或る人たちには徳《アレテー》だと思われていて、別の或る人たちには思慮深さだと思われ、また別の或る人たちには或る種の知恵だと思われているし、また別の或る人たちにはそれら「すべて」か、それらのうちで快楽が伴ったものか、快楽なしではありえないものだと思われており、さらにまた別の人たちはこれに、外的な恵みを付け加えるからである。そうしたさまざまな見解のうち、或るものはむかしから多くの人々によって語られており、また或るものは、数は少ないが評判の高い人々によって語られている。ただ、こうした諸見解のうちのどれかが完全に間違っているというのは妥当でなく、少なくとも或るひとつの点で、あるいは大部分の点で「それぞれ」正しい、というのが妥当なところである。

こうしてわれわれの説は、幸福とは徳《アレテー》である、あるいは、或る種の徳《アレテー》であるとする見解と合致している。なぜなら、「われわれが唱えている」徳《アレテー》に基づいた活動は徳《アレテー》のことをいっているからである。ただし、最高善は「徳《アレテー》の」所有にあるとするのか、「徳《アレテー》の」使用にあるとするのか、すなわち、「徳《アレテー》がそなわった」性向にあるとするのか、「徳《アレテー》に基づいた」活動にあるとするのかという違いは、おそらく些細な問題

1099a ではない。というのも、〔徳《アレテー》がそなわった〕性向には、性向として徳《アレテー》がそなわりながらも、たとえば眠っている人の場合や、それ以外にもなんらかの事情で動きがとれなくなっている人の場合のように、いかなる善いことも為し遂げないことがありうるが、〔徳《アレテー》に基づいた〕活動には、そんなことはありえないからである。というのも、〔徳《アレテー》に基づいて〕活動する人は、かならず為すのであり、しかもかならず立派に為すからである。つまり、ちょうどオリュンピア競技において栄冠を手にするのが、最高の美しさと最高の力強さをそなえた人々ではなく、実際に競技する人々であるように（というのもかれらのうちのだれかが勝利するのだから）、そのようにして、人生における美しく善き事柄についても、実際に行為する人々こそがそれらを勝ち取る人々であるとすることが、正しいのである。

また、〔徳《アレテー》に基づいて活動する〕かれらの人生はそれ自体として快いものである。それはこういうわけである。快さを感じることは魂にかかわる事柄に属するのであり、それぞれの人にとって快いものとは、「〜好《ず》きな人だ」と言われるときのその「好きなもの」である。たとえば、馬は馬を愛する人にとって快いものであり、見世物は見
a10 世物を愛する人にとって快いものである。それと同じように、正しい事柄は正義を愛

する人にとって、また一般に徳《アレテー》は徳《アレテー》を愛する人にとって快いものなのである。

ところで、多くの人たちにとってさまざまな快いものが衝突しあうのは、それらが自然本性的には快いものではないからである。他方で、美を愛する人たちにとっては、自然本性的に快いものが快いのである。そうした自然本性的に快いものは徳《アレテー》に基づいた活動であり、それゆえ、徳《アレテー》に基づいた活動は、徳《アレテー》を愛する人々にとって快く、それ自体としても快いものなのである。したがって、かれらの人生は、ちょうど偶然手にした何か魅力的なもののように、快いものをさらに付け加える必要はまったくなく、かれらの人生そのもののうちにすでに快さがあるのである。実際のところ、これまで語られたわれわれの説に付け加えれば、美しい行為に快さを感じない人は善き人ではないことになる。というのも、だれも、正しく行為することに快さを感じない人を「正しい人」と呼ばないし、気前の良い行為に快さを感じない人を「気前の良い人」と呼ばないからである。ほかのケースについても同様である。

もしそうだとすると、徳《アレテー》に基づいた行為はそれ自体として快いものだろう。しかし、徳《アレテー》に基づいた行為はさらに善いものにして美しいものであり、しかも善と美のそれぞれが非常に高い水準にあるのである——立派な人がこれらについて見事にそう判断している以上はそうなのである。つまり、立派な人はわれわれが語ったように判断しているのである。したがって、幸福は、もっとも善く、もっとも美しく、もっとも快いものであり、デロス島の碑文[4]にあるようにはこれらは分離されていない。

もっとも美しいのはもっとも正しいもの、もっとも望ましいのは健康であること。だが、もっとも快いのは人があこがれているものを手にすること。

なぜ分離されないのかといえば、それらすべては最善の諸活動に含まれているからである。われわれはそうした最善の諸活動を、あるいはそれらのうちのひとつの活動を、幸福と言っているのである。

しかしそれにもかかわらず、ちょうどわれわれが語っているように、明らかに、［幸福は］さまざまな外的な善も、さらに必要としている。というのも、必要なもの

4　デロス島はデルフォイと並ぶアポロン信仰の中心地であった。この碑文の格言もこの信仰と関係があると思われる。

もそろっていないのに美しいことを為すということは、不可能であるか、あるいはそうでなくとも容易ではないからである。実際、一方では、多くの事柄が友や富や政治的権力をいわば道具として使うことで為されているし、他方では、いくつかの事柄――たとえば生まれの良さや、子宝に恵まれることや、美しさ――は、それを欠いている場合、至福を損なう。実際、外見があまりに醜かったり、生まれが卑しかったり、孤独だったり、子宝に恵まれなかったりする人は、まったく幸福というわけにはいかないし、さらにおそらく、もし子どもたちや親しい者たちがひどく劣っている場合や、善い人間であっても死んでしまった場合は、幸福の印象はもっと減るだろう。そこで、われわれが語っていたように、幸福はそのような外的な恵みをも、さらに必要とするように思われる。それゆえ、こうしたことから、一部の人々は幸運を幸福とみなし、また別の人々は徳《アレテー》を幸福とみなすのである。

1099b

第一巻　第八章

# 第九章　幸福はどのように得られるものか？

このことから、つぎのような難問も生じる。すなわち、幸福とは学ぶことのできるものなのか、習慣によって得られるものなのか、あるいはこれらとは別の仕方で訓練されて得られるものなのか、それとも、或る種の神的な定めにより与えられるものなのか、あるいは偶然の運によるものなのか？

さて、神々から人間たちへの贈り物が何かあるとするならば、人が得ることのできるさまざまなもののなかで幸福が最善のものであるだけに、それだけ何にもまして幸福こそが神々からの贈り物であるとするのは、もっともなことである。このことについてはおそらく別の考察がふさわしいだろう。しかし、もし幸福が神々からの贈り物ではなく、徳《アレテー》や、或る種の学習ないし訓練によってもたらされるものだとしても、幸福がもっとも神的なもののひとつであることは明らかである。というのも、褒美となる徳《アレテー》の目的が、もっとも善いもの、なにか神的なもの、そして至福なものだということは明らかだからである。また、幸福は多くの人々が手に入れられるものである。なぜなら、徳《アレテー》に向かう上での障害のないあらゆる人々にとって、或る種の学習と配慮[1]によって、幸福がもたらされることが可能だからである。

そして、もし学習や配慮によって幸福であるほうが、偶然の運によって幸福であるよりもいっそう善いことであるとするならば、それはもっともなことである。なぜなら、自然のものは、可能なかぎり美しくあることが自然本来のあり方であり、これと同様に、技術やいかなる原因によるものもそうである。とくに、もっとも善い原因に基づくものは、きわだってそうであるからである。それなのに、もっとも重大でもっとも美しい事柄を運にゆだねるとすれば、それはあまりに調子外れであろう。

また、われわれが探究している事柄は、われわれの説[2]からも明らかである。という

b20

1　「配慮」の原語は epimeleia。「気遣い」「心がけ」などとも訳せる。プラトン『ソクラテスの弁明』でソクラテスはこの名詞およびそれの同族の動詞を使って、人々に、何に配慮して生きるかと自分は問い、財産や名誉でなく、まず魂を善いものにすることに配慮すべきであることを説いて回った、と回想している（二九D～三〇C）。

2　第七章一〇九八a一六～一八の「徳《アレテー》に基づく魂の活動」などの説明のこと。

のも、幸福とは徳《アレテー》に基づいた魂の或る性質の活動だと「われわれの説では」すでに語られているからである。そのほかの善いもののうちの一部は、幸福であるために必要なものにすぎないのであり、さらにまた一部は、いわば道具のように手助けしたり役に立ったりするものである。

このことは、出だし[3]「で語られたこと」とも合致するであろう。というのも、われわれは政治学の目的を「もっとも善いもの」と定めているわけだが、政治学がもっとも配慮しているのは、市民を、或る一定の性質の人間、すなわち善い市民にすること、つまり、美しいことを為しうる人々にすることだからである。

このことゆえに、われわれが牛や馬やほかのいかなる動物のことも「幸福なもの」とは言わないのは、正当なことなのである。実際、こうした「人間以外の」どの動物もそうした活動に与ることはできないのだから。まさにこの理由から、子どももまた「幸福な人」ではない。というのも、子どもは年齢ゆえにこうした活動を為しえないからである。「幸福「な子ども」だ」と語られる子どもは、「その子に」見込まれる将来への期待のゆえに祝福されているだけなのである。というのも、すでにわれわれが語ったように、幸福は完全な徳《アレテー》と完全な人生を必要とするからである。なぜなら、

b30

1100a

人生には多くの変化があり、あらゆる種類の運不運が起こってくるので、ちょうど、トロイアでのプリアモスについて語られているように、もっとも栄華を誇っている人が、年老いて大きな不運に見舞われるということも起こりうるからである。[4]そうした不運に見舞われ、悲惨な最期を迎えた人をだれも幸福だとはみなさないのである。

3　第二章一〇九四a二四〜b一一を参照。
4　ホメロス『イリアス』第二十二巻。プリアモスはトロイアの王で、繁栄する国家を統治し家族に恵まれたが、ギリシャ軍との長く苦しい戦争の中で自慢の息子ヘクトルを殺され、やがて敗戦して自らも死に、国が滅亡した。

# 第十章 人を「幸福」と呼ぶことは死ぬまで許されないのだろうか？

するとだれであれ人が生きているあいだはその人を「幸福だ」と言うべきではなく、ソロン[1]の言うように「その人の最期を見とどける必要がある」のだろうか？ そのように考えねばならないとするならば、死んではじめて「幸福な人」ということになるのだろうか？ いや、むしろこれは、まったく奇妙なことではないだろうか？ とりわけわれわれは、幸福は或る種の活動であると言っているのだから。

しかし、われわれは死んだ人を幸福な人とは呼ばないし、ソロンもそう言おうとしていたのではないのだろう。むしろかれは、人は、「死んでしまえばもはや」災難や不運に見舞われることはないので、死んだ時になって「幸福だ」と言っても差し支えないという意味のことを言おうとしていたのだろう。しかし、そうだとしても、ここにもひとつの論争がある。というのも、生きている人でも、気づかないまま「自分に」何か善いことや悪いこと「が起こること」はあるのだから、死んだ人にも何か善いことや悪いことが起こるのだと思われるからである。たとえば、名誉や不名誉がそれであり、子どもや子孫一般が幸せに暮らしたり、不運に見舞われたりすることがそれである。

しかし、これはこれで難問を引き起こす。というのも、老年まで至福に生き、そしてそれに見合った最期を迎えた人にとっても、その子孫には多くの変転が起こりうるからである。子孫のなかには善い人々もいて、かれらはその善さにふさわしい生活を手にするだろうが、そうでない人々にはその反対のことが起こるだろう。そして、明らかに、そうした子孫は、祖先からの隔たり方も、一人一人まったくばらばらでありうる。したがって、もし死者もまた［かれら子孫と］一緒に変転し、時には幸せな人になったり時には惨めな人になったりするのだとすると、それはおかしなことだろう。しかし、子孫の身の上のことが祖先に対して、一時期でさえまったく関係しないとす

---

1　ソロンは前六世紀のアテナイの政治改革者。ギリシャ全土を代表する賢者ともみなされ、「七賢人」の一人とされた。もとの挿話は、ヘロドトス『歴史』第一巻三〇～三三にある。なおアリストテレスは『エウデモス倫理学』第二巻第一章一二一九b六では、ソロンの評言に賛成する。

るのもまたおかしなことである。

しかし、最初に難問とされたもの[2]に立ち返らなければならない。というのも、おそらく、いま探究されている「死者の幸不幸の変動にかんする」問題の答え方もそこから考察できるだろうから。

それでは、もしそれぞれの人の「最期を見とどける」必要があり、そしてその時になってはじめて、「幸福である人」という意味ではなく「かつて幸福だった人」という意味で、その人を「幸福な人」と呼んで祝福すべきだとしたら、どうだろう？　いや、そのようなことは、もちろんおかしなことであろう。なぜなら、こう考える場合、人生は変転するのだから現にいま生きている人々を幸福と呼ぶことは望ましくないと思っているはずだが――つまり、幸福とは或る種の安定したものであって、容易に動かされるものではないと前提しておいて、そして、この前提にもかかわらず、「現実には」運不運というものは巡り巡って同じ人に何度でも降りかかるものだ、というように考えているはずなのだが――、こうした「或る程度もっともにみえる」理由から、「結局のところは、或る人が」現に幸福であるときに、その人に現に成り立っていることを述べても、その人について真実を述べたことにはならないという「とうてい受け

1100b

入れることができない」結果になってしまっているからである。

というのも、もしわれわれがさまざまな運不運〔という結果〕の後追いをするのなら、同じ人のことを「幸福な人だ」と言ったかと思えば「惨めな人だ」と言ったりすることが何度もあることになり、〔それゆえ〕幸福な人とは「「見え姿を変える」カメレオンのように、土台がしっかりしていない人」[3]にすぎないと言っていることになるだろうことは、明らかだからである。そうすると、〔結果的な〕運不運の後追いをすることはまったく間違いなのではないだろうか？　実際、「善い」や「悪い」は、こうした運不運のなかに居場所をもつものではない。たしかに、人間の生はこうした運をも合わせて必要とはするが、ちょうどわれわれが語ったように、〔善い原因となる〕徳《アレテー》に基づいた活動が幸福を決定するものなのであり、その反対のもの〔である悪徳に基づいた活動〕が〔幸福とは〕反対〔の不幸〕を決定するものなのである。

しかし、この問題もまた〔幸福にかんするわれわれの〕説の正しさを証言してくれて

2　本章冒頭のソロンの言葉をめぐる難問のこと。

3　詩人からの引用と思われるが、だれかはわかっていない。

いる。というのも、人間のはたらきのうち、徳《アレテー》に基づいた活動ほど安定しているものは、ほかにないからである。実際、徳《アレテー》に基づいたさまざまな活動は、さまざまな知識[4]よりもいっそう安定したものだと思われる。そして、そうした徳《アレテー》に基づいた活動そのもののうちでも、もっとも価値のあるものが、［ほかのものより］いっそう安定している。なぜなら、その活動のうちで、幸福な人たちは、もっとも良く、そしてもっとも持続的に人生を送るからである。実際、このことが、そうした活動について忘却が生じないことの理由であるように思われる。

したがって、求められている持続的安定性は幸福な人に属する。そしてその人は、生涯にわたり幸福な人であり続けるだろう。実際、幸福な人は常に、あるいはだれより
b20
も徳《アレテー》に基づいて行為し、観想するだろうし、さまざまな運にも、あらゆる場面であらゆる仕方で、適切かつもっとも見事に耐えるであろう。その人は、「真に善き人」、あるいは「完璧な正方形」[5]のような人なのである。

運に基づいて生じる多くの出来事は、その大小の点でさまざまに異なっているが、幸運であれその反対の不運であれ、小さなものならば、その人の人生の方向を逆転させることがないのは明らかである。他方で、大きな運が数多く生じる場合、それが幸

運として生じるならば、人生をより幸福なものとすることができるだろうが（というのも、幸運それ自体は人生に装いを添え、それと同時に、幸運を利用することで、美しくてよい結果が生まれるからである）、しかしその反対に不運として生じるならば、それは幸福な生を押しつぶし、損なう。というのも、そうした大きな不運は、苦痛をもたらし、多くの活動を妨げるからである。

しかし、そのような状況にあっても、人が、鈍感さのゆえにではなく高貴さと志の高さでもって、幾多の大きな不運にも［取り乱すことなく］平静に耐えているときは、その美しさが光り輝くのである。そして、ちょうどわれわれが語ったように[6]、活動が人生［の質］を決定するものであるならば、幸福な人はだれ一人として、惨めになる



4　ここでの「さまざまな知識」は、数学などの体系的な学問的知識のこと。こうした知識は、いったん学べばその人の力として支えてくれるが、アリストテレスによれば節制や勇気や思慮深さをいったん身に付けたなら、そのような人は、数学などのできる人の学問の力以上に、徳《アレテー》を自分の本当の確かな力として頼りにすることができる。

5　ケオス島出身の前五世紀の抒情詩人シモニデスの言葉。

6　第九章全体および本章一一〇〇b七〜一一。

ことはありえないだろう。というのも、そうした人は唾棄すべきことも劣悪なことも、
1101a けっしておこなわないだろうからである。実際、真に善き人や思慮深い人とは、あら
ゆる運不運に立派に耐え、与えられた状況のもとにそのつど最善のことを為す人だと
われわれは思っている。それはちょうど、すぐれた将軍がいまある軍隊をもっともう
まく戦えるように用いたり、すぐれた革職人が与えられた革からもっともできの良い
履き物を作ったりすることと同じである。そして、同じことがほかのあらゆる技術に
も当てはまる。

もしこのようであるならば、幸福な人はけっして惨めにはならないであろう。ただ
し、プリアモスのような運命に陥るならば、至福[7]ではないだろう。したがって、幸福
な人は、移ろいやすかったり容易に動かされたりはしないのである。実際、幸福の状
態から動かされることは容易には起こらない。そのような変化は、ありきたりの不運
a10 によって起こることはないが、大きな不運が多く重なることによって起こるのである。
そして、こうした状態からわずかな時間でふたたび幸福になることはできないだろう。
ふたたび幸福になるには、一定の長い充実した時間が必要である。それだけ長い時間
をかけてその人は、数多くの偉大で見事なことができるようになるのである。

　したがって、「時折ではなく人生全体にわたって、完全な徳《アレテー》に基づいて活動しており、かつ外的な善を十分に与えられてきた人」を「幸福な人」と語ることを妨げるものなど、どこにあるだろうか？　あるいは、そのように生き、そしてそれに見合った最期を遂げるであろう人ということも付け加えるべきであろうか？　というのも、未来とはわれわれには見通せないものであるが、われわれは幸福を、あらゆる意味で、あらゆる点で、目的であり、完全なものと考えているからである。もしそのようであるとするならば、生きている人々のうち、これまで語られてきた事柄が現にそなわっており、将来もそなわっているであろう人々のことを「至福な人々」と呼ぶことにしよう。ただし、それは人間としての至福なのである。[8]　さて、これらについては、これで規定されたとしよう。

7　「至福（makarios）」は「幸福な（eudaimōn）」と似た意味の言葉である。永続性の観点で「至福」が「幸福」にまさるとする解釈もある。

8　人間として幸福なのであって、神々のように完全に至福なのではないという含みを強調している。

# 第十一章　死んだ人間は幸不幸にかんする変化をこうむるか？

或る人の子孫やおよそいかなる親しい人々の身に起こる運不運もその人の幸不幸にまったく関係ない、というのはあまりに薄情なことであり、一般的な考えにも反しているようにみえる。ただ、生じる事態は数多くあり、そこにはあらゆる種類の違いがあって、影響が大きいものもあれば、それほどでもないものもある。そのひとつひとつを区別するのは、膨大で際限のない作業になると思われるが、全体を概略的に述べればそれでおそらく十分であろう。

自らの身に起こるさまざまな不運のなかには、人生に対して重く明確な影響を及ぼすものもあれば、比較的軽いものもある。それゆえ、もしこれとちょうど同じように、すべての親しい人の身に起こる不運についてもまた同様の影響の大小があるならば、そして、ひとつひとつの苦難が生きている人々に降りかかるのか、死んでしまった人たちの身に降りかかるのかという違いが、悲劇のなかで不法で恐ろしいことがすでに起こったこととして設定されているのか、それとも［これから］舞台上で実際に演じられるのかという違いよりも、もっとずっと大きな違いであるならば、この［意味の重大さの］違いをも、われわれは考慮しなければならないだろう。そしてきっと、死者たちはなにかしら善やその反対のものを［生きている人と］共有しているのかという難問を、さらによりいっそう考慮しなければならないはずなのである。

以上のことから、善いものであれ、その反対のものであれ、何かが死者たちに影響を及ぼすとしても、それはそれ自体としてであれ、死者たちにとってであれ、弱々しい、些末なものだと思われる。しかし、たとえそうでないとしても、幸福ではない人々を幸福にしたり、幸福な人々から至福を奪い去ったりするほどのものではない。それゆえ、親しい人々が幸福であることも、同様にまた不幸な目に遭うことも、死者たちになんらかの影響を及ぼしているようにはみえるけれども、それは、幸福な人を幸福でなくしたり、そのたぐいの重大な影響を及ぼすような、そういった性質や規模のものではないのである。

# 第十二章　幸福な人は尊敬され、徳《アレテー》は賞讃される

以上のことが規定されたので、幸福は賞讃に値するもののひとつなのか、あるいはむしろ、尊敬に値するもののひとつなのかを考察しよう。というのも、少なくとも幸福が、可能性にとどまるもののひとつではないことは明らかだからである。[1]

さて、賞讃に値するものはすべて、性質と、或るものに対する関係の点から賞讃されることは明らかである。というのも、正しい人や勇気ある人、また一般に善い人や徳《アレテー》をわれわれが賞讃するのは、［かれらの］行為や成果のゆえにであるが、力の強い人や足の速い人やほかのそのような人をわれわれが賞讃するのは、かれらの自然的な性質や、或る種の善さや立派さに対する特定の関係においてだからである。[2] このことは、神々に対する賞讃からも明らかである。というのも、われわれを標準とし、そのわれわれとの関係で神々を賞讃することは滑稽に思えるが、そうしたことは実際に起こっているからである。なぜなら、すでに語ったように、賞讃は或る標準となるも

のとの関係づけによって生じるものだからである。

また、もし賞讃がこのような［標準となる善いものとの関係で評価される］ものに対してなされるのであれば、明らかに、最善のもの［自体］を賞讃するということはありえない。最善のものには［賞讃より］もっと偉大でもっと素晴らしいものがふさわ

1　『大道徳学』（アリストテレスの真作かどうかの問題がある、アリストテレス派の著作）の第一巻第二章一一八三b一九～三七では、善いとされるものとして「尊敬に値するもの」「賞讃に値するもの」「可能性」「ほかの善いものを保全したりつくり出したりするもの」の四種類が挙げられている。著者は権力、富、強さ、美などは単なる「可能性」であり、すぐれた人によって現実に善用されないかぎり善いものとはいえない、と論じている。

2　足の速さのような自然的性質ならば、その性質の持ち主は足の速さを発揮することで賞讃される。他方、純粋に価値的な優劣の問題では、標準となっていつでも参照されるべき中心的な優秀性と、その標準を参照してそこから優秀と判定される二次的な優秀性が区別される。アリストテレスの見解では、一般的な価値評価法や讃辞の使用法のなかではわれわれ自身、その標準については、単に「賞讃」する以上の「尊敬」等のもっとも高いランクの評価でなければ満足できない。幸福は、人間に可能なもろもろの善いものの世界で、ほかの善にとってそのような真の標準なのだとかれは論じる。

しいことは明らかであり、事実そのように思われているのである。実際、われわれは神々と、人間のなかでももっとも神的な人たちを「祝福」し、「幸福と呼んでいる」のである。そしてこれは、さまざまな善の場合も同様である。正義を賞讃するようにして「幸福を賞讃する」人はだれもおらず、より神的でより素晴らしいものとして幸福を「祝福する」のである。

快楽をもっとも優秀なものとしたエウドクソスの弁護も見事であったと思われる。というのもかれは、快楽が善いもののひとつなのに賞讃されないというまさにそのことが、快楽が賞讃に値するあれこれのものよりもいっそう善いものであることを示しており、神や善がそうした［賞讃を超えた］ものだと考えたからである。というのも、それ以外のものはこれら［神・善・快］と関係づけられて賞讃される［とかれは考えた］からである。

また実際、賞讃は徳《アレテー》に対してなされるものである。というのも、われわれが美しいことを為すことができるのは徳《アレテー》に基づいてのことだからである。しかし、讃辞[3]は、身体にかんすることに対しても、魂にかんすることに対しても、同じように成果に対してなされる。しかしおそらく、これらについて正確を期する作業は、讃辞について

b30

研究を積んできた人々[4]にふさわしいものであろう。語られたことから明らかなのは、われわれにとって幸福は、尊敬に値する、完璧なもののひとつである、ということである。
1102a　また、こうしたことが成り立つと思われる理由には、幸福が行為の出発点となる原理[5]であるということもある。というのも、われわれはみな、幸福のためにほかのあらゆるものを為しており、そしてわれわれはさまざまな善いものの原理にして原因となるものを、尊敬に値する神的なものと定めているからである。

---

3　讃辞（enkōmia）は特定の行為を讃えることである。『弁論術』第一巻第九章一三六七b二六〜三五、『エウデモス倫理学』第二巻第一章一二一九b八〜一六。よい行為は魂とその徳《アレテー》を原因とし、徳《アレテー》そのものにかんしては、讃辞というより賞讃がふさわしい。

4　弁論家や修辞法の研究者たち。

5　ここでの「出発点となる原理（arkhē）」およびつぎの文の「さまざまな善いものの原理（arkhē）にして原因（aition）」は、アリストテレスの「目的因」と呼ばれる原因。人は今ここの行為を、幸福「のために」あるいは幸福「を究極目的として」おこなう、ということである。アリストテレスは「目的因」「形相因」「質料因」「起動因」という全部で四種の原因を考えた。マッチを擦ったら火がついたとき、マッチを擦ったことは発火の「原因」だが、これはアリストテレスの分類では「起動因」である。

# 第十三章　幸福論から徳《アレテー》論へ——徳《アレテー》の二大区分

さて、幸福が「完全な徳《アレテー》に基づく魂のなんらかの活動」[1]である以上、われわれは徳《アレテー》について考察しなければならない。というのも、徳《アレテー》の考察を通じて、きっと幸福についてもよりよく理解できるようになるはずだからである。またそれだけでなく、真の政治の専門家もまた、ほかの課題以上に徳《アレテー》をめぐってとくに苦労を重ねてきたように思われる。なぜなら、そのような専門家は市民をすぐれた者にして、法に従うようにしたいと考えるものだからである。われわれが知っていることの模範は、クレタやスパルタの立法者である。[2]あるいは、ほかの国ですぐれた立法者が生まれたとすれば、そのような人も模範に含めることができるだろう。そして、現在のわれわれの考察が政治学［と倫理学］にかかわるものであるなら、「徳《アレテー》という主題に向かっている」われわれの探究がそもそもはじめに設定した意図にかなうものになることは、[3]明らかである。ただし、「徳《アレテー》（卓越性）」といっても人間の徳《アレテー》がわれわれの考察しなければならない主題であるということは、明らかである。なぜなら、われわれがここまで探究してきたのは、まさに人間の善と人間の幸福だからである。また、「人間の」徳《アレテー》といま言うとき、われわれは身体の卓越性《アレテー》のことを言いたいわけではなく、魂の徳《アレテー》のことを言っている。そしてわれわれは幸福をも、魂の活動であるというように語っている。

だが、以上のとおりであるなら、眼の治療をする人が身体全体のことを或る程度知らなければならないように——そして、政治学［と倫理学］が医学よりいっそう尊重されていていっそうすぐれた学問である分、これはもっとずっと重い、当然の義務なのだが——、政治の専門家が魂にかんすることを或る程度は知っていなければならないということは、明らかである。しかも、医者のうちでも教養のある人々は、身体の認識のために多くの研究をしている。それゆえ政治の専門家も、魂について研究しな

1　第七章一〇九八a一六～一七参照。
2　クレタもスパルタも、法律において国ぐるみの教育と養育のやり方を工夫したことで知られていた。『政治学』第二巻第六章、第七章、本書第十巻第九章一一八〇a二四～二九。
3　第二章参照。

ければならないのである。ただし、あくまで自分が課題とする目的のために研究するのであり、探究されている主題にとって十分な程度に研究すれば、それでよい。なぜなら、それ以上厳密を期すことは、当面の主題からみて余分な面倒にすぎないように思われるからである。

さて、魂にかんするいくつかのことは外部向けの著作[4]においても十分に論じておいたから、いまはそうした議論を利用すべきである。「そのような議論によると、」たとえば、魂のなかには分別を欠く部分と、分別《ロゴス》がある部分とがある。ただし、この二つの「部分」が、身体の諸部分や、「真に」部分に分かれるどんなものでもそうであるように「実在の問題として」分かれているのか、それとも一本の曲線をあらわす「凸《とつ》型のふくらみ」と「凹《おう》型のくぼみ」のように、定義において二つであっても自然の実在としては互いに区別されないのかということは、われわれの現在の問題にとってどちらでもよいことである。

そして、その「分別を欠く部分」のひとつは、植物と共通する部分である。つまり、栄養摂取と成長の原因となるような部分である。というのも人は、魂のそのような能力を胚のなかであれ、完成した生物のなかであれ、どこでも同一の能力として、栄養

1102b a30

を摂取するあらゆる生物のなかに認めることができるからである。実際、ほかのなんらかの能力というよりこの能力があまねくあるとするほうが、よりいっそう筋が通るのである。そしてこの能力の点での卓越性《アレテー》は、なんらかの共通性がみられる卓越性《アレテー》なのであって、人間ならではの卓越性《アレテー》（徳）というわけではないように思われる。実際、睡眠のあいだもっともよく活動しているように思えるのはこの部分であり、この能力であるのに、眠っているときに善き人と悪しき人を識別することは、ほかの場合よりも困難なのである（ここから人々は、「人生の半分の時間、幸福な人々は惨めな人々と、何も違わない」と言っている。そして、そのようになるのも当然のことである。というのも、睡眠とはまさに、魂として「すぐれている」ないし「劣っている」と言われるような観点においては、魂が活動していない状態にあるということだからである）。――ただし、［睡眠のあいだも］なんらかの微細な現実の運動が引き続き［心に］届いていて、そうした運動のゆえに、高潔な人に浮かぶ［夢のなかの］像は、ごくふ

4　「外部向けの著作」とは、リュケイオンの外部の読者を想定して公刊された著作のことで、多くは散逸している。なお、これがどの著作のどの箇所を指すのかは不明である。

つうの人に浮かぶ像よりすぐれているのかもしれない。そのような場合は、また別の話になるだろう。

　しかし、この話についてはこれでおしまいにして、栄養摂取をする部分についてはもう放っておくべきである。実際のところ、自然本性の観点からいって、この部分は人間の徳《アレテー》とは無縁なのである。これに対し、これとは別の魂の自然のあり方があり、これもまた「分別を欠いている」ように思える。ただし、それにもかかわらずこの別の部分のほうは、或る意味で分別《ロゴス》に与るようなものである。というのも、抑制ある人と抑制のない人の場合、[6]かれらの分別《ロゴス》と、かれらの魂の分別《ロゴス》のある部分とをわれわれは賞讃するからである。なぜなら、分別《ロゴス》こそ正しく、また最善の事柄へと向かうように人を促してくれるものだからである。しかし、明らかにこの両方の類型の人々のなかに、分別《ロゴス》に反するような本性をもつ別の何かも存在する。そしてこの別の何かが分別《ロゴス》と戦い、分別《ロゴス》に逆らっている。実際、身体の一部分が麻痺したときこれを右に動かそうとする選択をしても、誤って反対に左に動いてしまうことがあるが、いまは魂 b20
において、これと同じありさまになっているのである。なぜなら抑制のない人には、互いに反対方向に向かうような複数の衝動が内在しているからである。ただし、われわれは身体の場合に誤った動きをするものを眼で観察できるが、魂の場合には、そのような動きをするものがそれとして眼に見えるわけではない。しかし、それでもわれわれは、同じように魂のなかにも分別《ロゴス》に反する何かの部分があり、これが分別《ロゴス》とは反対のほうに向かい、分別《ロゴス》に抵抗するのだ、というように想定しなければならないはずである。そして、この部分がそれ以外の部分とどう違うかということは、今はどうでもよいことである。すでに語ったように、ともあれその何かもまた、分別《ロゴス》に与るように思われる。事実、少なくとも抑制のある人におけるそのような部分は、分別《ロゴス》に従っ

5　原語は epieikēs。第五巻以後、共同体における正義の実現を論じる文脈で頻出するようになる言葉。道理が分かり、公共の正義の実現のために尽くす、私利私欲を超え温かみのある大人物のこと。第五巻第十章注2参照。

6　両者とも、心の中の葛藤を経て行動に至る。抑制のある人は分別《ロゴス》に従った行動に至り、その結果が賞讃される（後で出てくる節制の人は十分な徳《アレテー》をそなえているため、葛藤を経ないで分別《ロゴス》に従う。したがって結果として外にあらわれる行動のみでなく、その人が節制の徳《アレテー》を持つ点で賞讃される）。他方、抑制のない人は分別《ロゴス》に従った行動をしそこねる。しかし葛藤がそもそもないような本物の悪徳の人ではなく、分別《ロゴス》がなんらかあって葛藤を経験した点では、悪徳の人ほど極端に低く評価されず、分別《ロゴス》自体は賞讃される。

ている。――節制の人と勇気ある人におけるそのような部分は、おそらく、さらに
もっと聴従する力がすぐれているだろう。[7] なぜなら、かれらの場合、内部のすべてが
分別《ロゴス》に同調の声を上げているからである。

したがって、「分別を欠く部分」にもまた、二通りの意味があるように思われる。
というのも、植物にもあるそのような部分は分別《ロゴス》にいっさい関係しないが、欲望や欲
求一般の意味でのそのような部分であれば、分別《ロゴス》に「聴き従い」分別《ロゴス》に「従順であ b30
る」かぎり、なんらかの仕方で分別《ロゴス》に与るからである。

こうして、このような意味でわれわれは、父親や親しい友人たちのことを「分別《ロゴス》が
ある［助言を理解し、聞き入れている］」と言っている。この「分別《ロゴス》」は、数学者たち
が「分別《ロゴス》がある［学問的な説明をおこなうことができる］」という意味の分別《ロゴス》ではない。
また、分別を欠く部分がなんらかの意味で分別《ロゴス》によって説得されるということは、忠
告［ということの通用］によっても、あらゆる種類の叱責や勧告［ということの通用］
によっても、現に示されていることでもある。――しかし、以上のような意味をも 1103a
「分別《ロゴス》がある」と言うべきであるなら、「分別《ロゴス》があること」も二通りの意味を持つ事柄
になるだろう。すなわち、一方に本来の、自らのうちに分別《ロゴス》があるという意味があり、

他方に、父親に聴き従うというようにして分別《ロゴス》があるということになるだろう。

そして、徳《アレテー》もまたここで登場した区別に応じて二分される。なぜなら、さまざまな徳《アレテー》があるなか、われわれはさまざまな知的な徳《アレテー》とさまざまな人柄の徳《アレテー》を「区別して」語っているからである。[8] つまり、われわれは知恵や物わかりや思慮深さが知的な徳《アレテー》であると言い、気前良さや節制が人柄の徳《アレテー》であると言っているのである。というのも、人々の人柄について語る場合、われわれは「知恵がある」とか「物がわかった」とは言わず、「温和である」とか「節制の人だ」と言うからである。ただし、

7　節制や勇気の徳《アレテー》がそなわる人は、抑制のある人のように不徳の行動に魅力を感じて、葛藤に苦しむということもないと思われる。それくらい分別《ロゴス》に従う力が強いからだ、とアリストテレスは解釈する。

8　「人柄の徳」(ēthikē aretē)。従来「性格の徳」「倫理的な徳」とも訳されてきた)は、つぎの第二巻で総論的に説明される。そして、第三巻第一～五章で行為に関する基礎的議論がなされた後、第三巻第六章～第五巻第十一章で勇気や節制や正義など個別の人柄の徳が説明される。ついで「知的な徳」(dianoētikē aretē)が、第五巻に続く第六巻全体で説明される。

われわれは知恵がある人をも、［人柄の徳《アレテー》がそなわった人と同様に］その人の性向に基づいて賞讃している。そしてもろもろの性向のうちで賞讃に値するもののことを、われわれは「徳《アレテー》」であると語っているのである。

# 第二巻　人柄の徳《アレテー》の総論

## 第一章　人柄の徳《アレテー》は、人が育つ過程における行為習慣の問題である

したがって徳《アレテー》は二種類あり、知的な徳《アレテー》と人柄の徳《エーティケー・アレテー》がある。そして知的な徳《アレテー》はその大部分が教示によって生まれて、教示によって伸びてゆく。[1] それゆえにそれは、経験と時間を要する。他方、人柄の徳《アレテー》は［行為の］習慣《エトス》から生まれるものである。それでこの「エーティケー（人柄の）」という語も、「エトス（習慣）」から少し変化してできたものである。[2] このことから、人柄の徳《アレテー》のどれひとつとして、生まれつき自然にわれわれのうちに生じているというわけではないこともまた、明らかである。というのも、自然の力によってあるものの何ひとつとして、現状と違うように習慣付けられることはありえないからである。たとえば石は、自然によって下方に動くものである。これをたとえ一万回投げ上げて上向きに動くようにしようとしても、石を上に動くように習慣づけることはできない。また、火を下方に動くようにすることもできないのである。そして、これら以外の自然的傾向のもののどれをも、その傾

向と別の傾向に「習慣化」することはできない。それゆえ、もろもろの徳《アレテー》は、生まれつき自然にわれわれに内在しているのでもなければ、自然に反してわれわれに内在化するのでもない。われわれは徳《アレテー》を受け入れるように自然に生まれついているのではあるが、しかしわれわれが現実に完全な者となるのは、習慣を通じてのことなのである。[3]

さらに、自然に生まれつきわれわれにそなわっている事柄の能力を、はじめにわれわれは保持していて、のちになってそれを活動として発揮するのである（このことは

1 教示によって得られない知的な徳《アレテー》もある。思慮深さ（phronēsis）は、もろもろの人柄の徳《アレテー》が行為の習慣により身につくことに応じて、それと同時に人にそなわるような、行動を支える知的な徳《アレテー》である。第六巻第五章参照。

2 アリストテレスによるこの説明は、語源学的には誤ったものである。また、プラトン『法律』第七巻七九二Eを参照。

3 人間には、善い方向に変化しやすいという自然に由来する特性がある。しかし生まれただけではまだ現実の徳《アレテー》はその人のものではなく、教育や躾けを受けながら本人がおこなう善い行為の現実の集積こそ、大人になったときの善さを生む。

知覚の場合に明らかである。というのも、繰り返し見たり、繰り返し聞いたりすることから知覚を得たわけではないのであり、逆に知覚をもともと保持しているからこそ、知覚を使用できたのである。使用して、それで保持するに至ったというわけではない [a30])。

これに対して、もろもろの徳《アレテー》をわれわれが得るのは、予め活動したからである。これは、ほかの技術の場合と同様である。学んで為すべき事柄であれば、われわれはその事柄を実際に為しながら学ぶのである。それゆえ、たとえば人は、家を［実際 [1103b] に］建てることにより建築家になり、キタラを［実際に］奏しながらキタラ奏者になる。これと同様に人は、正しいことを［実際に］為しながら正義の人となり、節制あることを［実際に］為しながら節制の人となり、勇気あることを［実際に］為しながら勇気ある人となる。——国家において起こっていることもまた、この点についての証拠となる。すなわち、立法者は、市民がすぐれたことを為すように習慣づけるものである。[4]いかなる立法者であっても、立法者の意図はそこにある。ただし、当の習慣化を立派におこなわない立法者は、誤ってしまう。そしてこの点において、さまざまな国の体制のあいだで優劣の差が生じてくるのである。

さらに、どんな徳《アレテー》にしても、それが生まれてくるのも滅んでゆくのも、同種の活動により、同種の経過を経てのことであり、この点も技術の場合と同様である。つまり、キタラを奏する［という同種の］ことから、すぐれたキタラ奏者と劣ったキタラ奏者の両方が生じる。この点は、建築家にせよほかのすべての技術者にせよ、キタラ奏者の場合と同様である。立派に建築をすることからすぐれた建築家になり、劣った建築をすることから劣った建築家になる。なぜなら、もし以上のように結果として優劣の差が出ないのであれば、教える人間などそもそも必要なかったということになるだろうし、全員がはじめからすぐれているとか、全員がはじめから劣っているとかの結果になっただろうからである。――徳《アレテー》にかんしても、これと同様なのである。実際、人々に対するさまざまなやりとりを実践するなかで、われわれのうちの或る者は

4　人々をすぐれた行為に向かわせる役割を担うものとして、立法者・政治家（および政治学）がたびたび言及される。すでに第一巻でも、第十三章（一一〇二a七）で、政治家と立法者が市民をすぐれた者にして法に従わせることに腐心しているとされる。第三巻でも、第一章（一一〇九b三〇）や第五章（一一一三b二一）で、美しいことを為す人々を奨励し、劣悪なことを為す人々を抑制するために立法者が名誉と罰を与えると述べられる。

b10

正しい人になり、或る者は不正な人になるのだし、恐ろしい状況でもろもろの事柄を為しながら、恐れる習慣か、あるいは臆しない習慣かのどちらかを身につけるので、それでわれわれのうちの或る者は勇気ある人に、また別の或る者は臆病になるのである。そして欲望にかんすることも怒りにかんすることも、これと同様である。或る人々は節制の人であり、温和でもある人になり、別の或る人々は放埒《ほうらつ》で、苛立ちやすい人になる。——或る人々は一定の仕方でふるまうことから一方の「すぐれた」人になり、別の或る人々はまた別の一定の仕方でふるまうことから、他方の「劣った」人になる。

そこで一言でまとめるなら、性向は、その性向と同じような活動から生じるのである。それゆえにわれわれは、「何よりもまず」活動を一定の「すぐれた」性質のものにしておかなければならない。というのも、活動の性質の違いに応じてそれに付随する性向も違ってくるからである。したがって年少の頃からずっと「そのように」習慣づいているのと、「このように」習慣づいているのとで、相違は小さなものではなく、きわめて大きい。否、それどころか、それこそがすべてであると言うべきであろう。

# 第二章　倫理学は自分が善き人になるためのものである

そこで、いまわれわれがおこなっている探究は、ほかのさまざまな探究のように理論研究のためではないので[1]（というのも、われわれがいま考察しているのは「徳《アレテー》とは何か」を知るためではなく、われわれ自身が善き人になるためだからである。事実、もし知るための探究であったなら、それから得られる利益など、なにもないであろう）、われわれはもろもろの行為にかかわる研究をして、それらの行為をどのように遂行すべきか、研究しなければならない。なぜなら、すでに語ったように[2]、性向が一定の性質になることを決定するのもまた、行為だからである。

さて、正しい理由《ロゴス》に基づいて[3]行為すべきであるということは人々の共通の考えであり、これが話の基礎として前提されなければならない（ただし、後に[4]この「正しい理由《ロゴス》」について、それはいったい何であるかということ、および、ほかのもろもろの徳《アレテー》とどう関係するのかということが［改めて］論じられる）。また、はじめのとこ

b30

ろでわれわれは、論述というものは題材に応じたものでなければならないと言ったが、いまもそのとおりに、もろもろの行為にかかわる議論はそのおおよその輪郭において語られるべきであり、これを厳密に語ろうとすべきでないという点も、これに付け加えて同意されているとみなさなければならない。また、「健康」にかかわる事柄がそ 1104a

1 アリストテレスの学問分類において、三種類の学問が目的により分けられる。形而上学、自然学、数学などの理論・観想的学問は知ることのためであり、政治と倫理に関する実践的学問は学問的認識の結果生まれるよい行為のためである。詩学と弁論術を含む制作的学問は、よい制作行為の結果生まれる見事な作品のためである。

2 第二巻第一章一一〇三a三一～b二五。

3 ここで「正しい理由」と訳したのは orthos logos である。この言葉は第三巻第五章末（一一一四b二九）にここを承けて登場し、第二巻の「人柄の徳《アレテー》」の議論全体を第六巻冒頭で引き継ぐ際にあらためて登場する（一一一三b二〇）。最終的に orthos logos とは何かということは第六巻第十三章で論じられる。

4 第六巻第十二章で挙げられる、知的な諸徳《アレテー》をめぐるいくつかの難問を解決する過程の議論（つぎの第十三章中にある）で、この点が論じられる。

5 第一巻第三章一〇九四b一一～二七。

うであるのと同じく、行為において問題となる事柄も、もろもろの「有益なもの」も、［場面ごとのゆらぎにより］まったく安定していない。そして、一般的説明がすでにそのように不安定な性質なのだから、個別事例にかんする説明は、さらにいっそう厳密さを欠くのである。というのも、個別事例は技術の管轄下に収まるものでもなければ、教訓マニュアルの想定内のものでもないのであり、行為者はかれが直面している現在の機会における事柄を、自分自身で検討しなければならないからである。これは、「医術」や「操縦術」の場合と同じことである。

しかし、たとえわれわれの現在の論述がその程度のものであっても、これにわれわれは助力しなければならない。

そこで、はじめに、身体の強さや健康さにおいてわれわれが現に観察できているのと同じく、われわれのいまの主題となる人柄の諸徳《アレテー》という事柄もまた、不足と超過によって破壊されてしまうような自然的性質を帯びているという点を、理解しておかなければならない（このように［類比によって］説明するのは、不明瞭な事柄の解明のために、明瞭にわかっている事柄を証拠品として利用する必要があるからである）。なぜなら、運動のやりすぎも不足も身体の強さを破壊するのだし、同じようにあまりに多い食べ物や飲み物も、あまりに少ない飲食物も、健康を破壊するからである。その一方で、ちょうど釣り合いの取れた量のものであれば、今度はその適量のものが強さと健康をつくり出し、増強して、そして保ってくれるのである。

そうであるなら、節制の場合にも勇気の場合にも、またそのほかのもろもろの徳《アレテー》の場合にも、事情はこれと同様なのである。なぜなら、あらゆることを回避し、恐れて、どんなことにも踏みとどまらないような人は「臆病」になるのであり、どんなこともいっさい恐れず、たとえどんなことであってもそれに立ち向かってゆく人は「向こう見ず」[6]になるからである。また同じように、いかなる快楽をも味わい、どのような快楽をも慎まない人は「放埒《ほうらつ》」になるが、その一方で、野暮ったい人々がそうするように、いかなる快楽も避けて通る人は、或る種の「無感覚」のようなものになる。――それゆえ、以上のように、節制と勇気は超過と不足によって破壊され、中間性[7]によって維持されるのである。

6　こうした人が「勇気ある」とされず「向こう見ず」とされることは第三巻第六〜八章で論じられる。

しかし、同じ活動から同じ原因によって起こるのは、徳《アレテー》の形成と増強と消滅だけではない。これらの徳《アレテー》を発揮する現実の活動もまた、同じように成立している。実際、たとえば身体の強さの場合のように、徳《アレテー》とは別のもっと明瞭な事柄においてもこのとおりの事情なのである。すなわち、多くの栄養を摂取し多くの労苦に耐えることから強い人が生まれるが、そのように多くの栄養の摂取をして多くの労苦に耐えるということをもっともよく為しうるのはだれかと言えば、それは、現に身体の強い人にほかならない。——もろもろの徳《アレテー》にかんしても、これと同様である。なぜなら、さまざまな快楽を慎むことからは節制の人が生まれるが、それと同時に、節制の人になった場合にこそ、われわれは快楽を慎むことを、もっともよく為しうるからである。勇気についてもこれと同様である。というのも、恐ろしいことを見下し、それにも踏みとどまるという習慣がついたときにわれわれは勇気ある人になるのだが、それだけでなく、いったんほんとうに勇気ある人になったときに、われわれは恐ろしいことにも踏みとどまるということを、もっともよく為しうるからである。

1104b a30

7 「中間性」の原語は mesotēs。後の第六章一一〇六a二四以下で人柄の徳《アレテー》に一般的説明が与えられるときも、感情と行為の「中間（meson）」ないし「中間性」として定義されることになり、この言葉が説明の鍵とされる。

## 第三章　徳《アレテー》は快楽と苦痛に密接なかかわりをもつ

そしてわれわれは、さまざまなはたらきに伴って感じる快楽と苦痛を、「魂の」も
ろもろの性向がいかなるものかを明かしてくれる徴《しるし》とすべきである。実際、身体的
快楽を慎み、かつ慎むことそのことに喜びを感じる人が節制の人であり、慎むことな
どいやだと苦痛に感じる人は放埒《ほうらつ》な人である。また、恐ろしいことにも踏みとどまり、
かつそのことを喜ぶか、あるいは少なくともそのことをいやだと感じないような人が、
勇気ある人であり、踏みとどまることはいやだと苦痛に感じる人は、臆病な人である。
なぜなら、人柄の徳《アレテー》とは「そもそも」、快楽と苦痛にかかわりをもつようなものだ
からである。つまり、われわれは快楽のゆえに劣悪なことを為し、また苦痛ゆえに立
派なことを敬遠するのである。それゆえ、プラトンが主張するとおり[1]、人はごく若い b10
頃から早々に喜ぶべきものを喜び、苦痛を感ずべきものに苦痛を感じるよう、なんと
か導かれてゆかねばならない。なぜなら、正しい教育とはこのこと以外のなにもので

もないからである。

またさらに、もし諸徳《アレテー》が行為と感情をめぐるものであり、しかもどんな感情にもどんな行為にもそれぞれ快苦が伴うのなら、この理由からしても徳《アレテー》は、快楽と苦痛にかかわりをもつということになるだろう。そして、快楽と苦痛を手段に用いておこなわれているさまざまな懲らしめもまた、この点を示している。そのような懲らしめは治療行為の一種だが、治療行為は一般に、［問題となる事柄と］反対の性格のものを通じてなされるという性質をもつからである。[3] さらに、われわれが少し前にも言ったとおり、[4] 魂のいかなる性向も、その性向を劣ったものにもすぐれたものにもするよう

1 『国家』第三巻四〇一E～四〇二Aおよび『法律』第二巻六五三A～Cなど。

2 「感情」と訳した原語は pathos。「感情」の非常に広い意味合いで理解する必要がある。第二巻第五章および第六章で人柄の徳《アレテー》の本質を論じる際、行為とともに最重要な考察対象になる。その発端にあたる第五章一一〇五b二一～二三で「感情」の例が列挙される。

3 発熱時には冷やすなどの措置のこと。この治療の原則に従えば、過剰な快楽という「病状」のときには、その反対の苦痛を与えるべきであることになる（プラトン『ゴルギアス』四七九A～Cなどに登場した考え）。

な特性のあるもろもろの要素に向かって、またそのような要素をめぐって、自らの本性をもっている。そして、人々は快楽と苦痛によって劣悪になるのだが、このことは、追求すべきでない快楽を追求したり、避けるべきでない苦痛を避けたり、あるいはそうすべきでない時に、またそうすべきでない仕方で、あるいはまたこの種の事柄が規定によって定められるような［手段や相手などにかんする］ほかの逸脱において追求したり避けたりすることにもよるのである。また、このことゆえに人々は、徳《アレテー》を或る種の「感情に左右されないこと」[5]ないし「不動性」として定めることにもなった。しかし、この人々の規定は適切ではない。なぜなら、かれらは必要な限定をはずして語ってしまっていて、「そうすべき仕方で」と「そうすべきでない仕方で」や、「そうすべきときに」と「そうすべきでないときに」や、あるいはそのほかのもろもろの付加すべき規定を語っていないからである。――したがって、徳《アレテー》とは快楽と苦痛にかかわりながら最善の事柄を為すような性向であり、悪徳とはこれと反対のものであるということが、これからのわれわれの議論の基本前提となる。

徳《アレテー》と悪徳が［快楽と苦痛という］同じものにかかわるということでの結論は、以下のような考察からもわれわれにとって明らかになるだろう。すなわち、選び取る際に重要となるものは三つあり、避ける際に重要となるものも三つある。それはまず［選択に向けては］、美と有益性と快さであり、その反対の［避けるときの］ほうは、醜悪さ、有害性、苦しさである。そしてこれらすべてにかんし、善き人とは正しくふるまうような人であり、悪しき人とは誤りを犯しがちな人である。しかし、それだけでなく、なかでも人がもっとも誤るのは、快楽にかんしてなのである。というのも、快楽は動物と共通のものであると同時に、何を選び取るにしてもそこにかならず感じられるものでもあるからである。なぜなら、美しいものも、有益なものも、われわれには快いものに思えるからである。

さらに、快楽は、幼少の頃からわれわれすべてと一緒に育まれてきたものである。したがって、われわれの人生にすでに染み渡っているこの快楽の情を払拭することは、

4　第二章一一〇四a二七～二九。

5　「感情に左右されないこと」の原語は apatheia。後のストア派の哲学でも人生の課題とされた。なお、徳《アレテー》について文字通りこの定義を与えたと言える当時の論者は確認されていない。アカデメイア第二代学頭スペウシッポスはこれに近い考え方であったことが知られている。

困難である。その一方で、われわれは、各人の個人差をかかえながらも、自分の快楽と苦痛を尺度としてもろもろの行為を測っている。このことゆえに、われわれの全問題のすべては快楽と苦痛にかかわるものだということが、必然的に成り立つのである。というのも、快楽と苦痛の感じ方が良いか悪いかという違いは、その人が実際に為すあれこれの行為に向けて、けっして小さくない違いだからである。

さらに、ヘラクレイトスも言うとおり、[6]「自らの激情と戦うことは困難である」のだが、その激情と戦うことより、自らの快楽と戦うことのほうがさらにいっそう困難であり、技術も徳《アレテー》もともに、このような「より困難なこと」の解決につねにかかわってきたものなのである。なぜなら、より困難な課題においてすぐれていることこそ、そうでない課題においてすぐれていることにくらべ、いっそうすぐれているからである。したがって、この事情からも、徳《アレテー》にとっても政治学［と倫理学］にとっても、その全問題は快楽と苦痛にかかわるものだということになる。なぜなら、快苦にすぐれた仕方で対処する人は善き人であり、対処の仕方が劣悪な人は悪しき人だからである。

徳《アレテー》が快楽と苦痛にかかわるものであること、徳《アレテー》はそれが発生してきた［のと同様の」活動によって成長するが、しかし、もしもしかるべき仕方でなされないなら徳《アレテー》もまた消滅すること、また徳《アレテー》の活動というものも、徳《アレテー》が発生してきたもとの活動にかかわって起こるということ、以上をここまでで語ったことにしよう。

6　ヘラクレイトスはエフェソス生まれの前六世紀の哲学者。印象的な警句が残っている。引用されているのは、断片八五。

## 第四章　徳《アレテー》のためには人は、行為の習慣により特有の性向になっていなければならない

ところで、正しい人になるには正しいことを為すことによってでなければならず、節制の人になるには節制あることを為すことによってでなければならないとわれわれは語っているが[1]、これはどのような意味のことかと悩む人もいるかもしれない。「なぜなら、文法にかなった事柄や音楽の素養を示す事柄をおこなっているなら読み書きのできる人であり、音楽のできる人であるが、これと同様に正しいことや節制あることを為しているのなら、それでもう正義の人であり節制ある人なのだから」というわけである。

――しかし、技術の場合でさえ、この説のとおりにはなっていないのではないだろうか？　というのも、ただの偶然からでも他人の指図によっても、人がなにか文法にかなったことを為すことは、可能だからである。それゆえ、文法にかなったことを為し、かつそれを読み書きのできる人の仕方において為す場合に、人は読み書きのでき

る人である。ただし、この「読み書きのできる人の仕方において」とは、「自らのうちにある文法術に基づいて」ということである。

さらに、技術の場合と徳《アレテー》の場合とで、「とりわけよく」似ているというわけでもないのである。なぜなら、技術によって果たされる仕事は、立派さ〔の決め手となる特徴〕をその仕事自身のうちにもっている[2]ので、したがって当の仕事が一定のすぐれた状態になるということで十分であるが、その一方で諸徳《アレテー》に基づいて為される事柄のほうは、その事柄が一定の状態であるならば正義にかなって為され、節制にかなって為される、というわけではないからである。行為者が一定の性向の状態にあって為すということも、このことのために必要なのである。すなわち、第一に、行為者は何を、為すべきかわかった上でその事柄を為さなくてはならない[3]。第二に行為者は、その行為を選択して、しかもその行為そのもののゆえに選択して為しているのでなければな

1　第一章一一〇三a二六～b二。

2　前段のようなまぐれ当たりや他人の指図を除外するとき、あとは技術や芸術の作品は、作品として評価されればよい。他方、行為に関する評価では、その行為者にかかわる条件をさらに勘案しないと、問題の行為が徳《アレテー》に基づくものか否かを決定できない。

a30

らない。[4]さらに第三には、行為者は確固として動じない性向を保ってその行為を為すのでなければならない。[5]

ほかの諸技術をもつためには、〔第一の〕知っていることそのもの以外の条件が問 1105b
題になるということはない。これに対し諸徳《アレテー》を持つためには、知っているということの第一条件は、重要ではないか、あまり重要ではない。だがその一方で、ほかの二条件は重要な条件であり、全部の鍵を握っている。そして、じつはこの二つこそ、行為者が何度も正しいことや節制あることを為すことによって〔その行為者内部に〕現実にそなわるようになるものなのである。

したがって、正義の人や節制の人が為すであろう、そのような事柄である場合に、或る事柄は「正しい事柄」とか「節制ある事柄」というように語られる。他方、ここでいう「正義の人」や「節制の人」というのは、〔単に〕「そのような事柄を為すような人」なのではなく、それに加えて〔そのような事柄を〕正義の人々や節制の人々が為す、そのとおりの仕方で為す人のことである。——それゆえ、このようにして、「正しいことを為すことから正義の人になり、節制あることを為すことから節制の人になる」というあの説[6]は、正しいのである。そして、そうした〔すぐれた〕ことを為さないならば、だれひとりとして善き人になれる見込みはないだろう。しかしそれにもかかわらず、多くの人々はすぐれたことを為さないまま［ただの言葉による］議論へと逃れて、自分は知恵を愛していると思い[7]、そんなやり方ですぐれた人間になれる

3　自分が為しているのがどういう行為か知っていること。自分の行為にかんする、だれを相手にする行為か、どのような種類の行為かなどの点の無知（第三巻第一章で論じられる）を排除する。通常、問題なく合格する条件なので、次段落で「重要でない」と言われる。

4　当の行為を「善いものだから」という理由により選択しておこない、ほかの理由によらずにおこなうということ。選択（proairesis）については、詳しくは第三巻第二～五章参照。行為の習慣によってその人の人柄が固まったとき、人は選択に基づいて行為するというのがアリストテレスの発想である。なお、技術の場合にはこの第二条件は必要ない。すぐれた陶器の制作には、当の制作行為が善い行為だからという理由の介在は必要ないからである。

5　第三の条件は態度の確かさ、ないし自信。人は幼少期からのすぐれた行為の反復の結果、徳《アレテー》と人柄に基づいて迷いなく行為できるようになる。この場合には、それまでの徳《アレテー》形成過程のさなかにあった態度のゆらぎ（自信のなさ）や逡巡や事後の後悔は排除される。

6　本章冒頭で難問を立てる人々によって問題視された説。

7　つまり、「哲学している」と思っている。

と思っているのである。だがこれは、医者の言うことに注意深く耳を傾けながらも、医者が処方したことを何ひとつ実行しない患者と、同じようなことをしているだけなのである。したがって、そうした患者がこのような態度で治療を受けても身体を健康状態にできないのと同様、先ほどの多くの人々も、そのような［浅薄な］仕方で「知恵を愛する」ならば、魂をすぐれた性向にすることはできないだろう。

## 第五章　徳《アレテー》も悪徳も魂のなんらかの性向として定義できる

以上に続けて、徳《アレテー》とは何であるかを考察しなければならない。魂のなかにあらわれるものは感情と能力と性向の三つであるので、徳《アレテー》はこれらのどれかであることになる。ここでわたしは「感情」ということで、欲望や怒りや恐れや自信や妬みや喜びや愛や憎しみやあこがれや羨望や憐れみ、それから一般に快楽もしくは苦痛が伴うような気持ちのあり方のことを言っている。[1]他方、「能力」[2]ということでわたしは、われわれがそれによりこれらの感情をもつことができると語られる［身体能力的な］力のことを言う。たとえば、それにより怒りを覚えることができる能力、それにより苦しみを感じることができる能力、それにより憐れむことができる能力がこれにあたる。また、わたしの言い方で「性向」[3]とは、「その性向によってわれわれが、それら諸感情に対して善いあり方をしているか、さもなければ悪いあり方をしている、そのような性向」を言いあらわす。たとえば、もし怒りの覚え方が「激烈といえるくらい強

b20

い」ものか「締まりのないほど弱い」ものであるならば、われわれは悪いあり方をしているのだが、「ほどよく中間的に」怒りを覚えるのなら善いあり方をしているのである。ほかの感情についても、これと同様のことが言える。

そこで、徳《アレテー》と悪徳は、感情ではない。なぜなら、われわれが「すぐれている」とか「劣っている」と言われるのは、われわれの感情を根拠にしてのことではなく、まさにわれわれの徳《アレテー》と悪徳を根拠にしてのことだからである。また、感情を根拠に賞讃されたり非難されたりすることはなく（実際、恐れを感じる人にしても怒りを覚え

b30

1 「感情（pathos）」と言いうる心の現象のなかで、欲望や愛（情）まで含めた広い範囲のものをアリストテレスが考えているということが、ここに挙げている例からわかる。

2 「能力」の原語は dunamis。感情を感じるための、身体側の基礎となる力のこと。

3 「性向」の原語は hexis。広義の用法の訳は「（長期的）状態」。倫理学ではおおむね「性向」で訳せる。善い性向は徳《アレテー》で、劣悪な性向は悪徳。小さな頃からの行為の習慣により、やがて或る程度人柄が固まって、その人の行為の傾向ができあがる。善悪の評価を受けるこうした傾向が「性向」で、不正の人は不正という悪徳の性向を持ち、正義の人は正義という徳《アレテー》の性向を持つ。正義の人は未熟な子どもと違って、正義の行為を自分の選択として為し、ほかの理由からでなく、善いことだからという理由だけで正義の行為を為す。

1106a る人にしても、［そのかぎりでは］賞讃されないし、単純に怒りを覚えるだけの人は非難されず、一定の仕方で怒りを覚える人が非難されるのである）、徳《アレテー》と悪徳にかんして、われわれは賞讃もしくは非難されるのである。さらに、われわれは選択なしに怒りを覚え、恐れを感じるが、徳《アレテー》はそれ自体一種の選択であるか、あるいは少なくとも選択なしにはないものである。[4]以上に付け加えて、われわれの言い方では、人は感情により「動かされる」が、徳《アレテー》と悪徳によるなら「動かされる」のではなくて「一定の性向」なのである。[5]

この理由から、徳《アレテー》と悪徳は能力でもない。なぜなら、限定条件ぬきにただ感情を感じることができるからといって、そのために「善い」とも「悪い」とも語られることはないし、賞讃も非難もされないからである。さらに、われわれは生まれつき能力ある者だが、自然本来の生まれによっては善くも悪くもならない。しかし、これにかんしては前に論じてある。[6]

ゆえに、徳《アレテー》が感情でも能力でもないとすれば、残っているのはそれが性向であるということである。――徳《アレテー》がおおまかな分類において[7]何であるかは、以上で語られたことにしよう。

4　動物も感情をもつ。人間にも生まれながらに感情がそなわっている。しかしアリストテレスの理論では、選択は、大人になりその人固有の行為の習慣ができて、はじめて可能になるものである。選択がすぐれている人が徳《アレテー》のある人である。アリストテレスは第三巻第一〜五章でこの点を詳しく論じる。

5　感情によって行動するのは、反応するという意味で一種の受動性を帯びたことだが、選択による場合、その人が起点となる本当の能動的行為が発生する。この選択に基づく行動の源にあるのが、人間の内面の性向としての人柄である。

6　第二巻第一章一一〇三a一八〜二六。

7　直訳すれば「類において」。アリストテレスは定義を類と種差によっておこなった。たとえば「人間は二足無翼の動物である」という定義では「動物」は類であり、「二足無翼」は種差である。人柄にかかわる徳の定義も、まず徳《アレテー》が悪徳とともに入る「類」を、本章の以上の議論により「性向」として定めることから始まった。つぎの第六章で、悪徳と区別するための「種差」をさらに指定して、人柄にかかわる徳《アレテー》の定義を完成しようとする。

## 第六章　人柄の徳《アレテー》は、感情と行為においてちょうどしかるべき中間的な性向である

しかしわれわれは、「徳《アレテー》は性向である」と語るのみならず、その上とりわけいかなる性向かということをも語らなければならない。

そこで、いかなる卓越性《アレテー》も、卓越性《アレテー》をもつものをよい状態にし、そのものが自己のはたらきをよく発揮できるようにする、と語るべきである。たとえば、「眼の卓越性《アレテー》」であれば、眼をすぐれたものとし、そのはたらきをもすぐれたものとする。実際、われわれはこの眼の卓越性《アレテー》によって、よく見るということができるようになっているのである。同様に、「馬の卓越性《アレテー》」とは、馬をすぐれたものとし、馬が走り、人を乗せて動き回り、敵に直面しながらもその場にとどまるという点ですぐれたものとするのである。それゆえ、すべてのことにこうしたことがあてはまるとすれば、人間の卓越性《アレテー》（徳）もまた、人間を善き者とし、自分自身のはたらきをすぐれた仕方で発揮させる、そのような状態としての性向ということになる。どうしてそうなのかはすで

a20

に述べたが、[1]しかしそれに加え、卓越性《アレテー》（徳）の自然本性がいかなるものであるか、このことをさらにつぎにみるならば、この論じ方によってもその点は明らかになるだろう。[2]

さて、連続しているが分けられるようなすべてのものからも、「より多いもの」と「より少ないもの」と「等しいもの」を取り出してくることができる。そして取り出されたこれらのものは、事柄それ自体においてそうであるか、われわれにとってそうであるかである。[3]そして、「等しいもの」とは、超過と不足の中間である。わたしが「事柄の中間」というのは、「両方の端いずれからも等しく離れているもの」のことである。そしてそれは、いかなる人にとってもまさに同じひとつのものである。他方、「われわれにとっての中間」とは、「超過でも不足でもないもの」のことである。[4]そし

1　第二章一一〇四a一一～二七。
2　第二章の説明は身体の強さや健康の例からの類推によるものだった。以下は、卓越性《アレテー》＝徳にかかわる、より一般的でより本格的な議論である。
3　「われわれにとって（より多い、より少ない、等しい）（pros hēmas）」を直訳すると「われわれとの関係においてそうである」「われわれに対してそうである」のようにもなる。

てこれはひとつではないし、全員にとって同一というわけでもない。たとえば、「十」では多く「二」では少ない場合、人々は事柄に即するなら「六」を中間とする。というのも、「六」が「二」を超過する分と、「十」が「六」を超過する分は等しいからである。そして、これは、「算術的比例」に基づいた中間にほかならない。しかし、われわれにとっての中間のものを、このようなやり方で把握すべきではない。実際、十ムナ食べるのが多く二ムナでは少ないとき、コーチが六ムナを指示するわけではないのである。というのも、六ムナでは、それをいまこれから食べるその当人にとっては多いかもしれないし、少ないかもしれないからである。［大食漢のレスリング選手の］ミロンにとっては少ないだろうし、運動の初心者には多いだろう。そして競走でも格闘技でも、この点は同様である。そこで、このようにして専門の知識をもつ者はだれでも「超過」と「不足」の両方を避け、「中間」を追求してそれを選ぶわけなのだが、ここでその「中間」というべきなのは、事柄の中間ではなく、「われわれにとっての中間」のほうなのである。

それゆえ、このようにいかなる知識もみな、「中間」に着目しておいて、その中間のところへと［その知識の］課題となる事柄を導いてゆくことにより、それらのはた

1106b

らきをすぐれた仕方で完成へともたらすのである（ここから、人々はよく、すぐれた出来栄えの成果について「ここからは何も取り去ることもできなければ、何ひとつこれに付け加えることもできない」というように評するようになった。つまり、超過と不足は立派な性向を破壊してしまうのに対し、中間性のほうはこれを守り通してくれるのである。そして、すぐれた技術者たちもまた、実際にこのような中間に着目しながら仕事をしているとわれわれは語るのである）。その一方で、いかなる技術よりも精確ですぐれているのは自然なのだが、もし卓越性《アレテー》（徳）もまた、この自然と変わらずにどんな技術より精確ですぐれているとすれば、卓越性《アレテー》（徳）とは、中間を狙い当てるものである、ということになるだろう。

ただし「「徳《アレテー》」といっても」、ここではわたしは人柄の徳《アレテー》のことを言っている。なぜなら、人柄の徳《アレテー》は感情と行為をめぐるものであり、しかもその感情も行為も「超

b10

4　この説明には「われわれにとっての中間」がただ単に「足して二で割った中間」ではなく、規範的な性質（善さや適切さや「そうあるべきだ」ということ）を伴うという含みがある。この点はさまざまに解釈される。［解説］参照。

5　一ムナは約六百グラム。

過」と「不足」と「中間」があるものだからである。たとえば、恐れを感じることや自分に自信を抱くこと、欲望を感じることや怒りを覚えることや妬むこと、総じて快さを感じることと苦しい感じがすることは、「しかるべき程度より多い程度」でも「しかるべき程度よりも少ない程度」でもありうる。そして、この二つのいずれも、善いあり方ではない。これに対して、しかるべき時に、しかるべき事柄について、しかるべき人々との関係で、しかるべき目的のために、しかるべき仕方で感情を感じることであれば、それが中間にして最善なのである。そして、まさにこうしたことが、徳《アレテー》を特徴づける事柄である。行為をめぐってもこれと同様であり、行為にも超過と不足と中間がある。だが、徳《アレテー》は感情と行為をめぐるものであり、これらにおいて、超過と不足は誤りであるのに対し、中間は賞讃され、正しいのである。そしてこの〔賞讃され、かつ正しいという〕どちらもが、徳《アレテー》の特徴である。それゆえ、こうして、徳《アレテー》は、少なくとも中間のものを狙い当てることにおいてすぐれている性向である以上、一種の中間性なのである。[6]

さらに、誤りは多様であり（なぜなら、ピュタゴラス派の人々が喩えるように、悪は「無限定のもの」のひとつであり、善は「限定されたもの」のひとつだからである)[7]、正しくやりおおせるものはただひとつの仕方のみである(したがって、一方[の悪]は容易であり、他方[の善]は困難でもある。標的を外すことは容易だが、狙い当てるのは困難なのである)。それゆえ、この理由によっても超過と不足は悪に属し、徳《アレテー》には中間性が属するのである。「善い人間のあり方はただひとつしかないが、悪人どもにはありとあらゆる道がある」[8]と言われている。

したがって、[人柄の]徳《アレテー》とは、選択を生む性向であり、それはわれわれにとっての中間性を示す性向である。そして、ここでの「中間性」とは、

6　第一巻第二章一〇九四a二三〜二四に、人が幸福という「標的」をもつのがよいという比喩がある。
7　ピュタゴラス派の諸概念の整理については、第一巻第六章注8参照。
8　この引用元は不明。

1107a

［その人の］分別《ロゴス》によって中間性と定まり、かつ思慮深い人[9]ならば中間性と定めるような定め方において[10]定まるものである。

そして、中間性は二つの悪徳の中間、つまり超過による悪徳と不足による悪徳の中間である。さらに、感情と行為において、一部はしかるべき程度を超過し、一部はそれに不足するが、徳《アレテー》は、そのしかるべき中間を発見して選ぶという意味においても、「中間のもの」である。ゆえに、実体と、「そもそも何であるか」ということ（本質）の定義という［程度差の順で並べた］観点[11]からいえば徳《アレテー》は中間性なのだが、最善のものと立派さという［優劣の順で並べた］観点からいうと、徳《アレテー》は「頂点」なのである。

しかし、いかなる行為もいかなる感情も中間性を受け入れるというわけではない。いくつかのものは、劣悪性と直接に結びついた名前をもっている。たとえばいい気味に思うこと、恥知らず、嫉みがこれであり、行為にかんしては姦通、窃盗、殺人がそうである。これらすべてとこのたぐいのものは、それ自体劣悪であるがゆえにそのような呼び名で語られているのであって、それの超過と不足がこうした名で語られるわけではない。それゆえ、これらにかんして「正しい」ことはけっしてなく、これらは

a10

つねに誤りなのである。また、このたぐいの事柄をめぐって、しかるべき相手の女性と、しかるべき時に、しかるべき仕方で姦通するか否かの点で「善いあり方」と「善くないあり方」などということはありえず、これらのどれひとつを為すことも、単純に誤りである。それゆえ、不正をはたらくこと、臆病な行動をすること、そして

---

9　思慮深い人とは、第一巻第十三章末尾（一一〇三a三以下）で予告された知的な徳《アレテー》の一つである「思慮深さ（phronēsis）」をそなえた人のことである。ここでは、中間性を定める上で人柄の徳《アレテー》だけではなく、思慮深さという知的な徳《アレテー》も必要とされているということが窺える。さまざまな知的徳《アレテー》については第六巻で論じられるが、思慮深さについてはその第五章で、またそれを引き継ぐ形で第十一～十三章で論じられる。

10　一一〇七a一ではOCTのhōiを読まず、写本が一致しているhōsを読む。OCTのようにhōiを読む場合の訳は「分別《ロゴス》によって中間性と定まるもの、すなわち思慮深い人が中間性を規定するのに用いるような分別《ロゴス》によって中間性と定まるもの」というようになる。「中間性」のこの定義について詳しくは、［解説］参照。

11　「そもそも何であるか（ti ēn einai）」という疑問文は、「本質」を言い表すアリストテレス学派特有の用語。ここでいう本質に従った程度差による観点から、恐怖の感情の強さを程度の順に並べれば、臆病、勇気、向こう見ずの順番になる。これに対し、優劣の順で並べるなら、一位勇気、二位臆病と向こう見ず、という順番になる。

放埒《ほうらつ》にふるまうことをめぐって、それらの「中間性」や「超過」や「不足」を考えることも、これと同様に不適切である。なぜなら、かりにそのように考えてゆくことができるのなら、「超過の中間性」とか「不足の中間性」とか、さらには「超過の超過」「不足の不足」などもあることになるだろうからである。しかし、中間のものは或る意味で「極端なもの」でもあるために、[12]節制と勇気には「超過」も「不足」もないのだが、ちょうどそのように先の「劣った感情と行為の」事例にもそれの中間や超過と不足などはなく、そのようなことを為すなら、即座に誤りということになるのである。というのも、一般に超過や不足に中間性があるわけではないし、「逆に」中間性に超過や不足があるわけでもないからである。

a20

12　前注11参照。

# 第七章　「中間の性向」を、さまざまな人柄の徳《アレテー》を例にして説明する

しかし、この［徳《アレテー》は中間を狙い当てる、もしくは中間性である、という］点を、一般的に語るばかりでなく、個々の徳《アレテー》にかかわる事柄とうまく調和するようにもしなければならない。[1]
a30
なぜなら、行為をめぐってはいろいろな説明があるなか、普遍的な説明はより一般性をもつが、［個々の徳《アレテー》の場面に合わせた］個別的な説明のほうが［事柄そのものに密着していて］いっそう真実だからである。というのも、行為とは、個別的なものをめぐるものなのであり、そうしたいちいちの個別事情に、よく合っていなければならないからである。

そこで、こうした個別事情は対照表から[2]把握されるべきである。「勇気」は恐れの
1107b
程度と自信の大きさの程度における「中間性」である。度を越しているもののうち、恐れのなさの点で並外れているものには、名前がない（多くのものごとには、名前がないのである）。その一方で、自信の大きさの点で度を越すのは「向こう見ず」であ

る。そして、恐れる点で度を越しつつ自信の点で不足なのは「臆病」である。

また、快楽と苦痛をめぐって「中間性」となるのは「節制」である。ただし、ありとあらゆる「快楽」に関係する話ではないし、苦痛へのかかわりは、快楽に対するかかわりにくらべて、少ない。他方、快楽と苦痛の「超過」は「放埒《ほうらつ》」である。快楽の感じ方が足りない者は、それほど多くない。それゆえ、このような類型の人間にも名前がない。しかし、いまはこれを「無感覚な人々」としておく。

財貨の授受をめぐる「中間性」は「気前良さ[3]」であり、「超過」と「不足」は「浪 b10

1　個々の徳《アレテー》は、それぞれ発揮されるべき「場面」がある。たとえば、勇気は戦争（戦場）において（第三巻第六章）、気前良さは財貨の授受の場面において（第四巻第一章）、それぞれ発揮される。

2　個別的なもろもろの性向の「中間」「超過」「不足」の三者の表のことだが、『ニコマコス倫理学』には伝わっていない。『エウデモス倫理学』第二巻第三章一二二〇b三七に類似の表がある。

3　「気前良さ」の原語 eleutheriotēs は語源的に「自由人（eleutheros）」と関係があり、自由人にふさわしい金銭とのかかわり方というイメージをもつ言葉。自由人として、「生活の必要」にこだわりのない態度を示さなければならない。

費」と「さもしさ」である。ただし、これら二つの良くない性向において、超過と不足は互いに反対の仕方で成り立っている。というのも、浪費する人が自分からお金を出費することにおいて超過しつつ、収入において不足するのに対し、さもしい人は収入において超過しながら、出費において不足するからである。――いまのところ、われわれはおおよそ要点を語っているのだが、さしあたりそれでも十分である。これらの主題については後に[4]もっと正確な話がなされる。――財貨にかんしてはほかにもさまざまな性向があり、その「中間性」は物惜しみのなさであるが（すなわち、物惜しみしない人は気前の良い人とは異なるのである。[5]物惜しみしない人は高価なことにかかわり、気前の良い人は高価でないことにかかわるからである）、「超過」は「金まみれの」俗悪さ、ないし趣味の悪さであり、「不足」は物惜しみである。これらの性向は気前良さに関連した二つの良くない性向とは異なるが、どのように異なるかは後に[6]語られる。

名誉と不名誉をめぐる「中間性」は志の高さであり、「超過」は「うわべの虚栄」の一種と言われているもので、「不足」は卑屈さである。だが、すでにわれわれが述べたとおり、物惜しみのなさに対する気前良さが、高価でない事柄にかかわる中間性

b20

として異なっているように、大きな名誉にかかわる志の高さについても、小さな名誉にかかわるようななんらかの中間性が対応している。実際、名誉を欲求すべきであるとおりに欲求することも可能だし、しかるべき程度より強く欲求することも、またそれより弱く欲求することも可能であって、そうした欲求において超過する人は「名誉を愛する人」であり、欲が足りない人は「名誉を愛さない人」であるが、中間の人は名前がない。また、このような人々に対応する性向も、名誉を愛する人の性向が「名誉愛」であるということを別にすれば、名前がない。そのような事情で、両極の［善くない］人々が、［徳《アレテー》にあたる］中間の土地の権利を主張しあっているのである。そして、われわれもまた現に、或るときにはこの中間のことを「名誉を愛する人」と呼 b30

4　第四巻第一章、第二章。

5　アリストテレスの言う「物惜しみしない」ことは、非常に大きな出費をしてでも洗練された美や意味や公共性のある大事業に財貨をつぎ込む態度に代表されるもので、人づきあいに関係する日々の出費の問題である「気前良さ」と区別される。第四巻第二章の注2と注10も参照。

6　第四巻第二章一一二二a二〇〜b一八。

び、或るときには「名誉を愛さない人」と呼んでおり、また或るときには名誉を愛す
る人を賞讃し、或るときには名誉を愛さない人を賞讃するのである。このようにわれ 1108a
われが言葉を使うのはどのような理由によるのかということは、後に論じられる[7]。だ
が、いまはほかの徳《アレテー》について、ここまでに示したやり方で説明しよう。
怒りをめぐっても、「超過」と「不足」と「中間性」がある。これらの性向は名前
で呼ばれることがあまりないのだが、われわれは中間の人を「温和な人」と呼び、中
間性を「温和さ」と呼ぼう。そして両極端のうち、超過する人は一種の「苛立ちやす
い人」であり、その悪徳は「苛立ちやすさ」であるとし、不足する人は一種の「ふぬ
けの人」であり、不足は「ふぬけ性」であるとしておこう[8]。
また、ほかに三種類の中間性があり、一定程度はお互いに似ているのだが、それぞ a10
れお互いと違っている。というのも、これらはすべて言論と行為を通じた人々の交際
にかかわっているが、そのうちのひとつの中間性は言論や行為における真理にかかわ
るのに対し、ほかの二種類の中間性のほうは快楽にかかわっているからである。そし
て、この二種類のうち一方は娯楽におけるものであり、他方は生活のすべての側面に
わたってあるものである。そこで、このすべてにおいて、中間性は賞讃されるべきも

のだが、両極は賞讃されるべきものでも正しいものでもなく、非難されるべきものであることを理解するために、これらについて語らなければならない。ところで、ここに関係するもろもろの性向の大半には、名前がないのである。しかし、ほかの性向についてもそうしてきたように、厳密さと議論の理解のために、これらの事柄のための名を造語しようと試みなければならない。

まず、真理をめぐって、中間の人は一種の「正直な人」であり、中間性は「正直さ」であるとしよう。[9] 超過への見せかけは「大言壮語」であり、大言の癖のある人は「大言壮語の人」であるとし、不足への見せかけは「自己卑下」であり、自己卑下の性質をもつ人は「自己卑下する人」であるとしよう。
a20

つぎに、娯楽のときの快楽をめぐる中間の人は「機知に富んだ人」でありその性向

7　第四巻第四章。

8　怒りの感情が強すぎても、逆に怒るべき場面で怒れないというように怒りの感情が弱すぎる場合でも悪徳とされる。

9　「正直な」の原語は alēthēs で、もっともふつうの意味は「真の」である。「正直さ」の原語は alētheia で、「真実」「真理」の意味で頻出する。

は「機知」であるが、超過は「悪ふざけ」で、それをもつ人は「悪ふざけする人」で
あり、不足する人は「野暮ったい人」でその性向は「野暮ったさ」である。さらに、
生活のそれ以外の快楽をめぐって、しかるべき仕方で楽しい人は「友人らしい篤実な
人」[10]であり、中間性は「篤実さ」[11]である。その一方で超過する人は、何のためという
目的もなく超過している場合には「へつらう人」であり、自分の利益のために超過す
a30 る場合には「取り入る人」である。また、不足してあらゆることにおいて不快な人は、
「目くじらを立てる人」や「気むずかしい人」の一種である。

しかし、さらにもろもろの感情のあいだにも、また諸感情をめぐっても、いくつか
の中間性が存在する。というのも羞恥心自体は徳《アレテー》ではないが、「恥を知る人」もま
た、賞讃されるからである。実際、この種の感情のあり方のうちでも、或る人は中間
の人と語られているのに対し、たとえば、あらゆることを恥じてしまう「恥ずかしが
り屋」のような別の人は、超過する人と語られている。他方、不足しているか、ある
いはおよそ何であれ恥じないという人は、「恥知らずの人」であり、これに対して中
間の人は「恥を知る人」である。

1108b また、義憤[12]は「嫉妬深さ」と「いい気味だと思う気持ち」の中間性であり、これら

は隣人たちにふりかかることにかんする苦痛と快楽をめぐっている。というのも、義憤を感じる人は、価値もないのに不当にもうまくいってしまう人々に対して苦痛を感じているのであるが、嫉妬深い人はこのような義憤を感じる人の感じ方を超えて、うまくいったあらゆる人に対して苦痛を感じており、他方「いい気味だと思う人」は苦痛の感情の不足がはなはだしくて、「隣人の不幸にさえ」喜びを感じるほどになってしまっているからである。

——しかし、以上のもろもろの性向にかんしては、また別の議論の機会もあること

10　原語は philos で、「友人」「親しい人」という意味で頻出する言葉。

11　原語は philia で「愛」「友愛」「友情」のようにも訳せる言葉。アリストテレス倫理学にとっても愛の理解は非常に重要で、アリストテレスは後に第八巻と第九巻全体を費やしてこれを論じる。ここで問題となるフィリアは、そのような一般的な人間関係とは区別される、かなり特殊な「徳《アレテー》」のことである。第四巻第六章の主題となる。

12　原語は「憤激」を意味する nemesis で、「応報」のニュアンスを含む。これにかんする主題的議論は後の第三巻や第四巻中にも、『ニコマコス倫理学』のほかの巻にも存在しないが、『弁論術』第二巻第九章一三八六b九～一三八七b二〇で詳しく論じられる。

だろう。[13] ただし、正義については単純な議論では済まない。それゆえ、ここのさまざまな性向の詳細な説明の後で、「正義の徳《アレテー》」のいくつかの性向のひとつひとつについて、中間性はそれぞれどのようにあるのかということを語ることにしよう。[14] さまざまな分別の徳《アレテー》にかんしても同様にしよう。[15]

13 第三巻第六章〜第四巻第九章参照。

14 第五巻参照。

15 「分別の徳《アレテー》」とは、第六巻で論じられる「知的な徳《アレテー》」の別表現である。

# 第八章　中間の性向と二つの極の性向の反対対立関係がもつニュアンスの説明

したがって、［人柄にかかわる］性向は三つあり、うち二つは悪徳である。そのうちの一方は超過によるもので、他方は不足によるものである。これに対しひとつの中間性があり、これが徳《アレテー》である。――これら三つはいずれもがいずれに対しても、なんらかの対立関係に立っている。なぜなら、両極は中間のものとも、お互い同士とも反対であり、他方、中間の性向のほうも両極の性向と、反対であるからである。[1]というのも、［一般に］等しいものは、それより小さなものとの関係では「より大きなもの」であり、それより大きなものとの関係では「より小さなもの」であるが、ちょうどこれと同じく中間的なもろもろの性向は、感情の問題としても行為の問題としても、不足している性向との関係では「超過する」ものであり、超過している性向との関係では「不足する」ものだからである。実際のところ、勇気ある人は、臆病な人との関係においては「向こう見ず」にみえるし、向こう見ずな人との関係においては「臆病」

にみえるのである。また同様に、節制の人は、無感覚な人との関係では「放埒《ほうらつ》」にみえるし、放埒《ほうらつ》な人との関係では「無感覚な人」にみえる。また気前の良い人も、さもしい人との関係においては「浪費家」にみえ、浪費家との関係においては「さもしく」みえるのである。このことのゆえに両極の人々は、それぞれ中間の人をもう一方の極へと押しのけようとする。そこで、勇敢な人を臆病者は「向こう見ず」と呼び、向こう見ずな人は「臆病者」とそれぞれ呼んでいるのである。そしてほかの性向でも、これと似たことになっている。

さて、三つの性向はこのような対立関係にあるので、最大の対立は、両極が中間のものとのあいだでもつ対立というより、両極同士の対立関係である。というのも、大と小の両方が等しいものと持つ距離よりも、大が小に対して持つ距離と小が大に対して持つ距離のほうが遠いように、両極は、中間に対する以上に、お互いに対してかけ b20

1　「反対の」に当たる言葉はenantiosで、ここでは二つのものを見くらべてその大きさと小ささが反対に思える場合のように、「反対にみえる」対立関係をも「反対」という言い方で押さえている。厳密には「反対」ではなくとも、厳密な意味から派生するような日常の言葉づかいにおける「反対」である。

b30 離れた関係にあるからである。さらに、向こう見ずは勇気に或る程度似ているようにみえるし、浪費は気前良さに対して或る程度似ているようにみえるものだが、このように、中間に対してであれば、なんらかの類似性をもっている極もあるように思える。これに対して、極同士はもっとも似ていない。そして、もっともかけ離れているもの同士が反対物[2]と規定されるのだから、よりかけ離れた項同士は、より反対のものなのである。

1109a その一方で、中間に対していっそう対置されるのは、或る場合には不足であり、或る場合には超過である。たとえば、勇気に対置されるのは、超過である向こう見ずではなく不足である臆病であるが、節制に対置されるのは、不足である無感覚ではなく超過である放埒《ほうらつ》である。

このようなことになるのには、二つの理由がある。ひとつの理由は、事柄そのものに由来するものである。というのも、ひとつの極のほうが中間により近く、より似ていることにより、その極でなくそれと反対の極が、よりいっそう対置されるからである。たとえば、向こう見ずのほうが勇気に似ていて、より近いように思われ、臆病のほうが似ていないように思われるので、それでわれわれは、臆病のほうを対置させることが多いのである。というのも、中間からよりかけ離れているものは中間に対して、いっそう反対であるように思われるからである。――以上がひとつの理由であり、これは事柄そのものに由来するものである。

もうひとつの理由は、われわれ自身に由来するものである。すなわち、われわれ自身がいくぶんでもいっそうそちらに向かう生まれつきの傾向をもっている、そうした極のほうが、そうでない極にくらべて、いっそう中間に反対であるようにみえるのである。たとえば、われわれ自身が快楽に向かうような自然的傾向をもっているので、それゆえにわれわれは品行方正というよりも放埒《ほうらつ》のほうに、いっそう向かいがちである。したがってわれわれは、そちらに向かって進むことが起こりがちなもののほうが、いっそう反対であるというように語っているのである。そして、このゆえに超過である放埒《ほうらつ》が、[不足である無感覚よりも] 節制に対していっそう反対なのである。

2 『カテゴリー論』第六章六a一七～一八の反対物(enantia)の定義は、「同じ類にあり、互いからもっともかけ離れたもの同士」というもの。『形而上学』Δ《デルタ》(第五)巻第十章一〇一八a二五～三八では『カテゴリー論』の意味を含めて基本的意味を挙げた上、そこから派生的に言われる意味についても説明されている。

# 第九章　人柄の徳《アレテー》の獲得の難しさ、および徳《アレテー》に近づく方法の紹介

人柄の徳《アレテー》は「中間性」であること、それがいかなる事情でそうなのかということ、また徳《アレテー》は二つの悪徳、すなわち超過による悪徳と不足による悪徳の二つのあいだの中間性であること、また人柄の徳《アレテー》は感情と行為における「中間」を狙い当てるがゆえに徳《アレテー》であるということ、以上のことは十分に述べられた。

それゆえに、すぐれた人であることは難しいことでもある。[1] なぜなら、それぞれの領域において「中間を把握すること」は難しいことであり、たとえば「円の中心」を理解することは、全員にできることではなく「幾何学的に」知っている者ならではの業績である。これと同様に、怒ることならばだれでもでき、全員に属することである。そして、これは容易なことでもある。金銭を与えることと使うことも全員に属し、容易である。その一方でだれに対し、どの程度、どんな場合に、何のために、どのような仕方で「金銭を与えるか、使うか」ということは全員に属することでもないし、容易

なことでもない。まさにこのことゆえに、立派にやっていくことは稀であり、賞讃すべきであり、立派なことなのである。

　それゆえ、中間を狙い当てようとする人は、カリュプソが「船をこの水煙と大浪の外に遠ざけておけ」と勧めるように、[2]中間にいっそう反するものから真っ先に離れなければならない。というのも、二つある極のうちの一方の極はより大きな誤りであり、もう一方の極は誤りの度合いが小さいからである。そこで、中間を得ることがきわめて困難な場合、人々が言うには、最小の悪を「第二の航海（次善の策）[3]」として採用しなければならない。1109b そして、これはわれわれが言うような仕方で、もっともよく為

1　伝統的なことわざ。ヘシオドス『仕事と日々』二八七〜二九二行、プラトン『プロタゴラス』三三九A〜三四一Eなど。

2　『オデュッセイア』第十二巻二一九〜二二〇行。ただし原典で伝えられる助言者は、カリュプソではなくキルケであり、オデュッセウスがその助言を伝えている。

3　「第二の航海」とは目的の港に最短で行けないときの次善の航行の方法であるが、詳しいことはわかっていない。直行では危ないときに陸伝いに経由地をつぎつぎ行くという説や、風を利用できないときに手で漕いでゆくという説がある。

されるだろう。

　またわれわれは、自分がどのような方向に向かってゆく傾向があるのか、考えなければならない。というのも、われわれ一人一人は、生まれつきそもそもの傾向が異なっているからである。そして、それぞれの人のこの生まれつきの傾向は、自分に生じる快楽と苦痛から知ることができる。そこで、自らを〔自分の生まれつきの傾向と〕反対のほうへと引っぱらなければならない。なぜなら、誤りから大きく離れるときに「中間」へと至ることができるだろうからである。それはちょうど、曲がった木をまっすぐにする人が〔逆方向にねじ曲げるようにして〕おこなうようなことである[4]。

　そしてどんな事柄においても、快いものと快楽をもっとも警戒すべきである。なぜならわれわれは、快楽を無私な気持ちでは判定しないからである。それゆえ、〔トロイアの〕長老たちが〔絶世の美女〕ヘレネに対して感じたの[5]と同じことを、われわれも快楽に対して感じるべきであり、あらゆることにおいて〔「遠ざけるに越したことはない」という〕かれらの声を繰り返すべきなのである。というのも、このようにして快楽を追い払うとき、誤ることは少ないはずだからである。

　そこで一言で言って、以上のようにすることによって、中間を当てることができる可能性がもっとも高くなるだろう。しかし、それでも中間を当てることは、困難であるかもしれない。ことに個別的な事柄では、もっとも困難であるかもしれない。というのも、いかにして、だれに、どのようなことにかんして、どの程度怒るべきであるかということは、規定するのが容易でないからである。

実際、われわれは、或る場合には怒りの不足した者を賞讃して「温和だ」と言い、また或る場合には機嫌を損ねた者を「男らしい人だ」と［賞讃しつつ］呼んでいる。ただし、立派にやることから小さく外れた人は、問題の外れが超過だろうが不足だろうが、非難されない。しかし大きく外れた人は非難される。そのような人は目立ってしまうからである。だがそれでは、どの程度までが、どの範囲で非難されるか？――これも、言葉で規定するのは容易でない。というのも、知覚されるようなほかのものにしても、同様に言葉で決めてゆくことは容易でないからである。なぜなら、

4　プラトン『プロタゴラス』三二五D参照。

5　『イリアス』第三巻一五六～一六〇行。ヘレネは、トロイア戦争のもとになった、トロイアの王子に誘惑されたギリシャの武将の妻。トロイアの長老たちはそのあまりの美に不吉なものを感じて、故国に送り返すことを考えた。

こうしたものはすべて個別的なものであって、個別的なものの判別は知覚にゆだねられているからである。

したがって、かろうじてこの程度のこと、つまり「中間の性向」があらゆることにおいて賞讃されるということが、明らかなのである。ただし、場合により人は超過のほうへと、あるいは不足のほうへと傾かなければならない。なぜなら、そうすることで「中間」と「立派にやっていくこと」を、もっとも容易に狙い当てることができるからである。

# 第三巻　徳《アレテー》の観点からみた行為の構造、および勇気と節制の徳《アレテー》

(1109b)
# 第一章　徳《アレテー》を考えるために自発的な行為を考える

b30
したがって、徳《アレテー》は感情と行為にかかわるのだが、それらが自発的な場合には賞讃と非難が生じ、他方で意に反したものの場合には赦《ゆる》しが、そして時には憐れみまでもが生じる。それゆえ、おそらく、徳《アレテー》について考察する人たちにとっては、自発的なものと意に反したものを区別しておかなければならないし、立法者たちにとってもこの区別は名誉の顕彰と懲罰のために有益なことである。[1]

さて、意に反したものとは、強制によって起こった、あるいは無知ゆえに起こった
1110a
事柄であると思われている。

そして、強制的であるのは、行為の始まりが[2]外部にあり、行為者（あるいは当事者となったもの）[3]がその始まりに何ら寄与しないような行為である。たとえば、風や支配者たちが［だれかを］どこかへ連れ去る場合がそうである。[4]

だが、より大きな悪を恐れるがゆえに、あるいは何か美しいことのために為される

行為、たとえば、或る人の父や子［の生死］を支配する独裁者がその人に対して醜いことを為すよう命じ、それを為せばかれらは救われるが、為さねば殺されるという場合、その行為は意に反したものなのかそれとも自発的であるのかという点については論争がある。また、こうした問題は嵐のさなかで［積み荷を］投げ捨てる場合にも生

1 徳《アレテー》を考察するために自発的なものと意に反したものを区別しなければならない理由はいくつかある。まず、アリストテレスは自発的な行為のなかでも、「真に自律的なもの」を有徳者の有徳な行為と考える。またかれは、人が何を自発的に為し、何を意に反して為すのかを見定めることにより、その人がこれから有徳になる上で必要となる教育的な働きかけを定めることができると考える。かれはさらに、一定の場合、意に反した行為であっても善悪評価を免れないと考えている。

2 「始まり」の原語は arkhē である。第一巻第七章注13を参照。

3 ここでアリストテレスが「当事者」と言い換えることで取り上げて論じようとしているのは、或る人の「身」に生じた出来事やその人の「身」に降りかかった出来事という意味では「その人」の行為と言えなくもないが、しかしその人が「為した」という意味ではその人の「行為」とは言えないような、そういった出来事であり、それを「自発的行為」から区別するための規準である。

じる。というのも、一方では、特段の事情もないのに自発的に積み荷を投げ捨てる人などはいないが、他方で自らやほかの人を救うためであれば、知性を有している人ならだれもが自発的に投げ捨てるからである。

したがって、こうした行為は［自発的なことと意に反したことが］混合したものである。[5] しかしどちらかといえば、自発的な行為に近い。というのも、行為とは、それが為されるその時点に選ばれるものだからであり、行為の目的はその状況に応じて定まるものだからである。したがって、自発的なものも意に反したものも、行為する時点に関連づけて語るべきである。

そうだとすると、その人は行為を自発的に為している。というのも、このような行為においては、身体の器官的部分[6]を動かすことの始まりがその人の内にあるからである。そして、その始まりがその人の内にある行為は、それを為すことも為さないこともその人次第である。したがって、このような種類の混合的な行為は自発的であるが、［行為の状況を考慮に入れない場合は、つまり］限定ぬきには、おそらく意に反したものである。実際、だれもそのような行為をそれ自体のゆえに選ぼうとはしないのである。

ところで、そうした混合的な行為は賞讃されることもある。それは、偉大な事柄や美しい事柄の代償として、なにか醜いことや苦しいことを耐えるような場合である。一方、逆の場合には非難される。というのも、まったく美しくないことやあまり美しくないことのためにもっとも醜いことを耐えることは、劣悪な人のすることだからである。しかし、それが人間の自然本性を超えていて、だれもそれに耐えられないよう

4　これはいわば物理的強制のケースであり、「意に反した」ものと認められる。これに対して、次段落から約四頁にわたって（一一一〇b一まで）論じられるのはいわば心理的強制のケースであり、「意に反した」ものではなく、「混合的」で、「自発的なものに近い」とされる（それゆえ賞讃や非難の対象となる）ものである。アリストテレスは物理的強制の場合には「強制（bia）」という言葉を用い、心理的強制を論じる場合の「強いる（anagkazō）」という言葉と使い分けている。

5　これが「混合」的だとされるのは、自分たちの為しているその行為が「商品である積み荷を捨てること」という記述の下では意に反したものだが、しかし「難破を避け乗組員たちの命を救うこと」という記述の下では自発的なものだからである。そして、この行為の全体的性格を表現できている記述は、明らかに置かれた状況の特殊性に見合った「難破を避け乗組員たちの命を救うこと」のほうだから、この場面でのこの行為はずばり自発的か、それとも不本意かと問われたなら、「自発的である」と答えるべきであることになる。

6　実際に行為する際に自由に動かすことになる、手や足などの身体の部分のこと。

な状況のゆえに、為すべきではないことを為してしまうような場合に、賞讃ではないが赦しが生じる。ただしおそらく、或る種の行為は強いられても為すべきではなく、むしろ、もっとも恐ろしいことを引き受けて、死ななければならないのだろう。そして実際、エウリピデスの［劇中で］アルクマイオンに母殺しをするよう強いた事情は、明らかに馬鹿げたものである。[7]

しかし、どのような性質のものの代償としてどのような性質のものを選ぶべきなのか、また何の代償として何を耐えるべきなのかを判断することは、時として難しい。だが、さらに難しいのは、一度認識された事柄に踏み留まることである。というのも、たいてい予期される事柄は苦しく、強いられる事柄は醜いものだからである。この理由から、強いられた人々やそうでない人々にかんして、賞讃と非難が与えられる。

それでは、どのような種類のものを強制的と呼ぶべきなのだろうか。その原因が外部にあり行為者がまったく寄与しないときは、限定ぬきに強制的であると語るべきではないのだろうか？　しかし、それ自身としては意に反したものではあっても、いまはこれこれのものの代償として選ばれ、その始まりが行為者の内にあるような行為は、それ自身としては意に反したものではあっても、いまはこれこれのものの代償として

1110b　a30

自発的な行為なのである。そして、そのような行為はどちらかといえば自発的であるように思われる。というのも、行為は個別的な状況のうちにあるものであり、個別的な行為は自発的だからである。どの種類の事柄の代償としてどういった事柄が選ばれるべきなのかを説明することは、容易ではない。というのも、個別的な状況における物事には、多くの違いがあるからである。

もしだれかが「快いものと美しいものは強制的である（というのも、それらは「外部にあって」強いるものだから）」と言うならば、そのような人にとってすべては強

7　エウリピデスの失われた作品『アルクマイオン』での話。ここでの「事情」とはつぎのようなもの。テーバイ遠征に参加すれば戦死することを予知していたアルクマイオンの父にして王のアンフィアラオスは遠征参加を躊躇していた。しかし同時に、妻エリフュレが懐柔されれば参戦せねばならなくなることもわかっており、妻にも注意を促していた。しかしエリフュレは、アンフィアラオスを遠征に参加させたいポリュネイケスがちらつかせた首飾りに目が眩み、懐柔されてしまう。その結果、アンフィアラオスは遠征せざるをえなくなり戦死するが、出征の直前、息子のアルクマイオンに、自分が死んだらエリフュレに復讐するよう誓わせていた。

制的であろう。というのも、だれもが快いものや美しいもののためにあらゆることを為すからである。しかも、強制によって意に反して為す人には苦しみが伴い、快楽と美のゆえに為す人には快さが伴っているのである。外部の事柄には原因を帰すのに、そのような事柄に囚われやすい自分自身に原因を帰さないのは滑稽なことであり、また美しいことについては原因を自分自身に帰すのに、醜いことについては快いものに原因を帰するというのも滑稽である。こうして、強制的な事柄とは、行為者の外に「行為」の始まりがあり、強制された人がまったく寄与していないもののように思われる。[8]

他方で、無知ゆえの行為はすべて自発的ではないが、「そのなかでも」意に反したものとされるのは、苦痛をもたらし後悔を伴うものである。[9]というのも、無知ゆえに行為しながらも、その行為に対して何も気に病むことがないならば、そうした人はだれ b20 であれ、それを知らなかった以上自発的に為したのではないが、それを苦しまないという点では、意に反して為したのでもないからである。したがって、無知ゆえの行為について、後悔を伴っている人は「意に反して為した人」であると思われるが、他方、後悔していない人は、別の［類型の］人であるので、「自発的ではない人」としよう。というのも、この人は別の種類の人なので、固有の名前を持つほうがよいからである。

また、無知ゆえに為すことは、無知であって為すこととも異なっていると思われる。というのも、酔っぱらいや怒りに駆られた人は無知ゆえにではなく、そうした酒や怒

---

8　ここで「強制された人がまったく寄与していない」タイプとされる強制とは、本章一一一〇a三に述べられた風によって運ばれたり、支配者によって連れ去られたりする強制（物理的強制）のことである。これは、その例の直後で対比されていた独裁者に強いられて悪いことをするタイプの強制（心理的強制）とは区別される。アルクマイオンの例などは後者の心理的強制の例である。本章注4参照。

9　或る行為が意に反したものかどうかは、その行為の時点ではわからないことがある。あとあと悔いることがあり、後悔していることによってはじめて、意に反していたということが決まる場合があるからである。

ここでアリストテレスは、「自発的ではない」と「意に反した」の間に一定のギャップを設けている。そして、後悔の有無によっていずれになるのかが判定されるとしている。なぜなら、たとえば自発的ではないが望ましくない行為（意図しない殺人）をしたときに、後悔していない人に対する対応と、後悔している（つまり意に反していた）人に対する対応とでは、その内容が異なるからである。

りのゆえに為しているのであり、ただし「知りながら」ではなく「無知であって」為していると思われるからである。

さて、一方では、不良な人はだれであれ、為すべき事柄と避けるべき事柄を知らない。そしてそうした間違いゆえに、人々は不正な人や一般に悪い人になるのである。これに対して、「意に反したもの」が真に意味しているのは、有益な事柄にかんするこうした無知ではない。というのも、選択における無知は意に反したものの原因ではなく、不良性の原因だからであり、一般的なものの無知もまた意に反したものの原因ではなく（なぜなら、まさにそういうことのゆえに非難されるのであるから）、行為を成り立たせ行為がかかわるもろもろの個別的な事柄についての無知こそ、そのような意に反したものの原因だからである。実際、この種の事柄に対して憐れみと赦しが起こってくるのである。というのも、このような個別的な事柄のいずれかに無知な人が、意に反して行為するからである。

そこでおそらく、個別的な事柄が何であり、またどれだけの種類があるのかを区別しておくことも、悪くないだろう。だれが、何を、何にかんしてあるいは何において為しているのか、また時には、何によって（たとえば道具によって）、何のために

（たとえば救助のために）、またどのような仕方で（たとえば穏やかに、あるいは強く）、為しているのかを区別しておくことができる。さて、狂気の人でないならば、このような事柄すべてに無知であるということはありえず、行為者を知らないことなどないのは明らかである――「自分自身を知らない」ということはまったく不可能なのである。だが、行為者が自分で何を為しているのかを知らないということは、ありうる。これはたとえば、「話しているうちに訳がわからなくなってしまった」とか、[11]アイスキュロスが漏らした秘儀のように、[12]「それが秘密であったことを知らなかった」と言われる場合や、あるいはまた石弓使いが「使い方を説明していたら発射してし



10 「不良な」の原語は mokhthēros で、本書では「悪い（kakos）」「劣悪な（phaulos）」とほぼ同義の言葉である。「人柄が不良な」なども訳す。四行あとの「不良性」はこの形容詞の名詞 mokhthēria の訳語。いわゆる不良少年、不良少女というより、むしろ不良青年、不良壮年、不良中高年をおもにさすことに注意されたい。

11 一一一一a九の autos を Burnet や Crisp にしたがって削除する。

12 悲劇詩人のアイスキュロスは、秘儀とは知らずにエレウシスの秘儀を自身の作品のなかで漏らして訴えられたことがある。

まった」場合のことである。また、メロペ[13]のように自分の子どもを敵の一味だと思ってしまったり、槍の切っ先に［練習時のための］カバーがついていないのについていると思ってしまったり、石を軽石だと思ってしまったりすることもありうる。さらに、助けようとして［薬を］飲ませたのに死なせてしまうことや、拳闘のスパーリングをしていて軽く触れるつもりがパンチをくらわしてしまう、ということもある。こうして、行為を成り立たせるこのようなもろもろの要素のすべてにおいて、無知が存在しうるのであり、そのいずれかに無知な人が、意に反して行為してしまったと思われる。そして、行為をとくに決定づけるような要素に無知なときには、とりわけ意に反したものになるのである。そしてそのような要素とは、行為を成り立たせる状況と行為の目的であろう。

こうして、このような無知に基づいて「意に反したもの」が語られるわけだが、さらにそれは苦しみをもたらし、後悔を伴うものでなければならないのである。

意に反したものとは強制によるものと無知によるものである。それゆえに、自発的なものとは、行為を成り立たせる個別の事柄を知っているその人自身の内に行為の始まりがあるものだと考えることができる。実際、激情[14]や欲望による行為が意に反したものだと説明されることは、おそらく適切ではない。というのも、第一に、もしそうならば、ほかのどの動物も自発的には行為しないこととなり、子どもにも自発的な行為を認められなくなるからである。第二に、激情と欲望によるどんなこともわれわれは、自発的に為さないのだろうか、それとも、激情や欲望が美しいものに向けられているときは自発的に為し、醜いものに向けられているときは意に反して為すのだろうか。それとも、原因はひとつだから、そのようなことは不合理ではないだろうか。また、人が欲求すべきものを意に反したものだと語るのは見当違いなことである。そして、人は一定の事柄について怒るべきであり、一定の事柄に欲望をもつべきなのであ

13　メロペは、エウリピデスの失われた作品である『クレスフォンテス』に登場する人物。

14　原語は thumos。プラトンには理知的な魂を補佐して欲望を支配する魂の独立の部分を言う用例があり（『国家』第四巻四三五E以下、四三九E以下など）、これは「気概」と訳されている。アリストテレスはその用法を知っていたが、この箇所以下で行為の原因として、あるいは選択を説明する心のはたらきの候補として「テュモス」を論じる際は、おおむね日常的な「激情」の意味を念頭に置いている。

る。たとえば、健康と学習を人は欲しなければならない。また、意に反したものは苦しいものであり、それに対して欲望に沿ったものは快いものであると思われる。さらに、推理に沿って為して失敗した場合と激情ゆえに失敗した場合とで、意に反したものという点で何も違いはないだろう。というのも、どちらも避けるべきものであり、非理性的な感情は［理性的なものに］劣らず人間的なのだから、激情や欲望からの行為もまた、人間ならではの行為であると考えられるからである。以上のことから、このような事柄を意に反したものとすることは、見当違いなのである。

1111b

# 第二章　ただ単に自発的なだけではない、選択に基づいた行為

「自発的」と「意に反した」が以上で区別されたので、つづいて「選択」[1]について検討することとしよう。なぜなら選択は徳《アレテー》にもっとも固有のものであり、また行為以上に人柄を判別するものだと思われるからである。

さて、選択が自発的なものであることは明らかだが、だからといって自発的なものと同一の事柄というわけでもなく、選択よりも自発的なもののほうが範囲としては広い。というのも、子どもも人間以外の動物も自発的な行為には与るが選択には与らないし、ふとしたはずみの行為でもわれわれはそれを自発的だとは言うが、選択に基づいたものとは言わないからである。

「選択」を「欲望」であると言ったり、「激情」であると言ったり、「願望」であると言ったり、さらには或る種の「判断」だと言ったりする人たちが正しいことを述べているとは思われない。なぜなら、選択とは、分別をもたない者たちも与ることのでき

るようなものではなく、このような者は欲望と激情に与るだけだからである。そして、抑制のない［「意志の弱い」］人は欲望に基づいて行為するのであって、選択に基づいて行為してはいない。反対に、抑制のある［「意志の強い」］人は選択に基づいて行為しており、欲望に基づいて行為してはいない。欲望は選択と反対の関係にあるのであり、別の欲望と反対になるのではない。また、欲望は快楽や苦痛をもたらすものにかかわるが、［それとは反対に］選択は快楽にも苦痛にもかかわらない。

激情は選択とのかかわりがさらに弱い。というのも、激情に基づく行為は、選択に基づいている度合いがもっとも弱いように思われるからである。

また、選択は、願望ときわめて近いもののようにみえはするが、願望とも同じではない。というのも、選択は不可能なことにはかかわらないからである。だから、もしだれかが不可能なことを選択すると言うのであれば、［その人は］愚か者だと思われるだろう。これに対して、願望はたとえば不死といった不可能なことにもかかわる。

1　「選択」の原語は proairesis である。英語では choice や decision などと訳される。日本語では「選択」ないし「意図」と訳される。［解説］を参照。

また、願望は、その人自身によってはけっして為されえない事柄にもかかわる。たと
えば、或る役者や競技者の勝利［を願望する場合］のように。[2] しかし、そうしたこと
を選択する人はだれもおらず、人は、自分自身によって生じると考えるものだけを選
択するのである。

さらに、願望はどちらかといえば目的にかかわるが、[3] 選択は目的のための事柄にか
かわる。[4] たとえば、われわれは健康でありたいと願望するが、われわれが選択するの
は健康になるための手段である。またわれわれは、幸福でありたいと願望し、そして
そのように言いもするのだが、「幸福であることを選択する」と言うことは不適切で
b30 ある。というのも一般に、選択は「われわれ次第である事柄」[5] にかかわると思われる
からである。

そしてまた、選択は判断[6] でもないだろう。というのも、判断は、あらゆるものに、
すなわちわれわれ次第である事柄にも、また同様に不可能な事柄や永続的な事柄にも
かかわるように思われるからである。そして、判断は善悪ではなく真偽によって区別
されるが、選択はむしろ善悪によって区別されるからである。

1112a そうであるならば、選択が判断一般と同じものだと言う人はおそらくだれもいない。

しかし選択はまた、［善悪に関する判断のような］或る特定の種類の判断とならば同一である、というわけでもない。というのも、われわれがなんらかの性質の人間であるのは、善きものや悪しきものを選択することによってであって、善きものや悪しきものを判断することによってではないからである。われわれが選択するのは、こうした善きものや悪しきもののうちの或るものを「取ったり避けたりする」ことであるのに対して、われわれが判断するのは、「それは何であるか」や「だれの役に立つのか」や「どんな仕方で役に立つのか」ということである。［つまり］われわれが「取った

2 古代のアテナイでは、演劇は競演され、一位をとったものには賞讃が与えられた。
3 「願望」は第四章であらためて論じられる。
4 ここで、選択の対象は、目的達成のための手段に限定されない。何らかの善い目的のための手段ではあるが、その手段自身にも善さがそなわっている場合もある。
5 「われわれ次第である事柄」については、第五章であらためて論じられる。
6 ここで「判断」と訳したのは doxa である（「臆見」や「思いなし」とも訳される）。ここでは、「或る対象・出来事は善いものである（または悪いものである）」と判断することが念頭に置かれている。

り避けたりする」ことを判断するということはまったくないのである。さらに、選択は、選択すべきものを選択することによって、あるいは、正しく選択していることによって賞讃されるが、判断は、その真理性によって賞讃される。そしてわれわれは、善いものだともっともよく知っているものを選択するが、われわれが判断するのは完全には知らない事柄なのである。また、もっとも善いことを選択する人々と、もっとも善いことを判断する人々が同じ人々だとは考えられていない。そうではなくて、より善いことを判断しながら、悪徳のゆえにその選ぶべきである事柄を選ばない人々もいると考えられている。ただし、判断が選択に先立つのか、あるいは選択に伴うのかということは、ここでは何の違いもない。というのも、われわれがいま考えているのはそういった問題ではなくて、選択が何らかの判断に等しいのかどうかということだからである。

選択がこうして述べられてきたもののどれでもない以上、選択とは何であり、またどのような性質のものなのだろうか？　選択が自発的なものであることは明らかだが、しかし自発的なもののすべてが選択されたものであるわけではない。そうではなくて、選択されたものとは、「あらかじめ思案されたもの」なのではないだろうか。というのも、選択は、分別《ロゴス》と思考を伴うからである[7]。「選択（プロアイレシス）」という名前もまた、それが「先立って（プロ）」「選ばれたもの（ハイレトン）」であることを暗示しているように思われるのである。

---

7　「思考（dianoia）」は「人柄（ēthos）」とならんでアリストテレスがその徳《アレテー》について注目している魂の役割である。「人柄の徳《アレテー》」は第二巻で考察されているが、思考にかかわる「知的な徳（dianoētikē aretē）」は第六巻で考察される。

# 第三章　選択に基づいた行為を導く思案

人はあらゆることについて思案するのだろうか？[1]　つまり、あらゆることが思案の対象なのだろうか？　それともいくつかのことについては思案はありえないのだろうか？[2]　おそらく、思案の対象となりうるのは、愚かな人や狂気の人が思案するものではなくて、知性をそなえた人が思案するものだと言わねばならないだろう。

さて、永遠の事柄についてはだれも思案しない。たとえば、宇宙について思案したり、正方形の対角線とその一辺が通約できないということについて思案したりする人はいない。また、夏至や冬至、恒星の出といった、運動するものでもつねに同じ仕方で起こるものについては、［それが起こる由来が］必然からであれ自然からであれ、あるいはなんらかの別の原因によるものであれ、だれも思案しない。また、干ばつや大雨のように、その時々で起こったり起こらなかったりする事柄についてもだれも思案しないし、財宝を発見する場合のように、偶然による事柄についてもだれも思案しないのである。

しかしまた、人間的なものなら何でも思案の対象となる、というわけでもない。たとえば、スキュタイ人の国がどうすればもっとも上手く治められるかを、スパルタ人はだれも思案しない。というのも、こうした事柄のどれもわれわれの手によって実現することではないからである。われわれは、われわれ次第であり、われわれが為しうる事柄について思案するのである。そして、そのような事柄が、「思案の対象」と言ったときに何が語られるべきなのか、という本章冒頭からの議論の結果として」残されたものである。というのも、何か物事が生じる原因としては、自然と必然と偶然が挙

a30

1　ここでの「思案する（bouleuesthai）」とは、個別にかかわる実践的場面で発揮されるものであり、日本語のこの訳語の広いニュアンスとは隔たりがある。人間の思考能力のひとつとしての思案は第六巻で改めて論じられる。

2　第一章では「自発的な行為」が説明され、つづく第二章では「選択に基づいた行為」が自発的な行為の部分として説明された。そこでは、選択された行為は「あらかじめ思案されたもの」と呼ばれていたが、問題の「思案」については説明されていなかった。そこでこの章では、「思案」を説明することが課題となっている。

げられ、さらに知性と人間を通じて為されるあらゆることが挙げられると思われるからである。そして、人間のそれぞれの集団は、自分たちの手によって為される事柄について思案するのである。

1112b さらに、さまざまな知識のうち、たとえば文字のように精確で自己完結しているものについての思案は存在しない（実際、どのように書くべきなのかについてわれわれはあれこれ悩んだりしないのである）。

われわれが思案するのは、われわれの手によって生じはするが、しかしつねにまったく同じように生じるわけではない事柄についてである。たとえば、医術にかかわる事柄や金儲け術にかかわる事柄は、思案の対象である。さらに、精確に確定されている部分が少ない分だけ、体育術にかかわる事柄よりは操船術にかかわる事柄について、われわれはいっそう思案する。さらにほかのものについても同様である。［一般に、］われわれは知識よりも技術について思案するのである。というのも、このような［単に技術的な］事柄についてわれわれはよりいっそうあれこれ悩むからである。思案するということは、たいていの場合は生じるのだが、しかしどのような結果になるのかが明らかではない場合、つまり不確定要素を含む場合になされる。そして、重大なことにかんする自分たちの判断能力が十分ではないと自分に自信がもてない場合には、われわれは一緒に思案してくれる助言者を捜し求めるのである。

　われわれは、目的についてではなく、目的のための事柄について思案する。というのも、医者は健康にするかどうかを思案しないし、弁論家も説得するかどうかを思案しないし、政治家もよい統治体制を作るかどうかを思案しないし、そのほかについても、だれも目的について思案しないからである。目的を定めた上で、どのようにすれば、また何によって目的が達成されるかを考察するのである。そして、目的を達成する手段が複数あると思われる場合は、何によってもっとも容易に、そしてもっとも上手く目的が達成されるのかを考察する。他方で、目的を実現する手段がひとつの場合は、その手段によってどのようにしてその目的が達成されるのかを考察し、ついでその唯一の手段は何によって達成されるのかを考察し、そうやって考察していって「第一の原因」[3]に到達するのである。この第一の原因は、発見の過程においては最後に見つかるものである。なぜなら、思案する人は、あたかも幾何学者が作図問題に取り組むときにおこなっているように、いま述べた仕方で探究と分析をおこなっており（とはいえ、たとえば数学のように、すべての探究が思案であるというわけではないことは明らかである。他方で、すべての思案は探究である）、分析における最後のものが、生成においては最初のものであると思われるからである。

そして、たとえば財貨を必要としているのにそれを用意できない場合のように、もし不可能な事柄に出くわしたら、人々は思案の営みをそこで停止する。しかし、もし可能であることが明らかになれば、それを為そうと企てるのである。

可能なものとは、われわれの手によって実現しうるもののことである。実際、友人たちの手によるものも、或る意味でわれわれの手によるものである。というのもその始まりがわれわれの内にあるからである。

或る時には道具が探究され、また或る時には道具の使い方が探究される。同様にして、ほかの場合においても、或る時には目的達成のための手段が探究され、また或る時にはその手段の用い方が、あるいはその手段の獲得の仕方が探究される。

こうして、すでに語ったように[4]、人間が行為の始まりであると思われる。思案は自らによって為しうる事柄にかかわるのであるが、そうして為されるもろもろの行為は、何か別のもののために為されるのである。というのも、思案の対象とは目的ではなく、目的のための事柄だからである。そして、たとえば眼前のこれがパンかどうかとか、

b30

このパンはきちんと焼けたかどうかなどといった個別的な事柄もまた思案の対象ではない。というのも、このような事柄は知覚がかかわることだからである。そして、もしこういったものまで思案するならば、人は永遠に思案することになってしまうだろう。 1113a

3 『動物運動論』第七章では「外套(コート)」の例が挙げられており、つぎのように言われている(七〇一a一七～二〇)。わたしは覆う物を必要としており、外套は覆いである。わたしは外套を必要としている。必要としているものをわたしは作らねばならない。わたしは外套を必要としている。わたしは外套を作らねばならない。こうして結論「外套を作らねばならない」は行為である。

ここで「外套を作る」という結論はまだ中間の段階であり、その思案のプロセスはさらに続き、着手できる行為にまで至る(たとえば、ゴーゴリの小説『外套』のなかで主人公が新しい外套を手に入れるために、安い生地を売っている店を探したり、コツコツと節約したりするといった行為がそれにあたる)。「第一の原因」とは、そうした「ただちに着手できる行為」のことである。

4 第三章一一一二a三三。

思案の対象と選択の対象は同じである。ただし両者は、選択の対象が、すでに定められたものであるという点でのみ異なる。なぜなら、思案して判定されたものが選択される対象だからである。実際、行為の始まりを遡っていって、自分自身へと、そして自分の中での自らを支配する部分[5]へと辿り着いたときに、いかに為すかという探究は止む。なぜなら、自らを支配する部分が、その選択する部分だからである。ホメロスが描いた太古の政治形態からも、このことは明らかである。というのも、［支配者である］王たちは、自分たちが選択し、それを国民に告げ知らせていたからである。選択された対象とは、われわれ次第のもののうちで、思案され欲求されたものであるのだから、選択とは、われわれ次第のものへの思案的な欲求ということになるだろう[6]。われわれは、思案した上で判定した場合に、思案に基づいて欲求しているのである。

さて、以上で選択について、その輪郭は語られたとしよう。つまり、選択とはどのような種類のものであるのかということと、それがさまざまな目的のための事柄にかかわるということについては、語られたとしよう。

a10

5　「支配する部分（hēgoumenon）」という表現は、本書のなかではここにのみ登場する。これは、第一巻第七章一〇九八a三以下で言及された「分別《ロゴス》をもつ部分」（とりわけ「まさに分別《ロゴス》をもち思考する部分」）や第六巻で論じられる知的な徳が座する部分のうち、分別《ロゴス》をめぐらせ理由《ロゴス》を探っていく「推理的部分（logistikon）」のことだとも考えられる。なお、第十巻第七章一一七七a一四では、「支配する（hēgeisthai）」ものの候補のひとつとして「知性（nous）」が挙げられている。

6　第二章からの議論をもとにここで「選択」が、単なる欲求でもなければ単なる思考でもない、その両方を兼ね備えたひとつの心的なはたらきとして規定される。この規定は、知的な徳を問題とする第六巻の第二章では「欲求に裏付けられた知性」や「知的な思考に裏付けられた欲求」と言い換えられている（一一三九b四〜五）。［解説］も参照。

## 第四章　人は善いものを願望するのか、それとも善くみえるものを願望するのか？

願望が目的にかかわるものだという点については、すでに語られた。[1] ただし、或る人々には願望は善いものにかかわると思われているのに対して、別の人々にはそれは善くみえるものにかかわると思われている。[2]

一方で、善いものが願望の対象だと語る人々にとっては、正しく選び出さない人が願望しているものは［実のところ］願望の対象ではない、ということになる（というのも、もしそれが願望されるならば、それは善いものでもあるだろう。ところが実際はたまたま悪いものであるかもしれないからである）。[3] それに対して、善くみえるものが願望の対象であると語る人々にとっては、自然本性的に願望の対象が存在するわけではなく、各人に善いと思われるものが存在するのだということになり、人によって別々のものが善いものにみえ、場合によっては［お互い］反対のものが善いものにみえるということになる。[4]

そこで、こうしたことに満足しないならば、限定ぬきには、つまりほんとうのところは善いものが願望の対象であるが、各人にとって［という限定条件のもとで］は善くみえるものが願望の対象である、とわれわれは言わねばならないのではないだろうか。こうすると、願望されるものは、すぐれた人にとってはほんとうに善いものであるのに対して、劣悪な人にとってはたまたま善くみえたものとなる。ちょうど身体にかんしても、よい状態にある人たちにとってはほんとうに健康によいものが健康によいの

---

1　第二章一一一一b二六。

2　プラトン『ゴルギアス』四六七D。

3　この立場では、ほんとうに善いものを願望する少数のすぐれた人しか「願望」していないことになり、人柄に問題のある人や平凡な人は、願望しているはずの多くの事柄をほんとうは願望できていないということになる。

4　この立場では逆に、人はそれぞれ自分の主観的なあらわれにより願望しているだけだという相対主義の考え方を採用することになる。

5　願望を狭く解釈することも、反対に相対主義も誤りだとすると、「善くみえる」ということに客観的な優劣をみていくという第三の選択肢が有望にみえてくる、とアリストテレスは論じる。

に対して、病気の人たちにとっては別のものが健康によいのである。そしてまた、苦いものや甘いものや熱いものや重いものやほかのさまざまなものについても同様である。というのも、すぐれた人はそれぞれのものを正しく判定し、そういった人にはそれぞれのもののほんとうの姿がみえるからである。

なぜなら、人柄の性向のそれぞれに応じて固有の美しい事柄や快い事柄があるが、すぐれた人はそれぞれの事柄においてほんとうのものを見てとることにかけて、おそらく断然ほかの人々よりすぐれているからである。つまり、すぐれた人とは、美と快の規準であり、尺度[6]のようなものなのである。ただし多くの人の場合は、快楽のせいで錯誤が生じていると思われる。というのも快楽は、実際には善いものでないときにも、善くみえるものだからである。こうして、多くの人は快楽を善きものとして選び、
1113b 苦痛を悪しきものとして避けるのである。

6　この「尺度（metron）」という表現は、「人間は万物の尺度である」として相対主義を唱えたプロタゴラスを念頭に置いたものである（プラトン『テアイテトス』一五二A）。しかし、同じ「尺度」という語を用いていても、アリストテレスはここで相対主義を唱えているわけではない。むしろ、尺度となることのできる人間は限られているという第三の立場を採ることで、反相対主義の立場を唱えている。

# 第五章　徳《アレテー》も悪徳も自発的なものである

こうして、目的が願望の対象であり、思案および選択の対象は目的のための事柄で
あるので、それらにかかわる行為は、選択に基づいた自発的なものである。さまざま
な徳《アレテー》のはたらきはこうした事柄にかかわっている。こうして、徳《アレテー》はわれわれ次第
であり、悪徳も同様である。[1]というのも、或る事柄を為すことがわれわれ次第である
場合、それを為さないこともわれわれ次第であり、為さないことがわれわれ次第であ
る場合、為すこともわれわれ次第だからである。したがって、もし美しい行為を為す
ことがわれわれ次第なら、醜い行為を為すこともまたわれわれ次第であるし、もし美
b10 しい行為を差し控えることがわれわれ次第なら、醜い行為を差し控えることもわれわ
れ次第である。すると、美しいことや醜いことを為すことが、そして同様にそれらを
差し控え、為さないことがわれわれ次第であるならば、また、そのように美しいこと
と醜いことを為したり為さなかったりすることこそが善い人であり悪い人であるとい

うことだったとすれば、以上のことから結局、高潔な人であるか劣悪な人であるかは、われわれ次第ということになる。

「自らすすんで自発的に不良になる人もいなければ、自らの意に反して幸福になる人もいない」と語ることは、前者は誤っているが後者は真実であるように思われる。というのも、己の意に反して幸福な人はいないが、悪徳の人は自らすすんでそうなったからである。さもなければ、いま述べた［われわれ次第という］考え方は疑わしいものとなるだろうし、人間が始まりであるとか、ちょうど人が子どもの生みの親であるように行為の生みの親であるとか言ってはならないことになるだろう。しかし、こうしたことを言えるということが明らかであるならば、すなわちわれわれの内にあるものからさらに遡ってほかの［外的な］ものを［行為の］始まりとすることができないならば、われわれの内に始まりをもつ行為は、その行為自体もまたわれわれ次第であ

b20

1　この冒頭の四行で、徳《アレテー》、自発性、選択、（目的のための事柄を対象とする）思案、（目的を対象とする）願望といった第一章からの重要概念相互の関係が、簡潔に表現されている。そして、この第五章で、これまでの議論をふまえながら、徳《アレテー》と悪徳の自発性が示されることになる。

り、自発的なのである。

この通りであるということは、各個人によって私的に証言が得られているが、また立法者たち自身によっても証言されているように思われる。[2]実際立法者たちは、行為者に責任[3]がない強制ゆえの行為や無知ゆえの行為でないかぎり、劣悪なことを為す人々を懲戒して罰し、美しいことを為す人々に名誉を与えるのである。そしてこれは、美しいことを為す人々を奨励し、劣悪なことを為す人々を抑制するためである。

これに対して、われわれ次第でもなければ自発的でもないことを、どんな立法者も奨励することはない。それはいわば、体温をあげるなとか苦しむなとか、あるいは空腹を感じるなとか、そのほか何であれそういった類いのことがないようにしろと説得することがまったく役にたたないのと同じである。というのもこの場合には、そのように「説得」したところで、われわれは、そうならないようにと言われた事態に、結局のところ陥るだろうからである。そして、もし行為者自身に無知の責任があると思える場合には、無知であること自体のために立法者たちは行為者を罰するのである。[4]たとえば、酔った人たちに対しては罰が二倍となるようにする。というのも、酔ったことの始まりは、行為者自身の内にあるからである。すなわち、酔わないでいること

b30

もかれにとって自由にできたことなのであり、しかも酔ったことが無知の原因だからである。

立法者たちは、知っていなければならず、その上知っていることが困難ではない法の条文に無知である人々も罰する。また、法律以外の場合でも、不注意ゆえの無知と考える人々も同様に罰する。こうした場合も、無知でないことはその人次第だったからと考えるからである。つまり、注意を払うことも当人は自由にできたからである。しかしおそらく、そのような人は注意を払わないような人なのだろう。だがそれで

1114a

2 倫理学は広い意味の政治学の一部であり、狭い意味の政治学に連続的である。

3 ここで「責任」と訳したギリシャ語は aitia であり、「原因」とも訳される。原因が行為者にある場合、責任が追及される。

4 七賢人の一人であるピッタコスがこうした法律を制定した。『政治学』第二巻第十二章一二七四b一八～二三、『弁論術』第二巻第二十五章一四〇二b八～一二も参照。

5 ここで挙げられる「酔っぱらい」、「法律の条文に無知である人々」、「不注意な人々」は、第一章で「無知ゆえの」行為をする人と区別された「無知であって」行為する人である。［解説］参照。

も、そのような人になったことの原因は、だらしなく生きている人たち自身にあり、また不正な人であることや放埒《ほうらつ》な人であることの原因は、前者であれば不正を為しているその人自身にあり、後者であれば飲酒やそのようなことのうちに時を過ごしているその人自身にある。というのも、それぞれの種類の活動がその活動通りの人をつくるからである。このことは、どのような競技や行為であれ、それに向けて練習する人たちを見れば明らかである。なぜなら、そういった人たちはただひたすら、課題となっている事柄を実際にやりつづけるからである。したがって、われわれがまったく愚かな人間でもないかぎり、それぞれの事柄において、実際に活動することから性向[6]が生じるということに無知であることは、ありえないのである。

さらに、不正を為している人が不正であることを望んでいないとか、放埒《ほうらつ》にふるまっている人が放埒《ほうらつ》であることを望んでいないということは理屈に合わない。もし人が、不正な人になるようなことを、そのことに無知でない状態で為すならば、その人は自発的に不正な人になるのであろう。[7] ただし［そういうことを為している以上は］、その人が望んだからといって、その人が不正な人でなくなり、正しい人になるということはないだろう。というのも、病気の人もまた、望んだからといって健康になると

a10

いうわけではないからである。その人の事情では、抑制なく生き医者に従わずにいたことで、「自発的に」病気になったのである。さて、かつては自分が病気にならないことが可能だったが、その可能性を放棄した人が元に戻ることはもはや可能ではない。それはちょうど、石を投げた人が、もはや自らの能力でそれを取り戻すことができないのと同じである。しかしそれでも、投げたことはその人次第のことだったのである。というのも、始まりがその人自身の内にあったのだから。そのようにして、不正な人や放埒《ほうらつ》な人の場合でも、そのような人にならないことが最初は可能であったのだから、かれらがそのような人であることは、自発的なことなのである。そして、いったんそうなった人たちにとって、そうではないことは、もはや不可能なのである。

6　「性向」については、第一巻第七章注8および第二巻第五章注3を参照。

7　アリストテレスは「自発的に不正な人になる」ことが言葉としてやや奇妙に聞こえることを十分意識しており、この表現は長期間の過程全体を言い表しているから、表面的な奇妙さにかかわらず明確な意味があり、正しいと主張する。自発的に為してきたことの結果、不正な人になったのであり、自分の意識や言葉では「不正な人になろうと思わなかった」にしても、不正な人になって、しかも「自発的に」そうなったのである。

しかし、魂の悪徳だけが自発的なわけではない。或る人々の身体の悪もまた自発的なものであり、そのような人たちをもわれわれは非難する。つまり、生まれつき醜い人を非難する人はだれもいないが、トレーニング不足や怠慢のゆえに醜い人は非難されるのである。病気や障碍《しょうがい》についても同様である。実際、生まれつきや病気や打撲によって盲目となった人を非難する人はだれもおらず、むしろ気の毒に思うものであろうが、飲酒やほかの放埒《ほうらつ》な行いによって盲目となった人はだれからも非難されるであろう。こうして、身体にかんして劣悪な人々のうち、そうなったことがわれわれ次第であったような人々は非難されるが、そうでない人々が非難されることはないのである。そして、もしそうであるならば、ほかのさまざまな事柄についても、悪のうち、非難の対象となるのはわれわれ次第の悪である。

しかしここで、「人はみな善くみえるものを追い求めるものだが、われわれはその見え方をコントロールすることはできないのであり、むしろ、一人一人がどのような性質の人間であるかに応じて目的の見え方が決まってくる」と人が言うなら、どうだろうか。さて、まず、人がなんらかの仕方で自分の性向に責任があるならば、なんら
1114b かの仕方でその人自身が「自分の」見え方に責任があるだろう。だが、もしそうでは

ないとするならば、どの人にも自分が悪を為すことの責任はないことになる。[8]「これはどういうことかと言えば」人は目的の無知ゆえに悪を為しているのであり、そうした目的の無知ゆえにそれが自分にとって最善の事柄であろうと思うのである。「この場合」その目的を追い求めることは、自ら選べたことではなく、反対に、人は見る目をもって生まれてこなければならないのである。この見る目があることによって人は立派に判定し、本当に善いものを選ぶのであり、この見る目をもって生まれた人が「資質のすぐれた人」なのである。というのも、この見る目こそが最大にしてもっとも立派なものであり、これをほかの人から得たり学んだりすることはできず、人は生まれつきそなわった通りの力をもちつづけるからである。そして、「見る目」が生まれつき善いものであり美しいものである場合、完璧なほんとうのすぐれた資質であろう。

——では、もしこの主張が真であるならば、どうして徳《アレテー》が悪徳よりも自発的とい

8　これは、「そうするのがよいと思ったからそうした。そして、そうするのがよいと思ったことをするのはしょうがないことだし、思ってしまったことはどうしようもない。そして、どうしようもないことだったのだから、わたしは悪くない」という立場である。

b10

うことになるのだろうか。[9] というのも、生まれつきの自然によってであれ、あるいはなにかほかの仕方によってであれ、善き人と悪しき人のどちらの場合も同様の仕方で目的の見え方は定まっており、そしてこの目的にほかの事柄をなんらかの仕方で関係づけることによって行為することになるからである。

したがって、各人に目的がどういう仕方でみえるにせよ、（1）その見え方は生まれつきによって［だけ］ではなく自分自身に由来している何かによってでもあるということになるか、あるいは、（2）目的［の見え方そのもの］は生まれつきのものであるが、すぐれた人は目的のためのほかの事柄を自発的に為すがゆえに徳《アレテー》は自発的であるということになるか、どちらかである。[10] そしてこれらのどちらにせよ、悪徳は徳《アレテー》に劣ることなく自発的なものということになる。というのも、徳《アレテー》ある人と同様に悪徳の人においても、かりに目的は自分自身のものではないにしても、［個々の］行為のなかに、自分自身によるものがあるからである。

こうして、もし徳《アレテー》がすでに述べたように自発的であるならば（というのも、われわれ自身は一定の仕方で性向の原因であり、自分がどのような性質であるかに応じて、われわれは目的を自分に見合った一定のものと見定めるからである）、悪徳もまた自発的であろう。悪徳は徳《アレテー》と同様だからである。

さて、以上により、徳《アレテー》についてその類が大まかに語られてきた。すなわち、徳《アレテー》とは、中間性であるということ、特定の行為から生じる性向であるということ、自らに基づいて為されるものであるということ、われわれ次第でありそして自発的なものであるということ、そして正しい理由《ロゴス》が命じるところに従うものであるということ、以上のことが語られてきた。[11]

b30

---

9　ここからアリストテレスの反論が始まる。論敵は悪徳に絞って議論したためにもっともらしい印象を与えたが、逆に徳《アレテー》に論敵の言うことを当てはめてみると、論敵の主張が全面的に不健全であるということがわかる、とかれは説明する。

10　（1）の主張ないし立場は、論敵に直接反論するものであり、目的の見え方はわれわれの性格形成に応じても変化するというアリストテレス自身の立場をあらわしている。これに対して（2）の立場は、かりに（1）を取り下げたとしても、善くみえてしまっているその目的を目指した個々の行為は依然として自発的であるという意味で、徳《アレテー》の自発性の問題を、個別的な場面における行為の自発性の問題の角度から捉え直している。そして、そうすることで、徳《アレテー》と悪徳の自発性が主張できると考えている。

11　これらは第二巻第一章からここまでの大まかなまとめとなっている。

ただし、行為が自発的である仕方と性向が自発的である仕方とは、同様ではない。
というのも、個別的な事柄を知っていれば、行為については始まりから目的にいたる
までコントロール下にあるのに対し、性向については、その始まりはコントロール下
にあるものの、ちょうど病気の場合のように個々の場面での行為の積み重ねがどうな 1115a
るかは、本人にわかるものではないからである。しかしながら、そのようにふるまっ
てきたのか、あるいはそうではないようにふるまってきたのかということはわれわれ
次第のことであるのだから、それゆえ性向は自発的なものなのである。

さてここで、もとの主題に立ち返り、それぞれの徳《アレテー》をひとつひとつ取り上げ、それがそれぞれ何であり、何にかかわり、またどのようにかかわるのかを論じよう。そして、そのように論じるなら、［人柄の］徳《アレテー》にはどれほどの種類があるのかもまた、明らかになるだろう。

# 第六章　自信の大きさと恐れの中間としての勇気

はじめに、勇気を取り上げよう。勇気が「恐れ」と「自信の大きさ」の中間性であることは、すでに明らかとなっている。[1] そして明らかに、われわれが恐れるのは恐ろしいものであり、恐ろしいものとは、おしなべて悪いものなのである。ここから、人々は恐れを「悪いものへの予期」と定義している。[2] さて、われわれはたとえば不評、貧困、病気、友がいないこと、死といったあらゆる悪いものを恐れるが、勇気ある人がこれらすべてにかかわるとは思えない。なぜなら、恐れるべきもの、それを恐れることは美しく、反対に恐れないことが恥ずかしいものはその一部だからである。たとえば不評がそうである。実際、不評を恐れる人は高潔な人にして恥を知る人なのであり、これを恐れない人が恥知らずな人なのである。

しかし、一部の人々のあいだでは、後者の「恐れない人」が「勇気ある人」と呼ばれているが、これは言葉の転用によるものである。なぜなら、そうした人は勇気ある人に似たところがあるからである。つまり、勇気ある人も、或る意味では恐れない人だからである。しかしおそらく、貧困を恐れる必要はないし、病気も恐れる必要はないだろう。一般に、悪徳に由来しないものや、その人自身のせいでないものを恐れる必要はない。とはいえ、こうしたことを恐れない人が勇気ある人であるというわけではない。こうした人が一定の類似するものをもっていることにより、われわれはかれらのことも「勇気ある人」と呼ぶわけだが。というのも、戦争の危機に直面すると臆病なのに、気前が良く、財貨を失う場面に直面しても平然としている人[3]もいるからである。したがってまた、人が自らの妻子への暴行を恐れたり、「妻子への」嫉妬やそういった類いのことを恐れたりするとしても、その人が臆病なわけではないし、鞭で打たれそうなのに平然としている人がいるとしても、その人が勇気ある人であるわけではない。

a20

1　第二巻第七章一一〇七a三三。
2　プラトン『ラケス』一九八B、『プロタゴラス』三五八D。
3　「平然としている」と訳したギリシャ語は「自信の大きさ」と訳したギリシャ語と同じ原語で、形容詞 eutharsês の派生語である。

それでは、勇気ある人は、どのような種類の恐ろしいものにかかわるのか？　もっとも恐ろしいものにかかわるのではないのだろうか？　というのも、勇気ある人以上に恐ろしいものに耐えられる人は、いないからである。そして、もっとも恐ろしいものは、死である。なぜなら、死とは、生の尽きるところだからであり、死者にとっては善いものも悪いものも、もうまったくなってしまっていると考えられているからである。とはいえ、海洋を航行中に死んだり病気で死んだりする場合のように、どのような状況における死にも勇気ある人がかかわるとは、人は考えないだろう。

では、勇気ある人は、いったいどのような状況における死にかかわるのだろうか？　もっとも美しい状況における死にかかわるのではないか。そして、戦争における死がそのようなものである。なぜならそのような死は、もっとも重大でもっとも美しい危機的状況における死だからである。そして、それぞれの国において、あるいは専制君主のもとで［戦死者たちに］与えられる名誉もまた、以上の見解と合致している。したがって、美しい死を恐れない人、しかもその死の危険が迫った状況でも恐れない人が、本来の意味において「勇気ある人」と呼べるだろう。そして、とりわけ戦争におけるさまざまな状況が、そうした状況なのである。

もちろん、勇気ある人は、洋上や病床においても恐れない人ではある。しかしそれは、船乗りたちが洋上で恐れないのと同じ意味ではない。なぜなら、勇気ある人たちは生還することを諦めていて、そうした洋上での死を無念に思っているが、船乗りたちは経験から「生還する」望みをもっているからである。同時にまた、人のふるまいが勇気あるものとなるのは、敵を退ける屈強さが示される状況や、あるいは死ぬことが美しい状況においてである。しかし洋上での死には、このどちらも成り立っていないのである。

1115b

# 第七章　自信をもちすぎる向こう見ずな人、恐れすぎる臆病な人、中間性を保った勇気ある人

すべての人にとって同じものが恐ろしいというわけではないが、「人間の限界を超えた恐ろしいもの」とわれわれが言うものもある。そしてそれは、およそ正気の人ならだれにとっても恐ろしいものである。これに対して、「あくまで」人間の限度の内にある恐ろしいものについては、その大きさ、つまり程度の点でさまざまに違いがある。また自信をもたせるものについてもこれと同様である。そして、勇気ある人とは、人間として可能なかぎりひるむことのない人である。したがって、勇気ある人はそうした「人間の限度内の恐ろしい」ものも恐れるであろうが、しかしその人はしかるべき仕方で、そして分別《ロゴス》に従って、美のためにそれに耐えるのである。なぜなら、美が徳《アレテー》の目的だからである。

しかし、恐ろしいものを恐れるのにも程度差があり、さらに、恐ろしくないものを、まるで恐ろしいものであるかのように恐れるということもある。そして、恐れるべき

でないものを恐れたり、しかるべき仕方で恐れなかったり、しかるべきときに恐れなかったりして、あるいはほかのそういったたぐいのことによって、数々の過ちが生じるのである。そしてこれは、自信をもたせるものについても同様である。こうして、しかるべきものを、しかるべき目的のために、しかるべき仕方で、しかるべきときに耐えたり恐れたりする人、またそのようにして自信をもっている人、こうした人が勇気ある人なのである。なぜなら、勇気ある人とは、事柄の価値通りに、また分別《ロゴス》が命じるのに従って恐れを感じ、また行為するからである。

b20
さて、一方であらゆる活動の目的となるのは、［その活動を生み出す］性向にかなったものである。これは、勇気ある人の場合でもそうである。まず、勇気［という性向］は美しいものである[1]。したがって、勇気［ある活動］の目的もまた、そうした美しいものである。なぜなら、それぞれの活動はその［性向の］目的によって規定されるからである。したがって、勇気ある人が勇気にかかわりのあるさまざまな事柄に耐えたり、行為したりするのは、美を目指してのことなのである。

1　一一一五b二二のOCTの「de ē」を、「de. ē ⟨d'⟩」と二文にわけて読む。

超過している人たちのうち、恐れない点で超過している人には名前がないが（そうした性向をもつ人の多くには名前がないということを、先の議論でわれわれは述べた）[2]、ケルト人たちについてそう言われているように、地震であれ大波であれ、何事にも恐れないならば、そうした人は狂人であるか、さもなければ苦痛の感覚をもたない人なのだろう。

また、恐ろしいものについて自信の大きさの点で超過している人は、向こう見ずな人である。ただし、向こう見ずな人は大言壮語をする人でもあり、勇気ある人のふりをする人でもあると思われる。とにかく、向こう見ずな人というのは、勇気ある人が恐ろしいものに対してとっているのと同じ態度を自分もとっていると見られたがるものなのである。こうして向こう見ずな人は、自分ができる状況では、勇気ある人を真似るのである。それゆえ、向こう見ずな人の多くは「向こう見ずな臆病者」でもある。なぜなら、そうした人たちは、真似できる状況では向こう見ずにふるまうが、「ほんとうに」恐ろしいものには、耐えられないからである。

他方で、恐れることの点で超過している人は、臆病な人である。というのも、臆病な人は、恐れるべきでないものを、恐れるべきでない仕方で恐れるからであり、こう

b30

したあらゆることが、臆病な人にはつきものだからである。また、臆病な人は、自信をもつという点でも不足している。しかし、かれにおいていっそう顕著なのは、さまざまな苦痛においてその度が過ぎている人だということである。したがって、臆病な人とは、一種の「望みをもてない人」なのである。なぜなら、こうした人は、どんなことでも恐れるからである。これに対して勇気ある人は、これとは反対の人である。なぜなら、自信をもつことは、望みをもつ人の特徴だからである。

さてこうして、臆病な人も向こう見ずな人も勇気ある人も同じものにかかわっているのだが、その同じものに対して異なった態度をとっているのである。[3] 実際、臆病な人や向こう見ずな人は超過したり不足したりするが、これに対して勇気ある人は中間の態度を保っている、つまり、しかるべき仕方を保っているのである。向こう見ずな人々は衝動的な人々であり[4]、危険が迫る前には望むところだという態度なのだが、い

2　第二巻第七章一一〇七b二。
3　つまり、性向が異なっているということである。
4　「衝動的な人（propetēs）」や「衝動性（propeteia）」は、第七巻第七章（一一五〇b一九以下）では「抑制のなさ（akrasia）」の一形態として論じられる。

1116a

ざ危険の中に放り込まれると、たじろいでしまう。反対に、勇気ある人たちは、そのはたらきが求められる［戦場のような］場面では猛然とふるまうが、そうした場面になる前は穏やかなのである。

こうして、すでに述べたとおり、勇気とは、先に語られたもろもろの状況に[5]おいて、自信をもたせるものと恐ろしいものにかかわる中間性であり、そして、そうすることが美しいという理由からそうすることを選んだり、あるいはそうしないことが醜いという理由から、耐えてそうしたりするものなのである。しかし、貧困や恋愛、あるいは何か苦しいことから逃れようとして死ぬのは、勇気ある人のすることではなく、臆病な人のすることである。[6]というのも、辛いことから逃げるのは軟弱さであり、[7]その人が死を耐え［て受け入れ］るのは、そうすることが美しいからではなく、悪いものから逃げるためだからである。

こうして、勇気とは以上のようなものである。

5　第六章一一一五a二九以下。

6　自殺や自傷行為は悪いことだと、本書でアリストテレスは繰り返しいさめている。ここはその一箇所。

7　原語は malakia。第七巻第一章一一四五a三〇を参照。

# 第八章　本来の勇気とは別に、「勇気」と呼ばれている五つのもの

しかしほかにも、つぎのように「勇気」と呼ばれているものが五つある。

（1）まずはじめに、市民としての勇気である。実際のところ、これが本来の勇気にもっとも近い。なぜなら、市民たちがさまざまな危険に耐えているのは、法による刑罰や人々の非難を避けるため、あるいは名誉を得るためだと考えられるからである。そしてこのことから、もっとも勇気ある市民とは、その人々のあいだでおこなわれる評価で臆病な者たちが不名誉とされ勇気ある者たちが名誉ある者とされる、そうした仲間たちのことだと考えられるのである。ホメロスもまた、たとえばディオメデスやヘクトルといった、そうした者たちを描いている。

プリュダマスが真っ先に私に非難の言葉を浴びせ掛けるだろう。[1]

また、

いつかヘクトルはトロイア人たちに向かってこう言うであろう。

「テュデウスの子は私に」[2]

そして、この勇気は徳《アレテー》から生じるものであるがゆえに、先に述べた本来の勇気ともっともよく似ているものなのである。というのもそれは、恥を知る心[3]からのものであり、また美しいものへの（つまり名誉への）欲求、および恥ずべき非難の忌避からのものだからである。

指揮官たちに強いられて為す人々も、この人々と同じ部類に入れることができるかもしれない。しかし、強いられて為す人々は、恥を知る心からではなく恐怖心から行

1 ホメロス『イリアス』第二十二巻一〇〇行。
2 ホメロス『イリアス』第八巻一四八～一四九行。
3 「恥を知る心」の原語は aidōs。第四巻第九章にもこの言葉が登場するが、そこでのアリストテレスのこの言葉の使い方はここととはニュアンスが違うため、「羞恥心」と訳す。

動するかぎり、しかも恥ずかしいことではなく苦しいことを避けようとするかぎり、劣った部類に入るのである。なぜなら、ちょうどヘクトルがそうしたように、かれらの部隊長たちが強いているからである。

　戦場で尻込みして逃げ出す輩をわたしが見ようものなら、
　犬の餌食となることは間違いないだろう[4]

そして兵士たちを自らの前に配置し、後退しようものなら鞭で打つ部隊長たちは、これと同じことをしているし[5]、塹壕やそういったものの前に兵士たちを配置させる部隊長たちもまた、これと同じことをしている。つまり、かれらはみな、兵士たちを強いているのである。しかしながら、強いられるのではなく、そうするのが美しいからという理由で勇気があるのでなければならない。

（2）つぎに、それぞれの個別分野での経験もまた、勇気であると思われている。勇気は知識であるとソクラテスが考えた理由もここにある[6]。それぞれの分野にそうした［経験に基づいた勇気をもつ］人々がいるわけだが、兵士たち[7]は、戦争という分野にお

1116b

いて経験に基づいた勇気をもつ人々である。というのも、戦争には、恐ろしく感じられても、じつはなんでもないという場面が数多くあると思われるが、兵士は、こうしたことをもっともよく見抜く人だからである。このことのゆえにかれらは勇気があるようにもみえるのだが、それは、ほかの人々がいろいろな具体的場面の実状を知らないためなのである。

さらに、そうした兵士は経験から、もっとも効果的に攻めたり防いだりすることができる。それは、かれらが経験から、武器を用いることもできれば、攻めるのにも防ぐのにももっとも力を発揮する武器をもっているからでもある。それゆえ、かれらの戦闘ぶりは、武装した者が武装していない者と戦っているかのようなもの、あるいは、

4 ホメロス『イリアス』第二巻三九一～三九三行。しかしこれは不正確な引用であり、またそこでの語り手はヘクトルではなくアガメムノンである。第十五巻三四八～三五一行にこれと似たヘクトルの言葉がある。
5 ヘロドトス『歴史』第七巻二二三に同様の様子が描かれている。
6 プラトン『ラケス』一九四D、『プロタゴラス』三六〇B～三六一B。
7 (1)の「兵士」は自由市民による市民兵を指し、(2)の「兵士」は傭兵を指している。

プロの選手が素人と勝負するようなものなのである。というのも、そうした競技においても、もっとも勇気ある人たちが戦いにもっとも強いわけではなく、もっとも鍛え抜かれた人々、つまり身体が最高の状態にある人々が戦いにもっとも強いからである。しかし兵士たちは、危険の度合いが限界を超えていて、人数や装備の点で劣っている場合には、臆病になる。というのも、かれらはまっさきに逃げるが、市民兵たちはそこに踏み留まり、そして死んでいくからである。そして、これこそまさにヘルメスの神殿で起こったことなのである。[8]すなわち、市民兵たちにとって逃げることは恥であり、そのようにして生き延びるよりも死ぬほうが望ましいのに対して、兵士たちは、自分たちのほうが強いと思って最初は危険を冒したのだが、実状を知ると逃げ出したのである。それは、かれらが恥よりも死を恐れているからである。しかし勇気ある人とは、このような人ではないのである。

（3）激情もまた、勇気だとされることがある。というのも、自分を傷つけた者たちに襲いかかる獣のように、激情に駆られて行為する人もまた、勇気ある人だと考えられているからである。それは、勇気ある人々もまた、激情を持ち合わせた人だからである。すなわち、激情とはとりわけ、さまざまな危険に対して猛然と立ち向かっていくことであり、ここからホメロスもまた、「激情に力強さを注入した」[9]とか、「力と激情をかき立てた」[10]とか、「鼻腔に猛々しい力が立ちのぼった」[11]とか、「血が滾《たぎ》った」[12]とか語っているのである。こうした言い回しはすべて、激情の喚起と昂揚のことを示しているのだと思われる。

こうして、勇気ある人たちは美しいことのために行為するのであるが、そのとき激情はその人たちに力を貸しているのである。これに対して、獣は苦痛ゆえに行動する。すなわち、獣が立ち向かっていくのは、攻撃を受けたり恐怖を感じたりしたことによってであり、少なくとも「安心できる」森のなかにいるかぎり、獣のほうでこちらに寄ってくることはない。したがって、獣は苦痛と激情に駆られて危険に立ち向かう

b30

8 アテナイ北西方のボイオティア地方で前三五四年~前三五三年に起こった戦闘で、この出来事があったと伝えられている。
9 ホメロス『イリアス』第十一巻一一行、第十四巻一五一行、第十六巻五二九行を参照。
10 ホメロス『イリアス』第五巻四七〇行、第十五巻二三二~二三三行を参照。
11 ホメロス『オデュッセイア』第二十四巻三一八行を参照。
12 現在残っているホメロスの作品にはこの表現は見当たらない。

とはいえ、そのとき恐ろしい事態を何ひとつ予見してはいないのだから、獣たちに勇
気はないのである。もしこの程度のことで勇気があるとされるのなら、ロバでさえ、
飢えているときには勇気があることになるだろう。なぜなら、飢えたロバは、叩かれ
ても草を食むのを止めないからである。姦通する者たちもまた、欲望のために多くの 1117a
大胆なことをする。ただし、この激情に基づいた勇気がもっとも自然で、そこに選択
と目指す目的が付け加わるならば、［本来の］勇気になると思われる。

したがって人間もまた、怒りに駆られているときは苦しく、報復しているときは快
いものである。しかし、こうしたことが元になって戦う人たちは、戦う力の強い人で
はあっても、勇気ある人ではない。なぜならかれらは、美しいことのために戦うので
もなければ、分別《ロゴス》の命じる通りに戦うのでもなく、感情に駆られて戦うからである。
ただし、たしかにこうした人たちは、どこか勇気に似たものをもってはいる。

（4）したがって、望みをもつ人々もまた、勇気ある人ではない。なぜなら、望みを a10
もつ人々が危険のただ中で自信をもっていられるのは、自分たちが幾度となく多くの
敵を撃破したからである。かれらが勇気ある人ときわめて似ているのは、どちらも自
信をもっているということによる。しかし、勇気ある人々が自信をもっているのは先

に述べた理由からであるのに対して、望みをもつ人々は、自分たちが最強であって、ひどい目にあうことなどまったくないと思っているがゆえに自信をもっているのである。酔っ払った人々もそんなふるまいをする。なぜなら、酔っ払うと、人は楽観的になるからである。

しかし、事態が自分たちの思い通りには運ばないとなったときには、楽観的な人々は逃げ出してしまう。これに対して、人間にとって実際に恐ろしいものや恐ろしくみえるものに耐えること、しかも、耐えることが美しく、耐えないことが恥ずかしいことであるという理由から耐えること、これこそが勇気ある人の特徴なのであった。それゆえまた、突発的な恐怖の場面でも恐れることなく、自信を失わないことのほうが、恐ろしい状況となることが前もってわかっている場面でそうであるよりも、いっそう勇気ある人［のふるまい］だと思われる。なぜなら、そうした場面での行動は、事前の備えによるものが少ない分だけ、それだけいっそう性向に由来するものだからである。というのも、予見されることであれば推理と分別《ロゴス》をはたらかせて選ぶことができるであろうが、突発的な出来事に対しては、人は自分の人柄に基づいて対処するしかないからである。

（5）無知な人々もまた、勇気があるようにみえる。この人々は望みをもつ人とかけ離れてはいないが、望みをもつ人々であればもっているような、自分自身への信頼をまったくもち合わせていないという点では、望みをもつ人よりも劣った部類に入る。望みをもつ人々が或る程度の時間まで耐えることができるのは、このためである。これに対して、無知な人々は勘違いしているのであり、事情が違うとわかったら、あるいは事情が違うという感じがしたら、逃げ出すのである。これこそ、アルゴスの軍勢がスパルタ軍に遭遇してシキュオン軍と勘違いしたときに経験したことである。[13][14]

さて以上で、勇気ある人々と、勇気があると思われている人々が、それぞれどのような人々なのかが述べられた。

13 「無知な人々」については第三巻第一章一二一〇b二四以下を参照。

14 前三九二年のコリントスの長城における戦いでの出来事。クセノフォン『ヘレニカ（ギリシャ史）』第四巻第四章一〇に記述がある。

# 第九章　美しいもののために耐える勇気

さて、勇気は自信の大きさと恐れにかかわるが、そのかかわり方は同じではなく、恐ろしいもののほうにいっそうかかわりがある。なぜなら、恐ろしいものに直面しても乱されることなく落ち着いていて、そうした恐ろしいものに対してしかるべき態度 a30
をとっている人のほうが、自信をもたせるものに対してしかるべき態度をとる人よりも、いっそう勇気があるからである。したがって、すでに述べたように、[1]人は、苦痛に耐えることによって、勇気ある人と呼ばれるのである。このことゆえに、勇気とは苦しいものでありつつ、しかも賞讃されることが正当であるようなものでもある。なぜなら、苦しいことに耐えるのは、快いことを差し控えることよりも難しいからである。

それでもやはり、勇気にかなった目的は快いものなのだが、しかし［苦しいなどの］ 1117b
周縁的な事情によってそのことが見て取りづらくなっているのだ、と考えられるだろう。これは、たとえば体育競技の場合などにも起こることである。実際、拳闘家たちにとって、拳闘することで目指している目的——つまり栄冠と名誉——は快いものであるが、生身の肉体で闘っている以上殴られれば痛くて苦しいし、さらにかれらの［日々のトレーニングなどの］あらゆる労苦が、その種の痛くて苦しいものなのである。そして、拳闘にはこうした痛くて苦しいことが多くあるので、拳闘が目指している目的は小さなものにすぎず、そこに何も快いものが含まれていないようにみえてしまうのである。したがって、もし勇気をめぐる事情もこのようなものだとすると、勇気ある人にとっては［戦］死や負傷は苦しく気乗りしないものであろうが、それでもこの勇気ある人がこうしたことに耐えるのは、それらに耐えることが美しく、耐えないことが醜いからなのである。[2]

1　第三巻第七章一一一五b七以下。

2　アリストテレスは勇気でも、苦しみなどの周縁的な事情のために見えにくくなっている目的の「快さ」がほんとうは存在するという主張を、拳闘を材料にして論じている。しかしこの文では、勇気の場合には単なる快さのためというより、むしろ「感ずべき本来の快」である美（行為の立派さ）のためである、という自分のより強い主張もあわせて述べている。

また、勇気ある人がこの徳《アレテー》をいっそう十全にそなえ、いっそう幸福であればあるほど、その人は死を心苦しく感じるであろう。なぜなら、そのような人にとって生きることはもっとも価値あることであり、しかもその人には、さまざまなもっとも善いものが奪われるとわかりながらそうした善いものが自分から奪われるがゆえに、自分の死は、苦しいことだからである。しかし、このことでその人がわずかでも勇気を挫かれるということはなく、おそらく、かえっていっそう勇気ある人となるのである。なぜなら、あのような［生きていることで享受できる］もろもろの善いものを代償として、戦争における美しさを選ぶからである。したがって、その有徳な活動によって目的に到達するという点を除けば、どの徳《アレテー》にも「快く活動すること」が含まれているというわけではない。ただし、おそらく、こうした勇気ある人々が最強の兵士なのではなく、勇気の点では劣るがほかには善いものを何も抱えていない人々が最強の兵士であるということは、ありうることである。なぜなら、そうした人々は危険に立ち向かう心づもりができており、わずかな利得をえるために己の生を差し出すからである。

さて、勇気については以上のことが語られたこととしよう。ここまでに述べられたことから、それが何なのかについては、少なくともそれを大まかに把握することであれば、難しくないであろう。

# 第十章　節制と放埒《ほうらつ》――食欲と性欲にかかわる徳《アレテー》と悪徳

勇気につづいて、つぎに節制[1]について論じることにしよう。というのも、これらはどちらも、分別《ロゴス》をもたない部分にかんする徳《アレテー》と考えられるからである。

ところで、節制が快楽にかかわる中間性であることはすでに述べた。[2]というのも、〔快楽へのかかわりにくらべれば、〕節制の苦痛へのかかわりはよりわずかであり、また節制はこれらに同じかかわり方をしていないからである。そして、〔節制がかかわる〕快楽と同じ類いの快楽において、「放埒《ほうらつ》」も登場する。そこで、さまざまな快楽のなかでも、節制と放埒《ほうらつ》はどのような快楽にかかわるものなのかを確定することにしよう。

そこでまず、魂の快楽は身体の快楽とは区別されるとしよう。魂の快楽とは、たとえば名誉好きとか学習好きとかである。というのも、名誉好きであれ学習好きであれ、それを愛好している人は自らの愛好するものに喜びを感じるが、そのとき、その人の身体は何ら影響を受けず、むしろその人の思考が影響を受けるからである。しかし、このような快楽にかかわる人々は、節制があるとも放埒《ほうらつ》だとも言われない。このことは、身体的ではないほかのさまざまな快楽についても同様である。事実、物語好きの人や話し好きの人、そして他愛のない話をして日々を過ごす人のことを、「おしゃべりな人」とは呼ぶが放埒《ほうらつ》な人とは呼ばないし、また金銭や友人のことで苦しんでいる人のことも放埒《ほうらつ》な人とは呼ばないのである。 1118a

1 「節制」と訳したのは sōphrosunē。「節度」とも訳し、本文庫所収のプラトンでは「節度」にすることが多い。いわゆる節制の徳《アレテー》をほかの徳《アレテー》と並べて重要な徳《アレテー》として論ずるようになったのは、アリストテレスの本章からの議論によるところが大きい。プラトン『カルミデス』『プロタゴラス』などでは、さまざまな文脈で慎みと節度をもつことによって知性、ことに「自分を知る」ないし「自分の分を知り、守る」という意味で「自己にかかわる知の支配」という生きた知識をもって行動できる人間の理想の全体が、この語に込められていた。「節制」「節度」のほか「中庸」なども訳語候補になる巨大な徳《アレテー》で、ギリシャの優秀な若者の教育の特質をも表現していた。アリストテレスは基本的な身体的欲望・快楽を慎む意味の sōphrosunē を中心とし、ほかのニュアンスを二番手としたので、本訳では「節制」と訳す。この第十〜十二章のほか、第七巻第一〜十章も参照。

2 第二巻第七章一一〇七b四以下。

節制は身体の快楽にかかわるものであるが、しかしあらゆる身体的快楽にかかわるわけでもないのである。なぜなら、たとえば色や形や絵を見て喜ぶように視覚を通じて与えられるものを喜ぶ人々は、節制の人だとも放埒《ほうらつ》だとも言われないからである。それにもかかわらず、そうしたものを喜ぶにしても、しかるべき仕方で喜ぶことも、度を過ぎて喜ぶことも、喜び方が足りないこともあると考えられる。これは、聞かれるものの場合でも同様である。度を越して歌や演劇を喜ぶ人々のことを放埒《ほうらつ》な人と呼ぶ人も、しかるべき仕方で喜ぶ人を節制の人と呼ぶ人も、だれもいないのである。また、嗅がれる匂いの場合でも、たまたま付帯的な場合を除けば、[3]人はそのように呼んだりはしない。というのもわれわれは、リンゴやバラやお香の匂いを喜ぶ人々を放埒《ほうらつ》な人とは呼ばず、むしろ香水や料理の匂いを喜ぶ人々をそう呼ぶからである。なぜなら、放埒《ほうらつ》な人々がそうした匂いを喜ぶのは、その匂いを通じて、その人々が欲望を感ずるものが想起されるからである。人はまた、「放埒《ほうらつ》ではない」ほかの人々でも、飢えているときには食べ物の匂いを喜ぶのを目にすることがある。そして、このようなものを喜ぶということこそ、放埒《ほうらつ》な人の特質なのである。なぜなら、そのようなものが、放埒《ほうらつ》な人が欲望を感ずるようなものだからである。

a10

ほかの動物の場合でも、付帯的な場合を除き、これらの感覚に基づいて快楽が生じることはない。つまり、犬が喜ぶのは野ウサギの匂いを嗅ぐことよりそれを喰うことであり、その匂いはただ、野ウサギがそこにいることを犬に気づかせただけである。また、ライオンが喜ぶのも牛の啼き声というより牛を喰うことである。ライオンはその啼く声で牛が近くにいることに気づいたので、その啼き声を聞いて喜んでいるようにみえるのである。また同様に、ライオンは「鹿か、野生の山羊を」[4]みて喜ぶのではなく、その肉を食べられそうだから喜ぶのである。

節制と放埒《ほうらつ》がかかわるのは、人間以外の動物も共通してもっている快楽である。放《ほう》埒《らつ》な人が奴隷や獣のようにみえるのはこのことによる。そして、そうした快楽とは、触覚と味覚［による快楽］である。しかし味覚的なものも、わずかか、あるいはまったく関係ないようにみえる。なぜなら、味覚の役割は味の判別であり、酒の味をきき

3　直後に示唆されるように、味覚と触覚がかかわる欲望（具体的には食欲と性欲）の対象の場合にかぎり、放埒《ほうらつ》と呼ばれる。

4　ホメロス『イリアス』第三巻二四行。

わける人たちや料理の味を調える人たちがしているのはまさにそれだからである。そして、人々はそうした微妙なことにそれほど喜びを感じないし、少なくとも放埓《ほうらつ》な人は喜びを感じない。むしろ、放埓《ほうらつ》な人たちが喜びを感じるのは享楽であって、これは、食べ物であれ飲み物であれ、いわゆる「アフロディテの愉しみ」[5]であれ、そのどれもが触覚を通じて得られるものである。それゆえ、食い道楽だった或る人は自分の喉が鶴よりも長くなるよう祈ったのだが[6]、これは、その人が触覚に快楽を覚えていたということなのである。

こうして、放埓《ほうらつ》さが生まれてくる感覚とは、さまざまな感覚の中でももっとも広く共通する感覚［である触覚］なのである。したがって、放埓《ほうらつ》さを生み出す感覚は人間としてのわれわれにそなわっているのではなく、動物としてのわれわれにそなわっているものなのだから、放埓《ほうらつ》さが非難される事柄だと考えるのは、至極当然のことだろう。それゆえに、こうした感覚に喜びを覚え、その感覚をこよなく愛することは、獣的なことなのである。というのも、たとえば体育施設で身体をマッサージして暖めることで生じる快楽のように、触覚による快楽のうちでももっとも自由人らしい快楽は［放埓《ほうらつ》を生み出す快楽から］除外されているからである。なぜなら、放埓《ほうらつ》な人に特徴的な触覚とは、身体全体にかかわるのではなく、その特定の部位[7]にかかわるからである。

5　性愛の快楽のこと。

6　アリストテレス『エウデモス倫理学』第三巻第二章一二三一a一六〜一七では、これはフィロクセノスのことだと記されている。

7　飲食にかかわる喉と、性愛にかかわる部位。

# 第十一章　放埓《ほうらつ》な人は欲望ゆえに苦しむが、節制の人は苦しまない

さまざまな欲望には、すべての人に共通するものもあれば、生まれた後になって身についた、各人に特有の欲望もあると考えられる。たとえば、栄養物への欲望は生来のものである。というのも、乾いた栄養物や湿った栄養物が足りていない人はだれしもそれを欲し、ときにはその両方を欲するものだし、ホメロスの言葉を借りれば、若くて男盛りな者は［性愛の営みのための］ベッドを欲するものだからである。[1] しかし、［栄養物であれ性愛であれ］これとかあれとかといった或る特定のものへの欲望となると、すべての人が特定のものを欲するわけでもなければ、すべての人が同じものを欲するということもない。それゆえ、特定のものへの欲望は各人に特有のものに思えるのである。とはいうものの、特定のものへの欲望にも、なにかしら生来のものが含まれている。なぜなら、人によって別のものが快いとはいえ、いくつかのものは、ほかの雑多なものにくらべて、だれもがそれに快楽を覚えるようなものだからである。

さて、生来の欲望について間違いを犯す人はわずかであり、しかもその間違え方は一つだけ、つまり、欲望の超過という方向にだけ間違えるのである。というのも、満腹になっても手当たり次第に食べたり飲んだりすることは、自然本来の量を超過することだからである。なぜなら、生来の欲望とは、足りないものを満たすことだからである。それゆえ、こうした人は「大食らい」と呼ばれる。それは、必要以上に腹を満たしているからである。そして、極度に奴隷的な人がこうした人になるのである。

これに対して、各人に特有の快楽については、多くの人がさまざまな仕方で間違える。つまり、「〜好きな人」[2]と言われる人は、喜んではならないものを喜ぶか、人並み以上に喜ぶか、あるいはしかるべきでない仕方で喜ぶかのいずれかによってそう言われる。しかし、放埒《ほうらつ》な人はこれらすべての点において度を越しているのである。というのも、放埒《ほうらつ》な人は、喜ぶべきではない（つまり、嫌悪すべき）ものさえ喜ぶので

1　ホメロス『イリアス』第二十四巻一三〇行。パトロクロスの死を嘆き悲しむ息子アキレウスに向かって、母親である女神テティスが、女性を抱いて愉しむようアドバイスした。

2　第一巻第八章一〇九九a九も参照。

あり、そして喜ぶべきものがある場合は必要以上に、また人並み以上に喜ぶからである。

以上から、快楽にかんする超過が放埒《ほうらつ》さであり、それが非難に値するものであることは明らかである。しかし、苦痛にかんしては、勇気の場合のようにはいかず、苦痛に耐えることで節制の人と呼ばれたり、耐えないことで放埒《ほうらつ》な人と呼ばれたりするわ
b30 けではない。放埒《ほうらつ》な人はむしろ、快いものが手に入らないことに必要以上に苦しむがゆえに放埒《ほうらつ》だと言われ（そして、放埒《ほうらつ》な人のこの苦痛を生み出しているのも当人の快楽なのである）[3]、節制の人は、快いものがなかったり控えたりしても苦しまないがゆえに、節制があると言われるのである。

1119a こうして、放埒《ほうらつ》な人はあらゆる快楽、あるいはもっとも快いものを欲しており、またその欲望ゆえに、ほかのさまざまな快いものをなげうってその快楽を選ばずにはいられないのである。それゆえこうした人は、欲しい快楽が手に入らない場合でも、快楽を欲している場合でも苦しむ。なぜなら、欲望には苦痛が伴うからである。しかし、快楽のゆえに苦しむというのもおかしなことに思える。

反対に、快楽の感じ方が足りず、しかるべき程度喜ばない人々というのは、そう多

くはいないものである。なぜなら、普通人間はそうした無感覚には陥らないからである。実際、人間以外の動物であっても食べ物を判別し、或る食べ物には喜びを覚え、別の食べ物には喜びを覚えなかったりする。それなのに、或る人にとって何も快いものがなく、どれをとってもなんの違いもないとするならば、その人は人間とはかけ離れたものだということになるだろう。そのような人はそれほどいるものではないので、そういった人には名前がないのである。

これに対して、節制の人はこれらについて中間性を保つ。つまり、節制の人は、放《ほう》埒《らつ》な人が至上の快楽を感じるものに快さを覚えず、むしろ不快に思い、また一般に喜ぶべきでないものを喜ぶこともないし、そうしたものを過剰に喜ぶこともなく、また快いものがなくても、そのことで苦しんだりそれに欲望を感じたりはしない。また、欲望を感じるにしても適度に感じるのであり、しかるべき程度を超えて感じたり、感じるべきでないときに感じたりすることはなく、一般にそういった［間違った］仕方

3　つまり、放埒《ほうらつ》な人の場合、求める快楽が過剰であるため、それが満たされないことで苦痛を感じる。

で欲望を感じたりはしない。他方で、健康や身体の調子のためになる快楽については、節制の人は適度に、そしてしかるべき仕方で欲求し、そのほかの快楽については、健康や身体の調子を阻害したりするのでなければ、あるいは美しさに反したり財産以上のものを要するのでなければ欲求する。というのも、このようなものを過剰に欲求する人は、そうした快楽を適正な価値以上に愛好するが、節制の人とはそのような人ではなく、むしろ、きちんとした分別《ロゴス》に従って快楽を愛好するからである。

a20

# 第十二章　放埒《ほうらつ》さは自発的なものである

放埒《ほうらつ》さは臆病よりもいっそう自発的なものだと考えられる。[1] というのも、放埒《ほうらつ》さは快楽のゆえに生じ、臆病は苦痛のゆえに生じるが、快楽は人々が選ぶものであり、苦痛は人々が忌避するものだからである。また、苦痛は、苦しむ人の本来の姿を歪め、破壊するが、快楽は何もそういったことをしない。したがって、放埒《ほうらつ》さのほうがいっそう自発的なのである。それゆえまた、放埒《ほうらつ》さはいっそう非難に値する。というのも、［苦痛を我慢するよう習慣づけるより］快楽を我慢するよう習慣づけるほうがより簡単だからである。なぜなら、人生には多くの快楽があり、快楽を我慢するよう習慣づけることは危険がないが、恐ろしいものはそれとは反対に危険を伴うからである。

しかし、個々の臆病な行為が自発的であるのと同じように［性向としての］臆病が自発的であるというわけではない、と思われるかもしれない。というのも、［性向としての］臆病は苦痛ではないが、個々の臆病な行為は苦痛によってその人を歪め、そ

れにより武器を放棄させたり、さまざまなほかの不様なふるまいをさせたりするから a30
である。こうした［臆病な］行為が強制的なものだとも思われているのは、このため
である。反対に、放埒《ほうらつ》な人にとっては個々の放埒《ほうらつ》な行為は自発的だが（なぜならそうした人々はそれに欲望を感じ、それを欲求しているのだから）、「放埒《ほうらつ》さという性向」全体としてはそれほど自発的ではない。なぜなら、放埒《ほうらつ》であるということに対して欲望を感じる人など、だれもいないからである。

また、われわれは「放埒《ほうらつ》」という名前を子どもたちの過ちにも転用している。[2] これ
は、そこに一定の類似する点があるためである。どちらがどちらに基づいて名付けら 1119b
れているのかは、目下の課題からすればどちらでもよいことではあるが、先に名付け

1　第五章で、悪徳もまた自発的なものであるとアリストテレスは結論した。したがって、放《ほう》埒《らつ》さと臆病という二つの悪徳はどちらも自発的である。しかしここで、悪徳への「陥りやすさ」という点では程度に違いがあることが述べられる。

2　「放埒《ほうらつ》（akolasia）」は「矯正・懲らしめ（kolasis）」に否定辞がついたもので、「懲らしめられていないこと」が原義。ここから、躾けられておらず欲望のおもむくままにふるまう子どもを指すのに転用された。

られた「放埓《ほうらつ》」に倣って後の子どもの「放埓《ほうらつ》」がそう呼ばれることは明らかである。そして、この転用は間違っていないように思われる。というのも、醜いものを欲求しながらどんどん増長していくようなものは、懲らしめられねばならないのだが、欲望や子どもは、とりわけそうしたものだからである。なぜなら、子どもも欲望に従って生きており、快楽への欲求は子どもにとりわけ顕著だからである。

そこで、醜いものへの欲求が「分別《ロゴス》に」従順でもなく、「分別《ロゴス》という」支配的なものに服従するというのでもないならば、それはますます増長するだろう。理性的[3]でない者にとって、快楽への欲求は飽くことを知らなくなり、四方八方に手を出すことになる。そして欲望が実現すると、そのことは欲望にもともと含まれていた力を増大させ、「そうして」さまざまな欲望が大きく猛々しくなれば、推理[4]「的な部分」は、ついには放逐されてしまうのである。それゆえ、このような欲望は本来、適度でわずかなものでなければならず、分別《ロゴス》になんら反対するものであってはならない――われわれはそうした欲望を、「従順で、調教された欲望」と呼んでいる――なぜなら[5]、ちょうど子どもが、自分を躾けてくれる教師の指示に従って生活しなければならないように、欲望的部分もまた、分別《ロゴス》に従わねばならないからである。したがって、節制の人の欲望的部分は、分別《ロゴス》と調和していなければならないのである。なぜなら、どちらにとっても美しいものが標的なのであり、節制の人は欲すべきものを、欲すべき仕方で、欲すべきときに欲するが、分別《ロゴス》もまた、そうするように命じているからである。

さて、節制にかんするわれわれの論述は以上としよう。 b18

3 原語は anoētōi で「nous を欠いた」という意味。ここではその nous を「理性」と訳した。

4 分別《ロゴス》をはたらかせて知ること。第三巻第三章注5および第六巻第一章を参照。

5 一一一九b一三はOCTの de でなく、いくつかの写本にある gar に読む。

# 第四巻　いくつかの人柄の徳《アレテー》の説明

# 第一章　お金や物品のからむ人間関係における中間性としての気前良さ

では続けて、気前良さについて論じよう。 1119b22

さて、気前良さとは、財貨にかんする中間性であるように思われる。なぜなら気前の良い人は、［勇気のように、自分の死の危険がある］戦争にかかわる事柄において賞讃されるのではないし、節制の人が賞讃されるような［基本的欲望がからむ］事柄において賞讃されるのでもないし、また［正義の人として］法廷の判決において賞讃されるのでもない。[1] そうではなく、気前の良い人は、財貨の贈与と取得にかんして賞讃され、そしてこの二つのあいだでも、どちらかといえば贈与において賞讃されるからである。なお、ここでわれわれは「財貨」という言葉で、価値が貨幣によって測られるものすべてをあらわしている。

その一方で、浪費とさもしさが、財貨にかんして超過と不足にあたるものである。ただしわれわれは、さもしさに、［ずばり］財貨にかんしてしかるべき以上に熱心である人々を結びつけるが、浪費には、時折これと類似のほかのあり方をもまぜこぜにしていて、これを［人々に］あてはめているのである。事実、われわれは抑制がなく放埒《ほうらつ》のあまり浪費する人々も「浪費家」と呼んでいる。それゆえ、このような名で呼ばれる人々はまた、もっとも劣悪であるとも思われている。なぜならこのような人々は、浪費癖と同時に多くの悪徳ももっているものだからである。したがって、この放《ほう》埒《らつ》な人々が「浪費家」と呼ばれるのは、この言葉に特有の意味におけることではない。なぜなら、財産をすべて失うというただひとつの悪をもつ人が「浪費家」なのだというように理解されているからである。すなわち、自分自身のゆえに身を滅ぼす人は「［どうしようもなく］浪費する人」[2]だが、生活は財産を通じて成り立つものである以上、財産の喪失もまた自分自身を或る意味では破滅させることであるように思えるのである。――われわれが「浪費」として理解しているのは、以上のような意味のものである。

1　当時の裁判は、専門の裁判官でなく、市民代表の多数の裁判員が投票で判決をくだした。
2　「浪費的」の原語 asōtos は語源的に「救いがない」「破滅した」という含みをもっていた。

b30　1120a

さて、使用される事柄を、人は立派にもまた拙劣にも使用することができる。富は、そうした事柄のひとつである。そして、それぞれの事柄をもっとも立派に使用するのは、その事柄にかんする徳《アレテー》をもつ人である。それゆえ、富をもっとも立派に使用するのもまた、財貨にかんする徳《アレテー》をもつ人である。そして、これが気前の良い人なのである。他方、財貨の使用とは、消費と贈与のことであるように思われる。そして、財貨の取得と保全のほうは、［使用というより］むしろ所有であると思われる。したがって、しかるべき相手から財貨を得るとか、しかるべきでない相手からは得ないといったことよりも、しかるべき相手に財貨を与えることのほうが、気前の良い人ならではの特質なのである。なぜなら、相手のためになることをすることのほうが自分のためになる何かをしてもらうことよりも、いっそう徳《アレテー》にかなったことであるし、［単に消極的に］醜悪なことを為さないということよりも［積極的に］美しいことを為すことのほうが、徳《アレテー》にふさわしいことだからである。そして贈与には、相手のためになることをすることと美しいことを為すということが付随するが、財貨の取得には自分のためになる何かをしてもらうことや、あるいは醜悪なふるまいをしないということが付随するということは、明らかである。[3] そして感謝も、贈与してくれた人には向かうが、[単に]財貨を受け取らない人には向かわないものであるし、賞讃となればなおさらのこと、贈与してくれた人のほうに向かうものである。

そしてその一方で、「財貨を受け取らない」ということは、「贈与をする」ことよりもいっそう容易である。というのも、人々がほかの人からものを受けとらないことにくらべて、自分のすでに持っているものをなかなか手放さないことのほうが、より頻繁にあるからである。そしてそれだけでなく、[ふつう]贈与する人々が「気前の良い人」と言われている。これに対して、[財貨を得るべきでないときに]得ない人々は、気前良さの観点から賞讃されるというわけではなく、むしろ正義の観点から賞讃されるのである。さらに、[一般に、財貨を]得る人々が賞讃されることは、けっしてない。また、徳《アレテー》をもつがゆえに愛される人々のうちでも、気前の良い人々が、ほぼ、もっ

3 財貨の取得は、その財貨を使ってどう他人のために支出するか、他人に与えるかという目的のための手段としてもっぱら意義をもつことだとアリストテレスは考える。これは、当時の知識人の一般的な考え方を反映した見解である。したがって、かれの同時代人にとって、蓄財そのものが積極的評価に値することはなく、いかにして他人に迷惑をかけないで蓄財したか、反社会的でないかなどの消極的な観点における評価がふさわしいものである。

とも愛されている人間のところにくるだろう。なぜなら、このような人々は、他人からみて有益だからである。そしてこの事実は、気前の良い人々の贈与行為によることなのである。

徳《アレテー》に基づくもろもろの行為は美しいものであり、美のために為される。したがっていまの場合にも、気前の良い人ならば美のゆえに、かつ正しい仕方で何かを与えるだろう。なぜなら、気前の良い人はしかるべき相手に、しかるべき額を、しかるべき時に――そしてそのほかにも、「正しい贈与」に付随するもろもろの条件を満たす仕方で――与えるはずだからである。しかも、かれはこのことを喜んで、あるいは少なくともいやがらずに為すことだろう。というのも、徳《アレテー》に基づく事柄は快いものか、苦痛のないものであって、いやなものなどでは全然ないからである。他方、しかるべきでない相手に与えるなら、あるいは美のゆえにではなくほかの理由から与える人ならば、「気前の良い人」とは言われず、別の類型の人と言われるだろう。いやいや与える人もこれと同様である。なぜならこのような人は、美しい行為よりも財貨をむしろ選びたいのだが、それは、気前の良い人にふさわしいことではないからである。

また、気前の良い人ならば、しかるべきでないところから財貨を得てくることもしないだろう。というのも、そのような取得は、財貨を重んじない人にはふさわしくないものだからである。さらに、気前の良い人は、［お金や物を］他人にねだる人でもないだろう。というのも、［一方的に］恩義を受けることにも平気でいられるということは、［気前良さの徳《アレテー》ゆえに］人のためになることをする人にふさわしい態度ではないからである。そして気前の良い人は、しかるべきところから、たとえば自分自身の財産から、美しいこととしてではなく、ほかの人に与えるべきものを得ておくためには仕方のないこととして、なんとか財貨を捻出するはずである。しかし、気前の良い人は、手持ちの財産を通じてだれかに何かを供給したい以上、自分の財産に頓着しないということもないだろう。また気前の良い人は、自分がまさにしかるべき相手に、しかるべき時期に、美のゆえに何かを与えるべきものを得ておくためには、だれでも手当たり次第に相手にして、その人に贈与をおこなうということをしないだろう。そして、贈与において超過するために自分にはよりわずかのお金しか残さないことさえあるということが、気前の良い人の目立つ特徴である。なぜなら、自分自身のことを顧慮しないことが、気前の良い人にそなわっている態度だからである。

しかし気前良さは、その人の資産［の多寡］に応じて語られるものである。というのも、気前が良いかどうかは、その人によって与えられるものの額によってきまることではなく、与える人にそなわっている性向によってきまることであり、そしてその性向とは、手持ちの資産に応じて贈与することになる性向のことだからである。このゆえに、人がより乏しい資産のなかから贈与するような場合であれば、「他人とくらべて」よりわずかな額のものを与える人のほうが、むしろより気前が良いということも起こりうる。また、自分で資産形成をした人よりも、資産を相続した人のほうが、より気前が良いように思われる。なぜなら、相続した人のほうは貧乏というものの経験がなく、また「子を育てた」両親や「自分の詩作品に対する」詩人のように、だれもがみな自分自身がつくりあげた「作品」には、いっそう愛着をもつものだからである。

　そして気前の良い人は、財産を得る人でも守り通す人でもなく、すぐに手放す人であり、その上財貨を、財貨そのもののゆえに尊重するということもなく、贈与するために尊重する人なので、このような人が裕福になることは、あまり容易なことではない。このことゆえに運命に対して、富にもっとも値する人々は富むことがもっとも少ない、というように不平の声が上がったりもする。しかし、このような結果となるのは、べつに訳のわからないことでもないのである。なぜなら、ほかの事柄にかんして

b10

もそうであるが、どのようにしたら財貨を所有できるかということへの配慮をしないで資産家であることは、不可能だからである。

　しかし気前の良い人はまた、しかるべきでない相手に、しかるべきでない時期に――そしてこの種のほかの限定条件を満たさない仕方で――ものを与えるということもないだろう。というのもそのとき、その人はもう気前良さに基づいて行為しているのではないことになるし、そんなことにまで出費していたら、出費すべき事柄に向けて出費することが、できなくなってしまうからである。なぜなら、すでに語ったように[4]気前が良いのは、自分の資産に応じて、消費すべき事柄のために消費するような人だからである。そして超過するのは、浪費する人なのである。それゆえ、われわれは「僭主とは浪費家だ」とは言わない。僭主がもつような莫大な財産を贈与と消費で超過するということは、容易なことではないと思われるからである。

　そこで、気前良さは財貨の贈与と取得にかんする中間性であるので、気前の良い人であれば、しかるべき事柄にかんして、少額の事柄でも高額の事柄でもちょうどしか

4　本章前々段落一一二〇b七〜九およびその前の段落のb三の叙述を参照。

るべき額のものを——しかも喜んで——与え、消費するだろう。そして気前の良い人なら、取得すべきところから、取得すべき額だけ財貨を取得するだろう。なぜならこの徳《アレテー》は、この［贈与と取得の］両方にかんする中間性であるがゆえに、気前の良い人は、この両方のことをいずれも為すだろうからである。というのも、高潔な贈与にはそれと同様に高潔な取得が伴うものだが、高潔でない取得は、高潔な贈与とは反対のものなのである。そしてそれゆえに、互いに随伴しあう［似た性格の］贈与と取得が同じ人のうちで同時に実現することはあるが、反対の性格の贈与と取得が同時に実現することは、明らかにありえないからである。

だが、その一方でもしも、しかるべき程度であって、自分の立派さのあらわれともなる実状を超えてまで気前の良い人が出費する結果になるなら、この人もまた、いやな思いをすることだろう。ただし、「いやな思い」とは言っても、この人はほどほどの程度、またしかるべき仕方でそのように思うのである。なぜなら、しかるべき事柄について、またしかるべき仕方で快く思い、そして苦しむということが、その人の徳《アレテー》をあらわすことだからである。

そして、気前の良い人はまた、財貨にかんして「御しやすい人」でもある。なぜな

1121a

ら、このような人はとにかく財貨を重視しないし、またしかるべきでない高額な出費をしたときにいやな思いをする以上に、しかるべき額の出費をしない場合に腹立たしい思いをして、［財貨へのこだわりを説いた］シモニデス[6]には気に入られないがゆえに、この人は他人から不正をされることがありうるからである。

これに対し、浪費する人はこの点でも誤るのである。なぜならこのような人は、しかるべき事柄についても、しかるべき仕方でも快い思いをしないし、またそうしたまっとうな苦しみ方もしないからである。この点は、もっと先に進めばより明白になる。

そこで、以上の議論では、浪費とさもしさが超過と不足であり、これらは贈与と取得の二種類の行為における超過と不足であるとわれわれは論じたのである。そのようにわれわれが言うのは、いまは「消費」をも「贈与」のなかに含めて考えているから

5　第二巻第三章一一〇四b三〜一一〇五a七参照。

6　シモニデスについては第一巻第十章注5参照。晩年金銭にさもしかったという評判が広まっていた。『弁論術』第二巻第十六章一三九一a八〜一二で言及される。

である。そうすると、浪費とは、財貨を与えることと財貨を得ないことにおいて超過しつつ、財貨を得ることにおいて不足するもののことであり、さもしさとは、些末な事柄における場合という限定つきだが[7]、財貨を与えることにおいて不足して、得ることにおいて超過するようなもののことである。

それゆえ、「浪費」で言われる、このような特徴が、「或るとき或る具体的な人物において」ひとそろいであらわれることはあまりない。なぜなら、どこからも財貨を得てこないのにみなに与えるということは、容易ではないからである。実際のところ、「権力者ではない」私人が他人に財貨を贈与してゆくときには資産は早々に尽きるものだが、浪費する人はまさにそうした私人であるように思われるのである。ただし、このような人間はさもしい人間より、少なからずすぐれているようにも思えることだろう。なぜならこの人は、年齢によっても、実際にお金に困ることによっても自分の悪癖を直すことが容易であり、また中間の性向に至ることもできるからである。実際、この人は、気前の良い人がもつような諸特徴を「いくぶんかは」もっているのである。というのもこの人は、与えはするが、得ることがないからである。ただし、しかるべき仕方でそうであるのでもないし、すぐれた仕方でそうであるのでもない。それゆえ、もしも浪費する人がこの点でよい習慣をもつにいたるとか、あるいはなんらかそれ以外の仕方で変われる場合には、気前の良い人になれるだろう。かれはしかるべき相手に与えるだろうし、しかるべきところから財貨を得るだろう。このことゆえに、このような人の人柄は、劣悪ではないようにも思われている。というのも、財貨を与えるということと、財貨を得ないということにおいて超過することは、「悪人」のすることでも「卑しい人間」のすることでもなく、むしろ「間抜けな人間」のすることだからである。そして、このような仕方で浪費する人がさもしい人よりはるかにすぐれていると思われているのは、いままで述べてきた理由にもよるし、それだけでなく、この人は多くの人の益になるのに対し、さもしい人の方はだれにとっても有益ではないし、自分にとってさえ有益にならないという理由にもよる。

しかし、すでに述べたように、[8] 多くの浪費家はしかるべきでないところから財貨を

7　本章後半の一一二二a三〜七でこの点が説明される。あまりに大きな略奪などは、「さもしい」というより「極悪人」「不敬虔な人間」などの評価にふさわしい行為になる。

8　アリストテレスは一一二一a一六以下で、浪費家が贈与にかかわる自分の希望通りに財貨を得ることの難しさを指摘した。

得るということもやっている。そして、かれらはこの点では、じつはさもしい人なのである。かれらがこのように物欲しげになるのは、自分は存分に出費したいのに、気前良くそうすることができないということによる。というのも、このような人の手持ちの財産は、すぐに尽きてしまうからである。そこで、どこか外から財貨を得てこなければならないということになる。だが、それと同時に、行為の美しさのことをまったく考慮しないので、この事情からもこのような人々は、あまりに無警戒にどこからでも財貨を得てくるのである。なぜならかれらは［とにかく他人に］与えたいと欲していて、どのような仕方で与えるのか、またどこからその財貨を得てきて与えるのかということのほうは、まったくどうでもよいことだからである。――まさにこの理由により、かれらの贈与は「気前の良いもの」でもないのである。なぜなら、このような贈与は美しいものでもなく、美のためでもなく、しかるべき仕方のものでもないからである。むしろかれらは、時には貧乏でいるべき［劣悪な］者を富ませてしまうのだし、人柄においてすぐれている人間には何も与えない一方で、へつらう人や、ほかのなんらかの快楽を自分に提供してくれる人にならば、多くの財貨を与えてしまうだろう。

それゆえまた、この人々の多くは、放埒《ほうらつ》な人間でもある。[9]というのも、かれらは考えずにどんどん出費をするので、放埒《ほうらつ》な不品行にもお金を浪費しがちになるし、また美のために生きているのでもないがゆえに、もろもろの快楽のほうに傾いていくから b10
である。――以上のことから、浪費する人は、もし教育的な導きがなければこのような不道徳性に陥るのだが、必要な配慮を獲得できる場合には、中間のしかるべき性向へと至るだろう。

これに対し、さもしさは治癒しがたい状態である[10](なぜなら老齢や、あらゆる生活上の力の不足が、人々をさもしい者にするように思えるからである)。しかも、浪費とくらべて、人間のもともとの自然的な生まれにいっそう結びついた状態である。と

---

9　節制の徳《アレテー》がからむ領域の悪徳。第三巻第十章参照。まだ若い見込みのある人の或る類型の浪費の場合、その人が後に目覚めて適切に改善するなら気前良さの徳《アレテー》にいたる可能性をもつが、一般に浪費の癖を放置して本人に委ねれば、放埒《ほうらつ》という悪徳の人になって終わることが多い。

10　したがって第二巻第九章一一〇九a三〇~b一の一般的議論で言うと、両極のうちで「より悪い悪徳」であるがゆえに、さもしさは第一に避けるべき極端であることになる。

いうのも、大多数の人は他人に喜んで与える人というより、自分の財貨を愛する人だからである。そしてさもしい人々の範囲は広く、多種多様である。実際、さもしさには多くの類型があるように思われる。なぜなら、さもしさは「贈与の不足」と「取得の超過」という二つの要因から成り立つことだが、すべてのそのような人々に双方揃った組み合わせがそなわるということでもなくて、場合によりばらばらに分かれ、或る人々は取得において超過するが、別の人々は贈与において不足しているからである。

すなわち、たとえば「ケチ」とか、「しみったれ」とか、「シブチン」とかいう呼び名で呼ばれる一方の人々は、全員が贈与において不足しつつ、他人からの財貨を得ようともくろむこともそう欲することもないが、その一部の人々は一種の高潔さと、醜悪さの警戒とからそうしている（実際、或る人々は、醜悪なことを為すようになってしまうことがけっしてないように、そのことのために出し惜しみしているように思われる——少なくともかれら自身は、そのためだと主張している。そして、この人々のなかにも、「みみっちい奴」や、その類いのあらゆる人がいる。そして、かれらのさまざまな呼び名は、一銭たりとも他人にあげないという態度の超過に由来している）。

また、このなかの別の人々は、自分では他人の財貨を得ておいて、他人が自分の財貨を得ないなどということはありそうもないことだと恐れて、それで他人の財貨から遠ざかっている。このゆえにこの人々には、財貨をほかの人から得ることもせず、ほかの人に与えることもしないということが好まれている。

他方、財貨の取得の点で超過している人々は、たとえば下賤な商売をする、売春業の人間などこの種のすべての人間や、あるいは少額の金を高い利息で貸す金貸しのように、どこからでも、どんな財貨でも得てくることにより超過している。というのも、かれらはみな、しかるべきでない相手から、しかるべきでない額の財貨を得ているからである。そして、明らかに「良俗に反するような利得」[11]が、この人々に共通する特徴なのである。なぜなら、かれらはみな、たとえ儲けがごくわずかであっても利得のためであれば、周囲の非難も甘んじて受けるからである。というのもわれわれは、たとえば国家を転覆して神殿を略奪する僭主のように、しかるべきでないところからしかるべきでないものを得ても、その得るものが巨大な場合、「さもしい人」とは言わないで、むしろ「極悪で不敬虔で、不正な人間」というように言うからである。その

b30

1122a

11 原語は aiskhrokerdeia で、文字通りには「醜い利得」という意味。

一方で、ばくち打ちや追いはぎや強盗は、「さもしい人」に入る。というのもかれら
は、良俗に反して儲ける人だからである。実際、この両方の人々は、ともに利得のた
めにことをおこない、非難に甘んじるのである。そして、一方の「略奪を働く」人々
は儲けのために最大の危険を冒すのに対し、もう一方の「ばくち打ちの」人々は、「本 a10
来」財貨を与えるべき親しい友人たちからお金を巻き上げて、利得を得ている。それ
ゆえ両者とも、しかるべきでない相手からのお金で儲けようと欲するような、良俗に
反し儲ける人なのである。そして、このゆえにこの種の財貨の取得は、すべてさもし
いものである。

気前良さに対して、さもしさが反対であると語られており、これはもっともなことである。なぜなら、さもしさは浪費よりも大きな悪であり、しかも人々は、以上述べられたような浪費において誤る以上に、このさもしさの点で誤ることがいっそう多いからである。——気前良さとそれに対立する二つの悪徳については、以上で語られたとしよう。

## 第二章　大事業への出費を惜しまない中間性としての物惜しみのなさ

物惜しみのなさについてつぎに論ずることが、適切であると思われる。というのも、これもまた財貨にかかわる徳《アレテー》だからである。ただし、気前良さが財貨にかかわるあらゆる行為におよぶのと同様ではなく、物惜しみのなさのほうは出費に関係する行為にのみかかわる。そして、そのような領域で気前良さをスケールにおいて上回っている。なぜなら、その名「物惜しみのなさ（メガロプレペイア）」自体がほのめかしているように、物惜しみのなさとは、スケールの大きさ（メゲトス）[1]においてぴったりの（プレプーサ）出費のことだからである。しかし、スケールとは、相対的なものである。実際のところ、軍船指揮官と聖地派遣使節の団長とで、[2]出費額は同じではないのである。そこでぴったりの額とは、当の役割の人物との関係において、当の行為の場面において、そして主題となる事柄との関係で定まるものである。

しかし、たとえば「いくどもわたしは、放浪の人に与えたものだ[3]」というように、少額ないし、ほどほどの額だけ価値に応じて出費する人が「物惜しみしない人」だとは言われず、高額の出費をする人こそ、そのように言われるのである。なぜなら、物惜しみしない人ならば気前の良い人だが、気前の良い人だからといって、それで物惜しみしない人であるというわけではないからである。

　他方、このような「人柄にかかわる」性向の不足は「物惜しみ」[4]と呼ばれ、超過は「俗悪さ」、ないし「趣味の悪さ」、ないしそのような名で呼ばれる。つまりここでいう超過とは、しかるべき事柄にかんし額のスケールにおいて超過しているものではな

1　megethos は大きさを意味し、megas、megalo- の響きが理解される。

2　多くのギリシャ都市国家で富裕な市民が私財から公共事業に資金援助することが推奨された。アテナイではことに推奨され、市民にとって名誉であった。軍船装備・維持等への資金援助と聖地への派遣使節の準備一切は、代表的な公共奉仕（レイトゥールギア）の支出だった。これらの公共奉仕のうちでは、軍船にかかわる出費にくらべ、国の特別の行事であるデルフォイやデロス島といった聖地への使節派遣のための出費は額が大きかった。

3　ホメロス『オデュッセイア』第十七巻四二〇行。

4　原語は「mikro（小さなもの）-prepeia」で、言葉の成り立ちの上で megalo-prepeia と反対の言葉。「けち臭さ」「狭量」程度の意味である。

a30

く、しかるべきでない場面においてしかるべきでない仕方で目立つような超過なのである。これらについては後にふれることにしよう。

ところで物惜しみしない人は、自分の専門のことをよく知っている人に似ている。というのもこの人は、ぴったりの額を見極めることができ、大規模な出費を粛々とおこなうことができるからである。なぜなら、はじめに語っておいたように、「一般に、人柄にかかわる徳《アレテー》の」性向は、性向に応じた諸活動と、その性向がかかわるさまざまな事柄とによって規定されるからである。このことゆえに物惜しみしない人のもろもろの出費は、大規模なものであり、しかもぴったり合ったものなのである。そして、その出費の成果もまたそのようにスケールが大きく、ぴったりふさわしいものである。なぜなら結果がそうなる場合、出費は大規模であると同時に、成果にぴったり合ったものとなるからである。それゆえ、成果は出費額に見合ったものでなければならないし、出費は成果に見合うだけの額のもの――あるいは、場合によりそれを超えさえするもの――でなければならないのである。そしてそれだけでなく、物惜しみしない人ならばこうした出費を、美のためにおこなうだろう。なぜならこの「美のため」ということこそ、もろもろの徳《アレテー》に共通の事柄だからである。さらに、物惜しみしない人は出費を喜んで、またすすんで財貨を投げ出すようにしておこなうだろう。実際、額にこだわって出し惜しむということが、物惜しみにほかならないのである。また物惜しみしない人は、いかにしてもっとも美しくまたふさわしい仕方で出費するかということを、どのくらいの額を出資するかとか、どのようにしてできるだけ安上がりにすますかといったことよりも、優先して考えることだろう。

それゆえ、物惜しみしない人は気前の良い人でもあるということは、必然的なことなのである。なぜなら気前の良い人もまた、しかるべき額だけ、しかるべき仕方で出費するからである。しかし、［一般に］気前良さがこうした条件のものであるなか、そのような条件のうちにスケールの大きさのような「大きさ（メガ）」が見いだされれば、これこそ物惜しみしない人（メガロプレペース）に特有の要素である。そしてこの大きさという要素が、たとえ他の場合と出費が等しいときでもその出費から生まれる成果を「いっそう物惜しみのないもの」とするものなのである。なぜなら、「財

5　本章一一二三a一九～三三。
6　第二巻第一章一一〇三b二一～二三参照。

産」の卓越性《アレテー》と「成果」の卓越性《アレテー》は、同じではないからである。事実、たとえば黄金のように、最大の価格の財産はもっとも価値が高いが、成果のほうは偉大で美しいものがもっとも価値が高いからである（なぜなら、そのような成果を見ることは驚嘆すべき体験であって、そして物惜しみなくつくられた壮麗なものが、驚嘆に値するものだからである）。そして、物惜しみのなさという成果の卓越性《アレテー》は、スケールの大きさに依存するものである。

そして、出費のうちでもわれわれが「わが身の誉れとなる」と呼ぶ特徴をもつ出費が、物惜しみのなさに該当する。たとえば、神々にかかわるものがそれで、奉納物や祭儀の設備や供犠があり、同様にまた宗教的なことにかかわる行事全般も、さらには公共の性格を帯びた目的でなされ、まっとうな名誉欲にかかわるすべての事業もある。たとえば人々が、きっと自分が国家に合唱隊や軍船を気前よく提供しなければならないのだとか、おそらく自分こそ国家に饗応の資金を気前よく提供しなければならないのだろうというように考える場合は、これにあたる。ただし、すでに述べたように[7]、すべての場合において行為者が参照されて、当人がどこの何者であるかということ、また当人がどれほどの資金を持っているかということが問われる。なぜなら、出費はもろもろの事情に値するような額でなければならないが、成果にぴったり合っているだけでなく、成果を生み出す当人にもぴったり合った額でなければならないからである。

このゆえに、貧乏人は物惜しみしない人ではありえない。というのもそのような人は、多額のものをふさわしい仕方で出費するだけの財産をもちあわせていないからである。そして、そうした出費を企てる貧乏人は、愚か者なのである。なぜなら、そのようなことは本人相応の価値にも、しかるべきあり方にも反した「間違った」ものにすぎないが、徳《アレテー》に基づく出費とは、正しい仕方の出費のことだからである。その一方で出費がふさわしいのは、応分の資産を自分の力であらかじめもっている人や、祖先や身内の人々から資産が分け与えられている人や、生まれの良い人や、声望のある人やその類いのほかの人々である。なぜなら、こうした要因はすべて、器の大きさと評価の高さを含んでいるからである。そこで、すでに述べたように物惜しみしない人とは、もっとも顕著にはこのような人であり、物惜しみのなさは、こうした公共の出

7 本章一一二二a二五～二六。

費の営みにおいて発揮される徳《アレテー》である。なぜなら、それらの出費が最大であり、しかももっとも栄えあるものだからである。

1123a
　しかし物惜しみのなさはまた、一回だけ起こるような私的な出来事、たとえば婚礼やその種の何かにおいても成り立つし、また国家全体や地位の高い者たちが、とくに或る事業にかんして熱心にやっている場合にも、つまり、外国人賓客の歓待と送り出しや、贈り物とお返しにかんしても成り立つ。というのも、物惜しみしない人は自分自身のために出費する人でなく、公共性のある事柄のために出費する人であるが、こうした贈り物は奉納品と、いくぶん似た面があるからである。また、自分の富にふさわしい仕方で家を建て（そのような家もまた、一種の飾りであるから）、また長期間持続する成果にかんしてより多く出費し（そのような成果がもっとも美しいから）、しかもそれぞれの場合に応じてぴったり合った出費をすることが、物惜しみしない人にふさわしいことである。

　なぜなら、神々にとって似合いのことと人間たちに似合いのことは同じではないし、神殿の場合に似合いのことと墓の場合に似合いのことも、同じではないからである。さまざまな出費にはそれぞれ、それが属する種類において大きい出費というものがあり、限定ぬきにもっとも物惜しみのない出費であるのは、高額な出費という種類における［とくに］大きな出費であるが、この特定の場面を取ってみればもっとも物惜しみのない出費とは、あれこれの［一定範囲に限定された］出費のなかでの大きな出費なのである。これに加えて、成果において偉大な出費と、額において大きな出費とは異なる。事実、もっとも美しい毬や油壺は、子ども相手の贈り物としては「物惜しみのなさ」のあるものだが、その価値は小さく、安価なものである。このことゆえに、人がどのような成果を生み出すにせよ、その成果が属する種類のなかで物惜しみのない壮麗な仕方で成果を生み出すということが（実際、そのような見事なことを成し遂げてしまえば、容易にだれかに乗り越えられるということはもはやないのである）、物惜しみしない人のやることであり、またこのことが、［高額の］出費に値することなのである。――物惜しみしない人とは、以上の特徴をもつ人である。

a20 他方、度の過ぎた俗悪な人は、すでに述べたように、[8] しかるべき程度以上に浪費する点で超過している。というのもこのような人は、小さな出費がふさわしい事柄に対

8 本章一一二二a三一〜三三。

してたくさんの浪費をして、お門違いな仕方で目立ちたがるからである。たとえば、内輪の食事の集まりの仲間に対して婚礼の宴席のような豪華な食事をふるまうとか、喜劇の合唱隊を入場させる際、メガラの人々のように紫の布[9]を用意して舞台まで進ませるとかするのである。そして、この人はこのようなすべてのことを、美のために為すのではなく、自分の富を見せびらかすために為すのであり、また富ゆえに人々に讃嘆されたいと考えて為すのである。こうしてこの人は、多く使うべき事柄には少額しか出さず、少額出せば済むところに多くのお金を出しているのである。

これに対し物惜しみする人は、あらゆることにかんして不足があり、かりに最大の出費をしたとしても、細部の出費において［出し惜しみをして］美を台無しにしてしまうだろう。そしてこの人は何を為すにしても、それをしようとしながら、どうしたら出費を最小限にすることができるかと考え、そんな小さな出費にも愚痴をこぼしつつ、自分は何もかもしかるべき程度より大盤ぶるまいしているというように考えるのである。

そこで、これらの性向は「悪徳」[10]ではある。しかし隣人に有害でもないし、ひどい不品行でもないがゆえに、非難の的になるような悪徳ではない。

9　紫色染料は高価だったので、世俗的な主題を演じる喜劇の合唱隊のためにこの色で染めたもの（衣装ないし舞台の幕）を使うことはアテナイでは非常識だった。メガラはアテナイの西方、コリントス地峡東方の都市。

10　原語は kakia で「悪」ないし「悪徳」の意味。ただしこの「悪徳」は不正や放埓《ほうらつ》のような典型的悪徳と違って、それをもつ人がそのために非難されるという特徴を欠いている。物惜しみのなさは、蓄財した人や金持ちが公共の世界への大きな貢献を示す代わりに公的名誉を得るという、古代ギリシャ以来の西洋の社会システムにおいて公認され高評価された徳《アレテー》であり、これに反対の態度だからといって声高に非難されるわけではない。公共性に貢献せず、自分たちが大事にしている精神的文化において劣ると暗黙裡にみなされるのである。

# 第三章　真に卓越した人間に特有の徳《アレテー》としての志の高さ

他方、志の高さ[1]（メガロプシュキア）は、その名称［「メガロ（大きな）プシュキア（魂であること）」］からも大きな事柄（メガラ）にかかわるように思えるが、［「大きな」と言っても］どのような事柄にかかわるのかということを、はじめに把握しておこう。ただし［この人柄の］性向を考察しようが、当の性向に基づく人を考察しようが、どちらでも変わりはない。

そこで、「志の高い人[2]」とは、自分が大きなことに値する者であるとみなし、しかも実際にそうである人であるように思われる。というのも、自分の［実際の］価値に基づかずにそのようにみなす人は愚かな人間だが、［現実に］徳《アレテー》に基づいている人であれば、愚か者でも思考力のない人でもないからである。こうして、志の高い人とは、いま述べたような人のことである。なぜなら、小さな事柄に値し、かつ自分が「もっぱら」そのような事柄に値すると考える人は「分をわきまえた節度の人[3]」であって、

1123b

「志の高い人」ではないからである。というのも、［身体の］美は偉丈夫の身体のうちにあり、身体の小さな人々はきれいで均整が取れているにせよ、美しいというわけではないが、これと同様に志の高さもまた、［人間の］偉大さに依存したものだからである。

これに対し、大きな事柄に値すると自分を評価しながら実際はそうでない人間は、「うわべだけの人」[4]である。ただし、自分が現に値する以上に大きなことに値すると

1 原語を直訳すれば魂の大きさ、崇高さ。古典古代の優秀者たちに重要な徳《アレテー》と意識された、自らの比類ない価値に応分の高評価をおこなう「晴れやかで堂々とした人間」の精神状態。「高邁」「矜持」「気高さ」とも訳される。

2 原語は megalopsukhos で「大きな魂の人」が直訳である。以下の本章の議論は、性向としての megalopsukhia の代わりに人の類型としての megalopsukhos を主題とする。

3 原語は sōphrōn で、アリストテレスの多くの議論では第三巻第十〜十二章で扱われた節制の徳《アレテー》（sōphrosunē）をもつ、身体的欲望に主にかかわる「節制の人」を意味するが、ここは「思慮深さを健全なまま保つ」という語源を反映した、一般的な「節度の人」。語源にかんし、第六巻第五章一一四〇b一一〜二〇に関連する説明がある。

4 原語は khaunos で、中身のない、うぬぼれないし虚栄の人という意味の言葉。

自分のことを考える人が、だれもがみなただちに、うわべだけの人間であるというわけでもない。

他方、自分の価値以下の小さなことにしか自分が値しないと考える人は、実際には b10
自分が大きなことに値しようが、ほどほどの規模のことに値しようが、あるいは小さ
なことに値していて、自分はそれよりもさらにいっそう小さなものにしか値しないと
考えようが、いずれにせよ「卑屈な人[5]」なのである。そして、このなかで「現実に
は」大きなことに値する人こそ、もっともひどい程度に卑屈な人であると思われるだ
ろう。かりにこの人が「本人の誤解のとおりに」その規模の「大きな」事柄に値しない
人だったなら、その人は何を為しただろうか[6]？

それゆえ、志の高い人は大きさの点では頂点であり、しかるべき仕方という観点で言えば「中間」である。というのも、この人は価値のとおりに自らを評価しているのだが、その一方でほかの類型の人は「価値評価において」超過したり不足したりしているからである。

そこで、もし志の高い人が現に大きな事柄に値しつつ自分がそのような事柄に値すると考え、最大の事柄にこそもっともよく向いており、かつそのとおり自分は向いて

いるとも考えるのであれば、この人は、ひとつのことに最大のかかわりをもつことだろう。そして「価値」とは、外的な善[7]に関係づけて、その何かに「値する」と語られるようなものである。また、そうした善のなかで最大のものとわれわれが想定するのは、神々にふさわしいとわれわれが考える事柄であって、これは評判の高い人々がほかにまして目指すような事柄でもあり、またもっとも美しい営みに対する褒賞となるものである。そして、名誉が、そのようなものなのである。というのも、名誉こそ、外的な善のうち最大のもの[8]だからである。――それゆえ、志の高い人とは、名誉と不

---

5　原語は mikropsukhos。直訳すると「小さな魂の人」で、「megalopsukhos（志の高い人、大きな魂の人）」の反意語。

6　つまり想定された、大きな力がありながらそれ以下に自己を査定してしまう卑屈な人は、自己の持つ力を自分で否定して別の些末なことに向かうため、自分を劣った者にするような自分自身の傾向を抱えていることになる。本章末の一一二五a二四～二七参照。

7　「外的な善」は、「魂の善（つまり、徳《アレテー》）」「身体の善」とは第一巻第八章一〇九八b一二以下で区別され、徳《アレテー》が幸福への特権的な道であるという議論の後の一〇九九a三一～b八で、外的な善も徳《アレテー》に基づく幸福ないし至福の実現に必要なものであると論じられた。なお、この文の訳は Irwin の英訳の解釈を参考にした。

名誉にしかるべき仕方でかかわりをもつような人である。

だが、志の高い人々が名誉にかかわっているというこのことはまた、議論ぬきにも明らかなことである。実際のところ、偉大な人々は自分が名誉に値するとみなしているのであり[9]、そして、名誉はかれらの価値に、まさに見合ったものなのである。他方、卑屈な人は、［ほんとうの］自分自身にくらべても、志の高い人の自己評価にくらべても、自己評価に不足がある。さらに、うわべだけの人は自分［の真の価値］にくらべて自己評価が超過するが、しかし、むろんこの人が志の高い人［の価値］を超過するなどということはない。

そして、志の高い人は最大の事柄に値する以上、最善の人間であろう。というのも、より善き人なら、そのつどより大いなるものに値しているので、これが最善の人となると、最大のものに値するからである。それゆえ、真の意味で志の高い人は、善き人でなければならない。そして、それぞれの徳《アレテー》において問題となる「［人間としての］大きさ」が、志の高い人にふさわしいものであると思われよう。すなわち、［投降の意思を示して］腕を振りながら敵のほうに逃亡してゆくということも、不正を犯すことも、志の高い人にはけっして似合わないだろう。実際のところ、そこに自分にとっ

b30

て何ひとつ大きなものがないというのに、何のために志の高い人が醜悪なことを為すというのだろう？　このように、事例をひとつひとつ考察してゆくなら「善き人ならぬ、志の高い人」［という類型］は、まったく滑稽なものであることが明らかになるだろう。また、劣悪な人間ならば、［そもそも］名誉にも値しないことになるだろう。なぜなら名誉とは徳《アレテー》への褒賞であり、[10]善き人々に授与されるものだからである。それゆえ、志の高さはもろもろの徳《アレテー》の飾りのごときものであるように思える。という

8　ただし、第九巻第九章一一六九b八～一〇では友人たちが外的善の最大のものとされる。いずれの考え方も当時の人々の意見にあったもので、アリストテレスは議論の文脈に応じて違う意見を源として議論している。

9　一一二三b二三では、OCTが削除している hoi megaloi を読む。アリストテレスは「志の高さ」を、真に志の高い人が完全な徳《アレテー》を身につけそれに応じた自己評価ができるという観点から論ずる。

10　「名誉（timē）」は「尊敬する（timan）」という動詞に対応するので、徳《アレテー》は賞讃にふさわしく、尊敬は徳《アレテー》ではなく幸福にふさわしいという第一巻第十二章一一〇一b三一～三二と、ここの「名誉は徳《アレテー》への褒賞」という説明は一見矛盾するが、ここでは外的善に恵まれた（完全な）徳《アレテー》の発揮ならば幸福であるという相互の結びつきの面が強調されている。

1124a

のも、それは諸徳《アレテー》をより大きなものとなすとともに、もともとそれら諸徳《アレテー》なしには、生まれてくることがないものだからである。——このことのゆえに、真の意味で志の高い人であることは、難しいことなのである。なぜなら、善美の人の立派さ[11]ぬきにそのような人であることは、不可能だからである。

したがって、志の高い人がとくにかかわりをもつのは、名誉と不名誉である。そしてそのような人は、すぐれた人々によって与えられる大きな名誉にかんしては、それらの名誉が自分にまさにぴったり合っていると考えながら、あるいは、これでも自分には不足だとさえ考えながら、ほどほどには喜ぶことだろう。というのも、完全無比な徳《アレテー》に対してはそれに見合った名誉をつくりだすことができないのだが、それでもすぐれた人々のほうではこの人に割り当てることができる、これ以上の大きなものをもたないがゆえに、志の高い人のほうでも自分に与えられる名誉を、受け入れるからである。その一方で、ごくふつうの人々から与えられる、小さな事柄にかんする名誉であれば、志の高い人は、これをまったく軽んずることだろう。この人は、その種の事柄に見合った人ではないからである。そして、不名誉にかんしてもこれと同様である。不名誉はこの人にかんして、正当なものとはなりえないからである。

a10

以上のとおりであるなら、すでに述べたように[12]志の高い人はとくに名誉にかかわるとはいえ、富や権力やあらゆる幸運と不運に対して、それらがどのような結果になろうとも、ちょうど適度の関心を寄せるはずである。そして、幸運を喜びすぎることもなければ、不運をあまりに悲しむこともないだろう。というのも、この人は名誉にかんしても、それが最大のものであるとまでは、みなしていないからである。つまり、もろもろの権力や富は、それがもたらす名誉ゆえに望ましいものである。事実、これらの持ち主は、権力や富をつうじて尊敬されたいと思っているのである。しかし、名誉でさえ小さなものと考える［志の高い］人にとって、ほかのもろもろの［名誉の手段となる］ものもまた小さなものにすぎない。――このゆえにこの人は、尊大な人間だと思われているのである。

他方、恵まれた諸条件もまた、志の高さに寄与するように思われている。実際、生

11　原語はkalokagathia。「kalos（「美しい」立派な人）」と「agathos（善き人）」」をつないだ言葉の「善美の人」で表現される、この上なく立派な人（kalokagathos）の完璧な徳《アレテー》の状態（『エウデモス倫理学』第七巻第十五章一二四八b八以下、一二四九a一六〜一七）を示す。

12　本章一一二三b一五〜二三参照。

まれの良い人々も権力の座にある人々も富んでいる人々も、名誉に値するとみなされているからである。それというのも、これらの人々は優越的な地位を占めているのだが、「善さ」の観点における優位ならば、いかなるものであってもいっそう名誉に値するものだからである。それゆえに、この種の恵みもまた、人々を「より志の高い者」にはしてくれる。実際、このような人々もそうしたものにより、或る人々からは尊敬されているのである。

しかしながら、真実には善き人のみが名誉に値するのである。ただし「恵みと徳《アレテー》の」両方がそなわった人のほうが、いっそう名誉に値するとみなされている。だが、徳《アレテー》なしにこの種の外的な善をもっている人々が自分は大きなことに値するとみなすなら、それは正当な評価ではないし、このような人々が「志の高い人」と呼ばれるということもまた、正しいことではない。なぜなら、完全な徳《アレテー》なしにこうしたことが成り立つことはないのであり、そのような徳《アレテー》を欠く場合、この種の外的な善をもっている人も、尊大になり、傲慢になってしまうからである。実際のところ、徳《アレテー》なしに恵まれた諸条件を適切に担ってゆくことは、容易なことではないのである。そして、そのように適切に担う能力もないのに自分はほかの人々に勝っていると考えるせいで、この人々は他人を軽蔑しつつ、自分では勝手な思い付きにすぎないことをやりつづける。これはかれらが、志の高い人に似ていないのにその真似をしており、しかもその真似を、可能な場合にいつもおこなっているということによる。このように、かれらは徳《アレテー》に基づくことを為していないのだが、それにもかかわらず他人を軽んじているのである。

なぜなら、志の高い人は他人を軽んじ、そしてそれは正当なことであるのに対し（かれの判断は真実のことだから）、多くの人々が他人を軽んずるのは、その人々の勝手にすぎないからである。

そして志の高い人が尊重する事柄は、ごくわずかである。そのためにこの人は、些細なことを尊重して些末な危険に身をさらすということがないし、また危険を好むわけでもなく、むしろ大きな危険に身をさらすのである。すなわち危険が迫るときに、なにがなんでも生き延びなければならないというほどでもないとみなして、自分の人生を軽く考えるのである。

また、この人は人のためになるように行動する人なのだが、自分が親切にしてもらうとなると恥ずかしく思ってしまう。というのも、相手のためになる親切をすることはまさっている人のすることだが、相手から自分のために親切にしてもらうことは、劣っている人にふさわしいことだからである。それでこの人は、受けた恩義には、それを上回るお返しをするのである。なぜなら、このようにすれば、はじめに親切にした人がかれに借りを負うことになり、しかもかれから親切にしてもらったことになるからである。ただし、この人は、自分が他人のためにしてあげたことならよく憶えてもいるものだが、他人から何かよくしてもらったことは憶えていないように思われるし（なぜなら、自分のためになることをしてもらった人は、相手に親切にしてあげた人にくらべ、「より小人物」であるが、この人は他人を上回りたいと思っているからである）、自分の親切の話は耳にするのも快いが、自分が受けた親切の話は聞くのが不愉快なものであるように思われる。このゆえにテティスもゼウスに、自分がしてあげた数々の親切の話をしなかった[13]のだし、スパルタ人もアテナイ人に自分たちの親切については話さず、ただ自分たちがしてもらった親切のことを話した[14]ように思われる。

志の高い人にはまた、なにひとつ他人に頼まないか、あるいは頼むにしてもほんのわずかであり、自分ではすすんで他人の役に立とうとすること、そして、有力者で運に恵まれた人々に対しては大人物らしくふるまい、ふつうの人々に対してはほどほどの人間のようにふるまうことが、ふさわしい。なぜなら、有力者を上回ることは難しいことであり、畏敬に値することであるが、普通の人々を上回ることは容易なことだからである。また、有力者のところで威厳ある態度を示すことは卑しからぬことだが、低い層の人々のもとでそうすることは、力の弱い人々のところで力自慢をすることと同じく、品のないことだからである。

また、名誉をもたらすと考えられる事柄や、ほかの人々が先頭に立つ競争には向かわないということも、志の高い人の特徴である。さらには志の高い人には、大きな名誉や偉業がかかってくる場面以外では不活発で、話を先延ばしにしがちであるということ、またこの人がやり遂げるのは数少ない活動のみだが、しかしそれは大きな注目される活動であるということが、ふさわしい。

また志の高い人は、好き嫌いをはっきりと明言するのでなければならないし（なぜ

13　ホメロス『イリアス』第一巻五〇三～五一〇行。テティスは英雄アキレウスの母である女神。誇り高い主宰神ゼウスの機嫌を損ねない語り方を工夫して懇願するくだり。

14　スパルタはアテナイの助力をテバイ軍侵入の際（前三七〇～前三六九年）に求めたが、そのときスパルタがアテナイに対して示した外交上の気遣いのこと。

b20

なら、自分の好みを気づかれないようにしておいて、評判というより真実を疎かにしてしまうということは、恐れを抱く人にふさわしいことだからである）、明瞭に語り、明瞭にことを為すのでなければならない（なぜなら志の高い人は他人を軽んずる人なので、平明な語り方をする人[15]であり、大衆を相手にしたときのとぼけた態度[16]に基づく言葉づかいを別にすれば、真実を語る人[17]だからである）。そしてこの人は、友人のこ b30
とを別にして、だれか他人との関係によりかかって生きるということはできない。なぜなら、そうしたことは奴隷のようなことだからである[18]。このゆえに、へつらう人間はすべて隷従する者なのであり、卑しい人間はすべてへつらう人間なのである。 1125a

志の高い人はまた、何かに手放しで感嘆するという人でもない。感嘆するような大きなことは、この人にとって、なにもないからである。さらにこの人は、だれかに対して腹に一物ある人でもない。なぜなら、何かを忘れず憶えておくということ、とりわけ他人に対して悪のし返しをしようと憶えておくことは、志の高い人がすることではなく、むしろそんな悪をも見過ごしてしまうことこそ、この人にふさわしいことだからである。また、この人が世間の噂話を好むということもない。実際、この人は自分についても他人についてもあまり話さないだろう。なぜなら、自分が賞讃されることにも、他人が非難されることにも、かれの関心はないからである。さらにまたこの人は、他人をほめそやす人でもない。そして、それゆえにこの人はまた、敵との対峙で相手方の悪行ゆえに公然と敵を侮辱するための機会を別にすれば、敵に対してさえ悪口を言う人でもないのである。

　さらに志の高い人は、生活必需品や小さなものごとについて愚痴をこぼしたり、ねだったりということをしないという点で、際立っている人でもある。というのも、そ a10
うしたことにこだわる態度は、それらのことに熱心な人がとるものだからである。そしてこの人は、それからの産物が期待できる有益なものというより、むしろ、美しく、それ自体価値のあるものを所有するような人である。なぜならこの種の所有物のほう

---

15　「平明な語り方をする人（parrēsiastēs）」であることは、ギリシャ人にとって、「自由人」であることを自ら表現できるための重要な資質とされていた。

16　原語は eirōneia。ここでは「おとぼけ」程度のニュアンス。第七章でより詳しく論じられる。

17　真実を語ることに関係する徳《アレテー》と悪徳については、第七章参照。

18　奴隷は主人という他人の「道具」として生きるということ（第八巻第十一章一一六一b二〜八）がアリストテレスの奴隷理解に含まれていた。

が、自らだけで足りている人にいっそうふさわしいからである。[19] そして、志の高い人の動作はゆっくりで、声は抑えが利いた低さで、言い回しもしっかり落ち着きがある。なぜなら、数少ないものにのみ熱心な人は先を急ぐことがないし、大きなことなどなにも起こらないと思っている人は、動きがこわばるということもないからである。そして甲高い声と動作のせわしなさは、この二つの要因を通じて発生するものである。

――志の高い人とは、以上の性質を帯びた人である。これに対し、不足のある人は卑屈な人であり、超過する人はうわべだけの人である。これらの人々も悪人ではなく（なぜなら、かれらは悪行を為すような人ではないから）、むしろ誤った考えをもつ人であると考えられる。

　というのも、まず卑屈な人は、善に値する人でありながら自分が値するような善を自分自身から奪ってしまうので、自分が善に値しないとみなすことがもとになって、ひとつの悪をもっているように思える。そして、この人は自己を知らないように思えるのである。なぜなら、「もし自分のことを知っていたなら」なにしろこの人が値しているものは善きものなのだから、自分が値するものが自分のものになるように、熱望したにちがいないからである。むろん、このような人々は愚かではなく、むしろ小心

a20

者なのだと思われる。しかし、かれらのこの種の考えから、人々は実際に劣った者になってしまうように思われるのである。というのも、この人々もそれぞれ価値に見合った善を目指しているのだが、あたかも自分に価値がないかのように、美しい行為からも営みからも、またこれらと同様に外的な善からも遠ざかってしまうからである。

他方、うわべだけの人は愚かであって自己を知らないのであり、この点は明々白々である。実際のところ、この人々は名誉ある事柄に値しないにもかかわらず、そのような事柄を企ててみて、しかるのちうまくいかないと思い知らされるからである。そこで、この人々は衣服や外見やその種のさまざまなものによって自分を飾り、自分が幸運に恵まれていることが外から見えるようにしようとする。そして、そのような幸運について、まるでそれら幸運を通じて名誉が得られるかのように人々に話すのである。

19　この点に似た発想は、ずっと後の第十巻第七章の幸福論の議論において、ほかの事柄のためのものでなく「自足的」な観想という学問活動こそ完全な幸福を約束する、というアリストテレスの主張のためのひとつの論拠とされる（一一七七a二七〜b四）。

志の高さに対しては、うわべの虚栄というより、卑屈さが反対のものとして対置される。なぜなら卑屈さのほうが多いし、このほうが悪い作用をする[20]からである。

したがって、志の高さはこれまで述べてきたとおり、大きな名誉にかかわるものである。

20 かりに若い人各人の自己評価のあり方以前にもとの力が定まっていたとしよう。大した人でないうわべだけの人は、見栄を張る点ではとくに自分の損失や劣化につながる欠陥をもっていない。他方、力から言えば見込みがある卑屈な人のほうは、自分を低く見積もるというひとつの欠陥により、本人にとっても社会にとっても大きな損失をもたらし、本人の人間の劣化につながる考え違いを犯している。

# 第四章　一般に名誉にかかわる、無名のもうひとつの徳《アレテー》

しかし、はじめのほうで述べておいたとおり[1]、この志の高さにかんしても、物惜しみのなさに対して気前良さが関係するように、これとよく似た関係で志の高さに対すると思われるような、或る徳《アレテー》が存在すると思える。というのも、気前良さも今度の徳《アレテー》も、両方ともスケールの大きな事柄には関係せず、ごくふつうの小規模な事柄にかんして、われわれをしかるべき仕方でふるまえるようにさせてくれるものなのである。そして、財貨の取得と贈与において中間性と超過と不足があるが、これと同じように名誉の欲求においても、しかるべき程度より多く欲求するということも、しかるべき程度に不足して欲求するということもあり、またしかるべき事柄を材料にしかるべき仕方で欲求するということもあるからである。実際のところわれわれは「名誉を愛する人」を、しかるべき程度よりも強く、また名誉を目指すべきでない事柄を材料に名誉を欲求する人と言って非難するとともに、「名誉を愛さない人」を、素晴らしい

1125b　b10

成果があるときにもそれに基づいて尊敬されようとしない人であると言って、非難している。しかし、場合によってはまた、はじめに述べたように、[2] われわれは名誉を愛する人を、男らしく美しいものを愛する人だと言って賞讃し、名誉を愛さない人を、分をわきまえた節度のある人だと言って賞讃している。

しかし、そもそも「かくかくのものを愛する人」という表現は、複数の意味で語られる事柄なのである。それゆえ、「名誉を愛する人」を毎回同じ事柄を指すようにわれわれが語っているわけではないということは、明らかにこの理由に基づいている。つまりわれわれは、大衆以上に名誉を愛している場合には、そのような人を賞讃し、しかるべき程度より以上に名誉を愛している場合にはその人を非難しているのである。そして、中間性が無名なので、両極の項が、空きになっている真ん中の場所は自分の領土なのだと言って、いわば言い争っているようなものだと思える。しかし、超過

1　第二巻第七章一一〇七b二四～二七参照。

2　第二巻第七章一一〇七b三三～一一〇八a一参照。ただし「分をわきまえた節度のある人」という褒め言葉は、第二巻第七章にはあらわれなかった。

と不足が存在するような領域には、中間も存在している。そして人は、名誉をしかるべき以上に欲求することもあれば、しかるべき程度に不足して欲求することもある。
それゆえ、しかるべき仕方で名誉を欲求することもまた、あるのである。したがって b20
この性向が、［現実に］名誉に関する無名の中間性であるがゆえに、賞讃されるのである。しかし、その一方でこの性向は［超過としての］名誉を愛することとの比較では「名誉を愛さない」ようにみえ、［不足としての］名誉を愛さないこととの比較では「名誉を愛する」ようにみえるのであって、両者との比較の関係において、なんらかこの両者「である」ようにみえているのである。

ほかのもろもろの徳《アレテー》にかんしても、このような事態は成り立っているように思える。[3]しかし今の場合は、中間が名前をもっていないがゆえに、［それに代わって］両端のタイプの人が［単に］互いに反対であるようにみえているのである。

3　本巻第六章、第七章もまた無名の徳《アレテー》を主題とする議論である。

# 第五章　怒りにかかわる中間性としての温和さ

温和さは、もろもろの怒りにかんする中間性である。ただし、中間はじつは無名であり、両方の極もあまり名前で呼ばれることがないので、それでわれわれは――この言葉自体は、これまた無名である「怒りの不足」のほうに傾きやすいのだが――「温和さ」をその中間のものに適用させるのである。他方、超過は一種の「苛立ちやすさ」[1]のように呼ばれるだろう。というのも、問題の感情は怒りであり、怒りを誘発する事柄は数多く、また多種多様だからである。

しかるべき事柄について、しかるべき相手に対して怒りを覚え、さらにはまたしかるべき仕方で、しかるべき時に、しかるべき時間のあいだ怒る人が、賞讃されるのである。それゆえ、もしほんとうに温和さが賞讃されるものなら、このような人こそ「温和な人」であろう。というのも、温和な人であるということは「心が乱されない人」であることを含んでいて、この人は怒りの感情で逆上することなく、分別《ロゴス》が命じるとおり、命じられた事柄について命じられた長さの時間だけ、機嫌を損ねるものだからである。そしてこの人は、どちらかといえば怒りが不足するという方向で、誤りを犯すように思われる。[2]なぜなら、温和な人は他人への報復をしたがる人なのではなく、他人を赦す人だからである。

しかし、或る種の気概のなさであれ、ほかの何かであれ、怒りの不足は非難される。実際、怒るべき事柄に怒らない人も、怒るべき仕方で、怒るべきタイミングで、怒るべき相手に対して怒らない人も、愚か者だと思われているのである。なぜなら、このような人は無感覚であり、苦痛を覚えないように思えるし、その上怒らないがゆえに、自己の防衛ができないように思えるが、自ら屈辱を受けてもそれに甘んじ、身内のそ

1126a

1　原語は怒り（orgē）と語源的に関係する orgilotēs。苛立ちやすさ、怒りっぽさ。

2　アリストテレスは怒りの感情に関係する徳《アレテー》を、適用範囲のずれを知りながら「温和さ（praotēs）」という日常的な言葉であらわし、無名であるとだけ言ったり、新造語を提案しようとしたりしない。「温和さ」は怒りが不足するよくないケースも含んでしまうが、徳《アレテー》自身と同様、温和さも賞讃されているし、この言葉で怒りに関連する適切な行動傾向を網羅できる。それゆえ、少し注意をしておけば、この言葉で議論してよい。

のような被害にも手をこまねいているだけであるということは、まるで奴隷のようなことだからである。

その一方で、怒りの超過はあらゆる観点において生まれるものだけれども（怒るべきでない相手に対して怒ることも、怒るべきでない事柄について怒ることも、怒るべき程度以上に怒ることも、怒るべきタイミングよりも早く怒りだすことも、怒るべき時間より長いあいだ怒り続けることもあるから）、そのすべての観点の超過が、ひとそろいで同一の人物に当てはまるということはない。というのも、そのようなことはありえないことだからである。なぜなら、悪とは自らをも滅ぼすものであり、それゆえ、もし悪がまとめて全部そろうなら、そのようなものはかならず、人にはとうてい耐えられないものになるからである。

そこで、「苛立ちやすい人々」ならば、早く怒りを覚えるものだし、また怒るべきでない相手に、怒るべきでない事柄について、怒るべき程度以上に激しく怒るものだが、しかしそれでも、かれらの怒りは早く鎮まってくれる。そして、これがかれらのもっとも良い面である。ただし、この人々がこのようになるのは、かれらが怒りを抑え込まず、短気さゆえに気持ちを露わにして報復行動に出てしまうため、その行動の後は怒るのをやめる、ということによる。

他方、「極端な癇癪《かんしゃく》持ち（アクロコロス）の人々」とは気短な人々のことで、かれらはどんなことについても、どんな機会にも癇癪《かんしゃく》を爆発させる。このことゆえにこの「極端な（アクロ）憤り（コレー）の」[3]人という名を持っている。

これに対し、「根に持つ人々」[4]とは、なだめることができないような人々のことであり、かれらは長期間怒りの感情を抱きつづける。というのも、この人々は激情を抑え込んでいるからである。ただし、報復をすることができると、その怒りは停止する。なぜなら、報復は怒りをおしまいにして、苦痛の代わりに快楽を内心に生むからである。しかし、そのような結果が起こらないかぎり、かれらは屈折した重荷のような感

a20

3　kholē は胆汁で、その量が怒りやすさの気質的傾向を決定するものと考えられた。akrokholos は、気質的に怒りが爆発してしまうタイプの人。

4　「根に持つ（pikros）」は辞書的には「苦味のある」「敵意を持つ」といったニュアンスのある言葉。「苛立ちやすい人」のように怒りを報復で発散して早めに感情から自由になる人々と対照的に、表面に出ない暗い怒りを長く抱え込むがゆえに、他人からは推し量りがたい複雑な内面の人。

情を抱き続ける。というのも、それは表面に出てこないがゆえに、だれも、かれらを心から納得させることができず、そのため、自分自身のなかでこの気持ちがすっきりと消化されるまでに、時間がかかるからである。そして、この種の人々がかれら自身にとっても、またかれらのもっとも親しい友人たちにとっても、もっともやっかいな人である。

その一方で、腹を立てるべきでない事柄について、腹を立てるべき程度以上に強く腹を立て、腹を立てるべき以上に長いあいだ怒り続け、その上報復や懲戒をすることなしには気分が収まらないような人々のことを、われわれは「仮借のない人々」[5]と呼んでいる。そして、温和さに対してわれわれは「怒りの不足というより」怒りの超過を反対物としていっそう対置させている。[6]実際のところ、「不足にくらべ」超過のほうが起こりやすいのである。なぜなら、報復することは「そうしないでいることより」、人がいっそうしがちなことだからである。また、ともに暮らしていくには仮借のない人々のほうが、より有害なのである。

ところで、以前の話で語っておいたことは[7]、いま述べられたことからも明らかである。すなわち、どのように怒るべきで、だれとだれに対し怒るべきで、どのような事柄にかんして怒るべきで、どれくらい長いあいだ怒るべきか、また、どの程度まで怒れば正しく為していて、どの程度なら誤りになるのか、——こうしたことを規定することは、容易ではないということである。というのも、超過の方向であれ不足の方向であれ、わずかな逸脱なら非難されないからである。実際、われわれは、場合により怒りが不足する人々を賞讃して、「温和な方々だ」というように言いながら、場合によっては機嫌を損ねた人々を、人々の上に立ちうる器の人という意味を込めて「男らしい人だ」と言うのである。したがってどの程度の、またどんな仕方の逸脱が非難されるかということを言葉で明示することは容易ではない。なぜなら、いまの問題は個別的な事柄にかかわることであり、しかもその判定が知覚に委ねられているからである。[8]

5　原語は khalepos。一般には「気難しい、怒りっぽい人」で「機嫌を損ねる」にあたる khalepainein という動詞の響きももっている。報復をしなければならないと感じがちで、相手を許さないという含みがある。
6　一般論は、第二巻第八章一一〇八b三五〜一一〇九a一九参照。
7　第二巻第九章一一〇九b一四〜二三参照。

1126b

しかし、ともあれこのかぎりのことであれば明らかである。つまり、中間の性向は賞讃され、そのような性向に基づいて、そして怒るべき相手に、怒るべき事柄について、また怒るべき仕方で——そのほかこの種の限定条件をすべて満たすように——われわれは怒るべきなのである。これに対し、もろもろの超過やもろもろの不足は非難される。そして逸脱の程度が小さければほとんど非難されず、逸脱が大きくなるにつれてより多く非難されるものだが、とくに甚だしい場合には激しく非難されるのである。したがって、われわれがこの中間の性向にしっかり従いつづけるのでなければならないことは、明らかである。——怒りをめぐるもろもろの性向にかんしては、以上で述べられたこととしよう。

8 一一二六b四でOCTはkanと読むが、写本が一致するkaiと読む。

# 第六章　社交において発揮される無名の徳《アレテー》

人づきあいの諸領域において、つまり、ともに生き、ほかの人々とのあいだで言葉と行為を共有することにおいて、或る人々は相手の気持ちが良くなるようにとあらゆることを褒め上げ、どんなことであろうと反対せず、自分が出会う人々を不愉快にしてはならないと考える。この人々は「へつらう人」であるように思われる。他方、この人々の反対の性質の人々で、あらゆることにかんして反対し、相手のいやがる気持ちをまったく考慮に入れない人々は、「目くじらを立てる人」とも「口やかましい人」とも呼ばれる。

明らかに、以上の性向は非難される。そして、相手から受け入れるべきことを、受け入れるべき仕方で受け入れ、同じように相手に異を唱えるべきことに、唱えるべき仕方で異を唱えるような、これらの中間の性向が賞讃されるということは、明らかである。この中間の性向には名が与えられていないが、この性向にもっとも近い言葉は、

「フィリア（真の友人らしい篤実さ）」[1]である。なぜなら、「具体的な相手への現実の」愛着を加えてもった場合には「高潔な友人」になるような人、とわれわれが言いたくなる［立派な］人がいるものだが、この中間の性向に基づく人とは、まさにそのような人だからである。ただし、「愛（フィリア）」と異なるのは、ここではつきあう人間同士の愛情も愛着もかかわっていないということである。なぜならこの人は、だれか特定の人を愛しているとかだれか特定の人を憎んでいるとかの事実のゆえに、それぞれのことをしかるべき仕方で受け入れているのではなく、この人自身のもつ性質によって、そう受け入れている［だけのことだ］からである。なぜならかれは、知らない人にも知り合いにも、親しい人にも親しくない相手にも、同じような安定した仕方でつきあうだろうからである。ただし［「安定した仕方」を言い換えてみれば］、そのつどの個別の場面にかなう、ふさわしい仕方でつきあうのだろう。つまりかれは、親し

b20

1　philia はここで、「理想の友となるような人がもつ、人柄にかかわる徳《アレテー》」といった意味である。「愛」と訳すべき人間関係としてのフィリアは、第八巻と第九巻で論じられる。善き友人との具体的関係をぬきに考えた典型的なふるまい方が、ここの「中間性」にいちばん近いということ。

い人となじみの薄い人とを［まったく］同じように厚遇することも、逆に［まったく］同じようにいやな目にあわすことも、しないだろう。

さて以上で、この人がしかるべき仕方で［ほかの人々と］つきあうだろうということ、そして、かれは［あくまで］美と有益性を考慮に入れた上で相手にいやな思いをさせないことを、あるいは相手が気持ち良くやれる助けとなれることを目指すだろうということが、一般的な仕方で述べられた。というのもこのような人は、人づきあいのなかで生まれてくるさまざまな苦痛と快楽にかかわるように思えるからである。そして、そのような快楽と苦痛のうちには、自分が相手に気持ち良く合わせるということが美しいことではないような事柄、ないし有害な事柄もあるのであり、かれはこれには異を唱えるだろうし、むしろ相手がいやな思いをすることを選択することになるだろうからである。すなわち、もし［自分が相手にしている眼前の］行為者自身に、問題の行為を為すことが不面目をもたらし、しかもそれが些細な程度ではないとか、あるいはその行為が害をもたらす場合、かつ、そのことに反対しても相手にわずかしかいやな思いをさせない場合であれば、この人は相手に合わせることをせず、異を唱えるだろう。

また、この人は有力者を相手にする時と、ふつうの人々を相手にする時では、違うつきあい方をするだろうし、親しい人々相手の時と比較的疎遠な人々相手の時でも、つきあい方を変えるだろう。ほかの差異にかんしても同様であって、この人は異なる集団の人々にそれぞれふさわしいつきあいを割り当てていくのである。そしてこの人は、事柄自体とすれば相手が気持ち良くやれるように助力しようとし、いやな思いをさせないように用心するのだが、しかし、結果として起こってくると予想されることにおいてなにか重大なことがある場合には、つまり、そこに美と有益性が存在する場合ならば、そちらに従っていく。このようにかれは相手に、後の大きな快楽のために、［今は］わずかながらいやな思いをさせるだろう。

したがって、この中間の性向の人は以上の特徴を帯びているが、この人には名前がついていないのである。他方、相手の気持ち良さに合わせる人のうち、ほかのなんらかの目的のためでなくもっぱら相手の快楽を目指す人は「へつらう人」であり、金銭面で自分がなにかの利益を得るためである場合やまた金銭が介在する場合には、その人は「取り入る人」である。その一方でまた、いかなることにも異を唱えるような人は、「目くじらを立てる人」とか「口やかましい人」であるが、このことはすでに述べた。[2] そして、あたかもこの両極が〔直接〕互いに反対物であるかのようにみえているのだが、これは、その両者の中間が無名であるということによるのである。

2 本章一一二六b一四～一六。

# 第七章　自分より高い価値や低い価値のふりをせず、真実を示す無名の徳《アレテー》

また、「大言壮語」[1]と「自己卑下」[2]の中間性も、以上［の社交における徳《アレテー》］[3]とほぼ同じ事柄をめぐっている。そして、この中間性もまた、無名なのである。[4]しかし、このような名もないもろもろの性向について詳細に議論することにも、一定の意義がある。というのも、そのような個別的な議論によりわれわれは、人柄にかかわるもろもろの事情をよりよく理解できるようになるし、さまざまな徳《アレテー》が中間性であるということについても、あらゆる事例においてまさにそうなっていることを観察するならば、確信をもってそうだと考えるようになるはずだからである。そこで、ともに生きる上で相手の快楽と苦痛に関心をもったつきあいをする人々については、［前章で］述べられたのである。今度は、同様に言葉と行為の両方において、とりわけ人がどのような「ふり」をするかという観点から、真実どおりに事柄を示す人々と虚偽で欺く人々について、論ずることにしよう。

大言壮語する人とは、評判となるような価値のあるものを、たとえ現実には自分がそれを保持していなくとも、また自分が保持している価値よりも大げさな話になろうとも、保持しているかのようなふりをする人であるように思われる。他方、自己卑下する人とはその反対に、自分にその価値があることを否定するか、あるいは実状より低く見積もるようなふりをする人だと思われる。これに対し中間の人とは、実生活においても言葉においても、自分がまさにそれぞれ自分自身地のままなので、そのとおり〔正直に〕真実を示す人で[5]あり、自分が現に保持する価値が、それ以上でもそれ以

1　原語は alazoneia。自分より大物や、本物にみせかけて欺くこと。

2　原語は eirōneia。自分の価値より低めであるようにふるまうこと。よく言えば「謙遜」で、ソクラテスも自分の無知を強調し、自分や人間一般の「知恵」の価値のなさを主張した点で、この態度（「空とぼけ」《エイローネイア》と多くの人がみなした態度）の人と言われた。

3　写本にないが、OCTとともに一一二七a一三〜一四に kai eirōneias を読む。

4　日本語ならば「正直」や「誠実」などは、この徳《アレテー》に或る程度近い。

5　原語は alētheutikos。「真の、真実の、正直な」をあらわす alēthēs、および「真実」「真理」をあらわす alētheia から、人にかんして「真実を示す」「誠実な」という意味をあらわす用語としてアリストテレスがつくった形容詞。

下でもなく、自分にあることを承認する人であると思われる。

ところで、これらのふるまいのそれぞれは、何か特定の目的のためにも為されることがあるし、とくに何かの目的のためではなく為されることも可能である。しかし、人がとくになんらかの目的ぬきに何かを為す場合には、各人は自分の性質どおりなのであり、その性質に見合ったことを語り、そのように生活しているのである。

また、事柄それ自体として虚偽は劣悪なもので、非難されるものであり、真実は美しいもので、賞讃されるものである。そして、このことゆえに、真実を示す人もまた中間の人として、賞讃されるような人なのであり、虚偽で欺く人々は両方の類型ともに非難されるのだが、なかでも大言壮語する人のほうが、いっそう非難される。

これら［欺く類型の人］のそれぞれについて論じることにしよう。だがその前に、真実を示す人について論じておこう。ただし、われわれはいま、もろもろの同意に際して真実を示す人の話をしているのではないし、「不正」や「正義」に関連する話をしているのでもない（かりにそのような話題であったなら、別の徳《アレテー》[6]の話になったことだろう）。むしろ、いま挙げた種類の何ひとつとして実質的問題とならない場面において、或る人が性向において一定であるがゆえに、言葉においても実生活において

a30

1127b

も真実を示すということ――これが、われわれが現在主題にしている事柄なのである。そして、そうであればこの種の人は、高潔な人であると思われるだろう。というのも、この人は真実を愛する人なのであって、真実を示しても際立つというわけではない場面でさえ現に真実を示すわけだから、これが真実を示して際立つ場面ということになれば、この人はさらにいっそう真実を示すだろうからである。というのも、虚偽がまさにそのものとしても避けられてきたのならば、虚偽はこの人によって、［真偽の差が重要な分かれ目となる、決定的場面でも］醜悪なものとして避けられるだろうからである。そして、このような人が賞讃されるのである。ただし、このような人はどちらかといえば、自分の価値が真実のところよりも低くなるように語ることへ傾く。なぜなら、誇大な超過になるといかにも煩わしいため、そうしておくほうがいっそう穏当であると思われるからである。

他方、何かのためというのではないが、自分の保持している価値以上の「ふり」をする人は、劣った人間に思えはするが（というのも、もしそうでなければ、虚偽を喜

b10

6　正義の徳《アレテー》。第五巻で正義の徳《アレテー》とその分類が論じられる。

んだりはしなかったはずだから）、悪人というより、むしろただ単に頭が足りないの
だと思われる。これに対して、何かの目的がある場合のうち、名声や名誉のための場
合には、大言壮語していると[7]非難されるにせよ、それほど激しく非難されるわけでは
ない。しかし金銭のためとか、金銭がらみでおこなわれる場合には、よりいっそうた
ちが悪いと思われるのである（そして、大言壮語する人は、かれのもっている「何か
特殊な」能力においてそのような人であるのではなく、[8]かれの「一人の人間としての」
選択においてそのような人なのである。[9]というのも、かれは「自分の」性向に基づい
て、そしてまさに自分が現状の程度の人間でしかないことにおいて、大言壮語するよ
うな人だからである）。「嘘つき」にも、嘘をつくことそれ自体が好きな人と、名声や
利得を欲する人もいるが、ここでもそれと同じことなのである。名声のために大言壮
語する人々は、賞讃や、幸せの印象が付きまとう事柄が自分にあるかのような「ふ
り」をする。他方、利得のためにそうする人々は、隣人たちにも利益があり、自分が
現実にはそのような者でなくとも、ほかの人間にはなかなかそう気づかれないような
特性、つまり、たとえば「予言者」や「知者」[10]や「医者」といった者の特性が、自分 b20
にあるかのような「ふり」をする。——大多数の人々がこのような事柄の「ふり」を

して、そして大言壮語するのは、以上の理由による。実際のところ、以上述べられた諸特徴がこの人々のあいだに見受けられるのである。

その一方で、自己卑下する人々は実状より少なめに語ることにおいて、人柄がよりいっそう繊細であるように思われている。というのもかれらは、利得のためにそう語っているのではなく、「ほら」になることを避けてそのような語り方をするように思われるからである。そして、たとえばソクラテスもそうしたように[11]、かれらこそ、世間の評判をもっともきっぱりと否定する人々でもある。

7 OCTで疑問視される一一二七b一二～一三の hōs ho alazōn を、そのまま読む。

8 アリストテレスは、単に誇大に自己を主張するだけという意味の「雄弁の技術」を、まっとうな技術や能力として評価しない。

9 アリストテレスは、大言壮語ではもっぱら人柄の不道徳性が問題であると考える。

10 原語は sophos。ここでは、専門知識の担い手のことと思われる。

11 自分が「知恵ある者」「知者」の名に値するという周囲の性急な評価に対するソクラテスの反発の激しさについては、プラトン『ソクラテスの弁明』一八B～二三C、とくに二〇D以下参照。

これに対し、些末で明白な事柄にかんして自分が劣るかのような「ふり」をする
人々は、「欺瞞的なふるまいの人」と呼ばれ、そのことゆえにかえっていっそう軽蔑
される。[12] また時には、たとえばスパルタ人たちの「目立つ程度に質素な」衣装のよう
に、「逆に」大言壮語的に自分を飾っているとみなされる場合さえある。なぜなら、
「やりすぎ」も、またあまりにも甚だしい「やらなすぎ」も、いずれも大言壮語のよ
うな誇張だからである。——これに対して、自己卑下をほどよい具合に使用し、あま b30
りにも当たり前でなく、また明白でもない事柄にかんして自己卑下する人々ならば、
繊細な人間であると思われるのである。

そして大言壮語する人が、真実を示す人の反対のタイプの人であるように思われる。
というのも、このほうが「自己卑下する人より」いっそう劣悪だからである。

12　この場合には、無意味に明白な嘘をついているので、ただちに良俗に反するくだらない人物として周囲の人々から侮蔑されることになる。

# 第八章　言葉の娯楽における中間性としての機知

他方、生活のうちには休息もあり、休息のうちには娯楽[1]による時間の過ごし方もある。それゆえ、この場面でもふさわしいつきあい方、つまりしかるべき話題も、しかるべき話の仕方もあるし、また同様に聞くべき話題も、しかるべき話の聞き方もあるように思われる。それだけでなく、どのような人々を相手にして話すか、あるいはどのような人々からの話を聞くかということにも、重大な違いがあるだろう。そして、この領域の経験においても中間からの超過と不足が存在するということは、明らかである。

さて、滑稽さにおいて超過する人々とは、「悪ふざけの人」や「低俗な人」であり、かれらは何が何でも笑いをとるということにこだわっており、品のあることを語るということや、からかわれる人をいやな気持ちにさせないということよりも、とにかく人々を笑わせるということを強く目指しているように思われる。これに対し、自分で

も何ひとつ笑わせることを口にしないだけでなく、滑稽なことを言う人に機嫌を損ね
るような人は「野暮ったい人」であり、「堅苦しい人」であるように思われる。他方、
ぴったりふさわしい冗談を言う人々は、おおよそ「切り替えが早い人（エウトゥロポ a10
ス）」という程度の意味の言葉を用いて、「機知に富んだ人（エウトラペロス）」と呼
ばれている。というのも、かれらの人柄はそのような「機転の利いた」動きを伴って
いると考えられていて、身体が動きから「どのような身体であるかを」判定されるよう
に、人柄もその動きから判定されるからである。

ところで、笑いのねたになる事柄はどこにでもあり、ほとんどの人は娯楽とからかいをしかるべき程度以上に楽しんでしまうものなので、悪ふざけする人々も、センス[2]のある人間という意味合いで「機知に富んだ人」と呼ばれている。しかしこの両者が異質な人間であるということも、そしてその違いがけっして小さくないということも、

---

1　ここの「娯楽」は、だれかを冗談でセンス良くからかうという、当時の人々の楽しみを重要な部分として含むもの。自分へのからかいに対し、できればよりセンス良く冗談で切り返すということも含む。刺激的で「きわどい面」もある娯楽である。

2　原語は kharieis で、「繊細な」「洗練された」「上品で優美な」が通常の意味である。

以上の説明から明らかである。

才気もまた、この中間の性向に固有のものである。ただし才気煥発の人とは、高潔で自由な精神の人[3]にふさわしい事柄を話したり聞いたりするような人である。なぜなら、娯楽の場面でこの種の人が言葉で話し、聞くのにふさわしい一定の事柄がやはりあるのであって、自由な精神の人の娯楽は奴隷的な精神の人の娯楽と異なっているし、教育がある人の娯楽も教育がない人の娯楽とは異なっているからである。

そして人は、かつての喜劇と近年の喜劇[4]からも以上のことを理解できるだろう。事実、かつてのものにおいては猥雑なせりふが笑わせる要素だったが、近年の喜劇ではむしろ言葉の奥にひそむニュアンスが笑いを誘っている。そして、以上のことは品のあるなしの点で、かなりの違いになっている。

それでは、すぐれた仕方で冗談を言う人とは、「自由な精神の人にふさわしくないことを語らない」ということによって規定されるべきだろうか、それとも、聞いている人にいやな思いをさせないとか、あるいはそれだけでなく、むしろ楽しい気持ちにさせるとかいうことによって規定されるべきなのだろうか？　あるいは、この種のことは規定が存在しないような事柄なのだろうか？　なぜなら、快いこととかいやなこと

a20

は、人によってさまざまだからである。

しかし、このすぐれた冗談を言う人は、［自分にかんして］その種の話を聞きもするだろう。実際、人は自分で聞くに堪えられる［程度の］ことを、相手に対して話すと思われるのである。このことゆえにこのような人は、いかなることをも言葉にするというわけにはいかないだろう。実際のところ、「からかい」は一種の「罵《のの》り」であって、しかも一定の内容の罵りにかんして、立法者はこれを禁じているのである。だが立法者はからかうことについても、おそらくそうすべきだった。それゆえ［現実にはそのような法律は存在しないので］、繊細で、自由な精神の人なら、たとえて言えば自分が自分にとっての「法」であるようになることだろう。したがって、「才気煥発の人」と呼ばれようが「機知に富んだ人」と呼ばれようが、中間の性向の人は、以上の特徴をそなえた人なのである。

3　「自由な精神の」と訳した eleutherios は、第一章で「気前の良い」と訳した語と同じ。ここでは、財貨の扱いに限られない広い意味で用いられる。

4　「かつての喜劇」は前五世紀の喜劇でアリストファネスがその代表。「近年の喜劇」とはそれより一世紀ほど後のアリストテレスと同時代の作家のもの。

これに対し悪ふざけする人は、笑いの魅力に負けてしまう人であって、笑いのねたにすることができさえすれば、自分だろうが他人だろうが遠慮しないし、繊細な人ならばけっして一言も言わないような言葉を口にし、時には聞くに堪えない言葉さえ口にするのである。その一方で野暮ったい人は、この種のつきあいにかんしてまったく無能である。なぜなら、かれはそこで「楽しみに」何ひとつ寄与せず、あらゆることに眉をひそめるからである。しかし、それでも休息と娯楽は、人が生きていく上で欠かすことのできないものだと思われる。

こうして、以上述べてきた生活にあらわれる中間性は、三種類であり、これらはいずれも一定の言葉と行為の共有にかかわるものである。ただし、ひとつの「自分の価値に関する「ふり」をしない」中間性は真実にかかわり、後の二種類が快楽にかかわる点でこれらは異なる。そして快楽にかかわる中間性のうち一方「の機知」は娯楽にかかわり、他方「のへつらいも敵対もしない中間性」はそのほかの生活の面でのつきあいにかかわる中間性である。

1128b

5　ここまでの第六〜八章の議論のこと。

# 第九章　倫理における「羞恥心」の問題

他方、羞恥心[1]について、これをひとつの徳《アレテー》と語ることは、当を得ないことである。[2]なぜなら、羞恥心は「その人の」性向というより、むしろ感情に似たものだからである。というのも羞恥心は「不名誉に対する一種の恐怖」と規定され、[3]恐ろしいものにかかわる恐怖に近い効果を発揮するからである。事実、羞恥を感じる人々は「赤面する」のに対し、死を恐れる人は顔が「青ざめる」のである。このことゆえに、これら両方ともなんらか身体がかかわる過程であるように思われるが、こうした特徴そのものは、性向というより、むしろ感情があらわれたものであると考えられるのである。[4]

また羞恥の感情は、どんな年齢であってもそれに似つかわしくはたらいてくれるようなものとはいえず、むしろ若い年齢に似合いのものである。実際のところ、若者たちは感情によって生きているために誤りを犯す一方で、羞恥心のおかげでそのような誤りは阻止されるがゆえに、恥を知るべきだとわれわれは思っているのである。そし

b10

てわれわれは若者のうち、恥を知る人々を賞讃するのだが、しかし年長であって恥ずかしがりの人々を賞讃する人は、だれもいないだろう。これは、年長者ならば、羞恥を生むようなことをそもそも何ひとつ為してはならないとわれわれが考えていること

1　原語は aidōs。古代ギリシャにはこれを、節制や道徳的態度一般の源とみなす考え方があった。アリストテレスは羞恥心の意味の aidōs が若者の教育上重要であると承認しつつ、aidōs 自体を「慎み」のような大人の徳《アレテー》と同一視する考えを、批判する。

2　この章の議論は第三巻第六章から第四巻にかけて繰り広げられる個々の人柄の徳《アレテー》についてのほかの章の議論と違って、第二巻第七章の予告的なスケッチ（一一〇八a三〇～三五）からかなり外れた内容になっている。

3　『弁論術』第二巻第六章一三八三b一二～一四に、関連するつぎのような規定がある。「現在もしくは過去もしくは未来のもろもろの悪のうち、不面目へと導くように思える悪をめぐる一種の苦しみ、ないし気の動転」。

4　第二巻第五章で感情と性向が区別され、徳《アレテー》は感情、性向、および感情を発揮させる身体能力の三者のうち、どれに属するかが問われ、性向に属するとされた。また第二巻第七章でも、「羞恥心自体は徳《アレテー》ではないが」と述べられている。

5　原語は aiskhunē。恥、羞恥。以下では、何か悪いことをして、その結果恥を感ずるという恥の感じ方を基本として議論が進む。

による。

なぜなら羞恥は、劣悪な行為に際して生まれるものなので、高潔な人にまったくふさわしくないことだからである（というのも、その種の劣悪な行為は、もともと為してはならないものだからである。そして、かりに真に醜悪な事柄と、醜悪と一般に人々に思われている事柄とが別だとしても、ここではそのことは問題にはならない。なぜなら、これらのいずれであれ、人が為してはならないことであることに変わりはなく、したがって「いずれにせよ何の限定もつけずに」人は、羞恥を感じてはならないからである）。それどころか、醜悪なことのひとつを為してしまうような、そうした性質の人間であるということは、それだけでむしろ劣悪な人間のしるしなのである。そして、その種の醜悪なことのうちのどれかを為したなら恥じるという自分の性向を保ち、そしてそのことを理由として自分が高潔な人間であると考えるということは、筋の通らないことである。なぜなら、羞恥心は自発的な行為にかかわって生まれるが、高潔な人であれば、自発的に劣悪なことを為すことはけっしてないからである。

だが羞恥心は、「非現実的事態の」仮定をはさむことで高潔なものであるのかもしれ
b30 ない。すなわち、もし自分がそれを為したなら、恥ずかしいだろうと感じるということ

とが、高潔なことなのかもしれない。──しかし、徳《アレテー》にかかわる議論では、そうはならない。[6] そして恥知らずなことと、醜悪なことを為しても羞恥を感じないことが劣悪であるとしても、だからといって、その種のことを為すのを恥じることが高潔なことだということにはならない。すなわち［強い羞恥心が悪から守ってくれる、ただの］抑制は、まだ徳《アレテー》ではなく、[7] むしろ何か［徳《アレテー》とも悪徳ともいえない］混合的なものなのである。

抑制については、後の議論で詳しく論じる。[8] いまは、正義について論ずることにしよう。

6　前文のような非現実の仮定を立てると、「徳《アレテー》のある高潔な人にかんする事実」の範囲の外に出てしまうというのがアリストテレスの診断。つまり、現実に徳《アレテー》のある人を、想定上ひそかに徳《アレテー》のない状態に変えてしまっていて、ゆえにこの場合にはよい議論として成立しない、とアリストテレスは論じている。

7　有徳の人である節制の人は、抑制ある人と違って、葛藤や羞恥に悩まずに節制の行為を選択する。

8　第七巻第一～十章。

# 第五巻　正義について

# 第一章　対人関係において発揮される徳《アレテー》を総称して「正義の徳《アレテー》」と言うことがあること

1129a3 また、正義の徳《アレテー》[1]と不正の悪徳について、それらはまさにどのような行為にかかわるのかということ、および、正義の徳《アレテー》とはいかなる中間性であり、正しいこととは何と何との中間なのかということの両方を考察しなければならない。なお、われわれの考察は、これまでに述べられた考察と同じ方法によるもの[2]としておこう。

さて、われわれの観察では、人々を正しいことを為す者とする性向、つまり、正しい事柄を為し、正しい事柄を願望する性向、人柄にかかわるそのような性向こそ正義の徳《アレテー》であると、すべての人々が語っている。[3]そして、不正の悪徳についても同様に、人々がそこから不正を為し、また不正な事柄を願望するような性向が不正の悪徳であると人々は語っている。それゆえ、われわれもまたはじめには、以上の事柄をおおよその基礎に定めておこう。というのも、知識や能力と、性向の状態[4]とで、事情が同じというわけではないからである。なぜなら、能力や知識は同じひとつのものでありながら相反する事柄にかかわると思われるが、互いに反対の事柄に、反対対立の一方の性向の状態がかかわるわけではないからである。たとえば、人々は健康［という状態］からそれと反対の［不健康な］事柄を為すわけではなく、健康な事柄のみを為すので

1　原語は dikaiosunē。「正義の徳《アレテー》」と訳す。アリストテレスはここで、「節制の人」がいるように「正しい人（正義の人 ho dikaios）」がいると考え、徳《アレテー》として、つまりすぐれた性向として「正義」を考える。この点で、現代において、「社会に正義を実現しなければならない」「その措置は正義の原則から逸脱する」などの言い方で理解される「正義」（この意味での「正義」も、原語で to dikaion と形容詞中性形の名詞化の形で頻繁にあらわれる。本訳ではこの語を「正しいこと（もの）」「正しさ」と訳すとともに、場合により「正義」とも訳す）とは、連続しているが完全には重ならない。

2　人々のあらわれに立脚して、第二巻第六章から始まり、個別の人柄の徳《アレテー》について第三巻第六章から第四巻まで採用してきた考察方法を、正義の問題でも使用するということ。

3　プラトン『国家』第四巻四二七Dに始まる魂三部分説に基づく正義の説明（魂のそれぞれの部分が自らの分を守ること）はアリストテレスの説明とは異なる。しかしプラトンが「すべての人々」と違う意見であった、と想定することもできない。『国家』の説明は、徳《アレテー》の性向から有徳な行為へ、という考えをプラトン流に掘り下げたものとみることもできる。アリストテレスのこの点の解釈については、第十一章注7参照。

ある。実際われわれは、健康な人が歩くように或る人が歩いているとき、その人は「健康な歩き方をしている」と言うのである。

ところで、或る性向の状態はしばしば、それと反対の状態から知られる。そして、或る種の状態はまたしばしば、当の状態の基礎となる、そもそもの担い手[6]から知られる。というのも、良好な身体状態が明白なとき、劣悪な身体状態も明白になるものだし、そもそも良好な状態であるものから良好な状態が知られ、「逆に」この良好な状態からはもとの良好な状態であるものが知られるからである。この事情はつぎのようなものである。すなわち、いま、良好な状態とは「肉体が引き締まっていること」だとしてみよう。すると、劣悪な状態とは「肉体が弛んでいること」だということも、またそもそも良好な状態であるものとは、「肉体の中に締まりをつくり出すもの」であるということも必然的なのである。

ただし、「相反する性向の状態の」一方が多義的に語られるなら、たいていはもう一方のものも多義的に語られることになる。たとえば、「正しいもの」が多義的なら、「不正なもの」も多義的になるだろう。そして、「正義の徳《アレテー》」も「不正の悪徳」も現に多義的に語られているように思える。しかし、それらの意味の違いは人々の注意を免れてしまうのである。なぜなら、それらの意味は近縁であって、たとえば「クレイス」が動物の喉の下部の「鎖骨」の意味と戸を閉める「鍵」の意味とで、同じ音の語でも違う意味で呼ばれるように、遠くからでもより明らかなものの場合（その程度に見て取れるような相違は、はなはだしいものだから）とは事情が異なるからである。[7]

そこで、「不正の人」が何通りの意味で語られるかを把握しよう。

---

4 「性向」も「状態」も hexis の訳語である。日本語では身体や自然の hexis を「状態」と訳さざるを得ないが、「一定活動を生む、ものや人の傾向性の状態」を意味する同一の原語である。

5 知識や能力の場合、「健康」の知識というひとつの知識が健康と病気という相反する事柄にかかわるのに対して、健康の状態と病気の状態は「同じ状態」ではないということ。『形而上学』Θ《テータ》（第九）巻第二章を参照。

6 原語は hupokeimenon。アリストテレスの使った哲学用語で、「基礎に定まるもの」ないし「基に措定されるもの」という意味。アリストテレス自然学の「基礎に定まるもの」は、状態や性質の単なる担い手ではなかった。この「基礎に定まるもの」の特徴を追うことによって当の状態や性質の原因を知ることができると考えられた（『自然学』第一巻第七～九章など）。ここでは、そうした原因探究の可能性も含めて論じられている。

さて、[8]法に反する人も、貪欲で不公平な人も「不正な人」であると思われる。した
がって明らかに、法を守る人も公平な人も[9]「正しい人」であることになる。それゆえ、
正義とは合法性および公平さであり、不正とは不法および不公平なのである。しかし、 1129b
不正な人は貪欲であり、善にかかわるとはいっても、あらゆる善にかかわりをもつと
いうわけではなく、幸運と不運が及ぶような「善」[10]にかかわるだろう。つまり不正な
人は、限定ぬきには善いものであるが、或る人にとってはつねに善いとはかぎらない
ような「善」[11]にかかわることになる。そして人々はこうした善を祈願し、追い求めて
いるが、しかしそのようにすべきではない。むしろ「限定ぬきに善いものが、自分に
とっても善いものでありますように」と祈願しつつ、自分にとって善いものを選び取
るべきなのである。ただし、不正な人がつねに「より多く（プレオン）」選び取る、
というわけでもない。限定ぬきには悪いというものの場合、かれはそうした悪いもの
をほかの人よりもわずかなだけ選び取ることだろう。しかし、より少ない悪も或る意
味では善であると思われ、かつ貪欲さ（プレオネクシア「より多くもつこと」）は善
にかかわるがゆえに、この理由からこの人は、事実貪欲な人間だと思われるのであ
る。このような人はまた、不公平な人である。この不公平さは［以上の両方の場合を］ b10

ともに包括しており、共通の特性なのである。

ところで、不法な人は不正な人であり、法を守る人は正しい人であったのだから、合法的なことは或る意味ですべて正しい[12]ということは明らかである。なぜなら、立法術によって定まった事柄は合法的なのであり、われわれは、そのように合法的な事柄

---

7　アリストテレス自身の分析では、正義の代表的な意味同士は、根本的な「他人との関係における徳《アレテー》」という本質を共有しながら、広い、すべての徳《アレテー》と重なる意味（全体的正義）と、狭く限定された部分的な正義に分かれる。したがって、鎖骨の意味の語「kleis」と鍵の意味の「kleis」がたまたま同じ音であるという事情とは異なる、意味の関連性をもっている。ここから、「正義」はただひとつの意味のみもつと（誤って）考えられることが説明される。

8　写本が一致して採る de と読み、ＯＣＴの dē とは読まない。

9　原語は「等しい」とも訳せる isos であり、前文の「不公平な（人）」は「等しくない」とも訳せる anisos である。

10　つまり、財産や地位や名誉や権力など、第一巻第八章の善の三区分における「外的な善」のこと。徳《アレテー》や身体の強さなどはこれに当てはまらない。

11　たとえば財産は、限定ぬきには「善いもの」だが、それを得るために他人を裏切った人にとっては善いものではない（第十巻第三章一一七三b二六～二八参照）。

の一つひとつが正しいと主張するからである。さて、法が定めることはありとあらゆる事柄に及ぶが、法が布告されるのは、全員に共通に有益なことか、最善の人々に有益なことか、支配者に有益なことを目指して、あるいはまたほかのなんらかの観点で有益なことを目指してのことである。

　したがって、ひとつの意味ではわれわれは、国にとっての幸福とその諸部分をつくり出し、維持するようなもろもろの事柄を「正しい」と言うのである。ところで法は、たとえば戦列を離れず、逃亡せずに武器を投げ捨てないというように勇気ある人が為すことを命じるし、またたとえば姦通せず暴行を加えないというように節制の人が為すことをも命じるし、さらには、他人を殴らないとか誹謗中傷しないというように温和な人が為すことをも命じる。ほかの徳《アレテー》と悪徳にかんしても同様に、法は、或る事柄を命じ、別の事柄を禁じている。ただし、正しく定められた法は正しく命じているのに対し、いい加減に定められた法はより劣った仕方で命じているのである。

　この正義の徳《アレテー》こそ、完全な徳《アレテー》である。ただし、限定のつかないそのような徳《アレテー》なのではなく、他人との関係における完全な徳《アレテー》である。そして、このことゆえに正義の徳《アレテー》は、しばしばもろもろの徳《アレテー》のなかで最善の徳《アレテー》であり、「宵の明星も明け

の明星もこれほど驚嘆すべきものではない」[13]と思われているのである。またわれわれ b30
は、諺として、「正義の徳《アレテー》に、あらゆる徳《アレテー》がまとめて詰め込まれている」と言っ
ている。[14]そして正義の徳《アレテー》は、完全な徳《アレテー》の使用であるがゆえに、もっともすぐれて
完全な徳《アレテー》である。[15]ただし、正義の徳《アレテー》が完全であるのは、この徳《アレテー》をもつ人が、自
分一人で使用できるだけでなく、ほかの人に対する関係においても徳《アレテー》を使用できる
という理由によるのである。なぜなら、多くの人々は自分の事柄においてであれば
徳《アレテー》を使用できるのに、ほかの人との関係に立つとそれができないからである。そし
てこのゆえに、ビアス[16]の「支配はその人間を明るみに出す」という言葉は正鵠《せいこく》を射る 1130a

---

12　悪法のもとで法のとおりにおこなうことは、合法性が正しさであるというひとつの意味では正しい。たとえば、法を文字通り適用すると明確に不公平になる場合のように、これとは別の意味では「正しくない」にしても。この問題については本巻第十章の議論を参照。

13　エウリピデスの失われた劇中の言葉と考えられている。

14　テオグニス、一四七行。

15　徳《アレテー》の「所有」ないし「それが性向としてそなわっていること」よりも、徳《アレテー》の「使用」のほうがおもに問題になる徳《アレテー》だ、ということ。

ものであると思われる。というのも支配する人間は、そのことですでにほかの人間に対する関係に立っており、他人との共同のうちにいるからである。そして、この同じ理由により、正義の徳《アレテー》はもろもろの徳《アレテー》のうちでただひとつ「他人のものである善」であると思われている。[17] それは、他人との関係におけるものだからである。なぜなら正義の徳《アレテー》は、支配層のためであれ、共同体の仲間のためであれ、他人にとって有益な事柄を為すからである。そこで、自分に対しても友人たちに対しても劣悪さを発揮するような人が最悪の人なのだが、しかしこれに対し最善なのは、自分に対して徳《アレテー》を使用する人ではなく、他人に対して徳《アレテー》を発揮する人である。なぜなら、このことが難しい仕事だからである。

それゆえ、この意味の正義の徳《アレテー》は徳《アレテー》の部分ではなく、徳《アレテー》全体である。この正義の徳《アレテー》に反対であるような不正の悪徳もまた、悪徳の部分ではなく、悪徳全体である。そして、徳《アレテー》と正義の徳《アレテー》がどの点で違うかということは、ここまでの議論から明らかである。つまり、これらは事実上同じ徳《アレテー》であるが、両者の本質的なあり方は同じではないのであって、他人に対する徳《アレテー》のほうは正義の徳《アレテー》であり、そのような限定のない一定の種類の性向のほうは、徳《アレテー》なのである。

16　ビアスはプリエネの人で七賢人の一人。前五七〇年ごろ盛年（ギリシャでは四〇歳が「盛年」と考えた）。

17　「自分のための善」ではないということ。プラトン『国家』第一巻三四三C参照。

## 第二章　対人関係における徳《アレテー》としての全体的正義と、ほかの徳《アレテー》と区別される部分的正義

しかし、われわれがここで現に探究しているのは、徳《アレテー》の部分としての正義の徳《アレテー》のほうである。実際、われわれの主張では、そのように「部分的」といえる正義の徳《アレテー》が存在する。そしてこれと同様に、部分的な不正の悪徳についても論ずることにしよう。

そうした部分的不正が存在することの証拠は、以下のような事実である。すなわち、人柄におけるほかの不良性に基づいて活動をおこなう人は、[前章の一般的な意味では]「不正」を為してはいるのだが、なんら貪欲なことを為していない。たとえば、臆病さゆえに盾を投げ捨てた人間や、苛立ちやすさゆえに悪口を言う人間や、さもしさゆえに財貨で他人を援助しなかった人間がそうである。他方、人が貪欲に、より多く取るとき、しばしば、これらのほかの不良性のどれひとつにも基づいておらず、また不良性全部あわせてそれらに基づいているというわけでもないのだが、しかし、た

a20

しかになんらかの不良性には基づいているのであり（なぜなら、われわれはその人を非難するからである）、つまり「不正」に基づいているのである。したがって、不正の悪徳全体の部分という意味での、別のなんらかの不正の悪徳があり、そして法に反するという意味の全体的な不正に対して、その部分をなす不正があるということになる。

さらに、もし或る人が利得のために姦通し、実際に儲けも得るのに対し、別の人が欲望のために損をして罰せられるなら、この別の人のほうは貪欲というよりむしろ放《ほう》埒《らつ》であると思われるだろうが、前者の儲けまで得る人のほうは不正なのであって、放《ほう》埒《らつ》ではないと思えるだろう。この人は利得のゆえにそれを為したのだから、明らかにそうなのである。

さらに、ほかのすべての不正な行為において、つねになんらかの特定の悪徳が問題になる。たとえば、人が姦通したとすれば放埒《ほうらつ》であると言われ、人が戦友を置き去りにしたのなら臆病だと言われる。また人がだれかを殴ったなら、怒り［の超過］だと言われる。そして、もし人が利得で儲けたなら、ほかの悪徳ではなく不正なのだと言われるのである。

a30

したがって、全体的不正のほかに部分的不正が存在することは、明らかである。そしてこの二種類の不正は同名同義的である。[1] なぜなら部分的不正の定義は全体的不正と、同じ類に属するからである。[2] というのも、両方の不正ともに他人との関係において 1130b その特質が表れるからである。ただし、部分的不正は名誉や財貨や身の保全をめぐるものであり――あるいは、われわれがこれらすべてを何かひとつの名で包括できるなら、その名にあたるものをめぐるものになるが――、利得から生まれる快楽のための悪徳であるのに対し、全体的不正は、すぐれた人が為すありとあらゆることをめぐる悪徳なのである。

正義の徳《アレテー》が複数であること、また徳《アレテー》全体のほかにそれと異なる正義の徳《アレテー》があることは、明らかである。そのような正義の徳《アレテー》が何であるか、またどのようなものであるかということを把握しなければならない。

そこで、不正なことは不法なことと不公平なこととに区別され、正しいことは合法的なことと公平なこととに区別されている。それゆえ、先に［第一章で］述べた不正は、「不法」の意味の不正である。 b10 しかし、不公平なことと不法なことは同じではなく、不公平なことが一部分として不法なことと全体に対するようにして、互いに異なっている（なぜなら、不公平なことはすべて不法なことだが、不法なことがすべて不公平なことであるわけではないから）。そして、ここに言う不正なことと不正の悪徳は、前に出てきた不正と同じではなく異なっており、今度の不正なことと不正の悪徳は部分的不正という意味であるのに対して、前に出てきた不正は全体的不正という意味である。なぜならこの「不公平の意味の」「不正の悪徳」は、「不正の悪徳」全体の一部分であって、それと同様に今度の「正義の徳《アレテー》」は前の全体的な「正義の徳《アレテー》」に対し、

---

1　kleis が鍵と鎖骨でまったく別の意味であり、英語の bank が「銀行」の意味と「土手」の意味とで別の語である（「同名異義」）。これにかんしては第一巻第六章注11参照）のと対照的に、全体的正義は部分的正義を包括するという関係であり、この両者は「他人に対する徳《アレテー》」という本質をも共有する。

2　つまり、左図のような構造になっているということ。

全体的不正（＝他人との関係における悪徳）
- （他人との関係での）放埒《ほうらつ》
- 部分的不正
- （他人との関係での）臆病
- （他人との関係での）仮借なさ
- （他人との関係での）……

それの部分となっているからである。それゆえ、部分的な「正義の徳《アレテー》」と部分的な「不正の悪徳」についても、また同様に部分的な意味で「正しいこと」と、部分的な意味で「不正なこと」についても、論じなければならないのである。

さて、徳《アレテー》全体に匹敵する広い意味をもつ正義の徳《アレテー》と不正の悪徳について言えば、正義の徳《アレテー》は徳《アレテー》全体を他人相手に使用することであり、不正の悪徳は悪徳全体を他人に対して使用することであるが、この点についていまは議論しないでおこう。また、これらの正義の徳《アレテー》と不正の悪徳に応じた「正しいこと」と「不正なこと」をどのように定義するかということも、明白である。なぜなら、合法的な事柄の多くは、徳《アレテー》全体という観点から命じられた事柄であると言って、差支えないものだからである。というのも、法は、それぞれの徳《アレテー》に基づいて生きることを命じ、それぞれの悪徳に基づいて生きることを禁じるからである。そして徳《アレテー》全体をつくり出すものは、法的なもののうちでも公共の善[3]に向けた教育にかんして立法された事柄である。ただし、限定ぬきに一人の人が善き人になるための各個人の教育にかんして言えば、そのような教育が政治学に属するかほかの学に属するかは、後に規定しなければならない[4]。なぜなら人にとって善き者であることと、どのような国制の市民であれ、市民にとって

b20

善き者であることは、おそらく、同じことではないからである。

他方、部分的な正義の徳《アレテー》と、この正義の徳《アレテー》の意味での正しいことのうち、ひとつの種類は、名誉や財貨や、国に参画する人々のあいだで分けられるほかの諸価値の配分のうちに成り立つ正義であり（なぜなら、こうした配分のうちで、或る人が或る人と不等になることも、同等になることも可能だからである）、もうひとつの種類は、人と人とのもろもろの係わり合い[6]において不公平を矯正するものである。そしてこの矯正的正義[7]には、二つの部分がある。というのも、係わり合いには自発的なものも本

b30 1131a

3　「公共の善」の原語は to koinon。各国でその国が価値と定めるものによってきまると考えられていた。

4　第十巻第九章一一七九b二〇〜一一八一b一二で予備的に議論され、『政治学』の教育論につながってゆく。

5　『政治学』第三巻第四章でこの相違について論じられる。

6　原語は sunallagma で、人と人の「交渉」や「取引」の意味で使われる言葉であり、これらが中心的な意味だが、一方的に相手をだますとか暴力を加えるとかのケースも以下の議論では重要なので、本訳では「係わり合い」と広く訳す。

意に反するものもあり、自発的な係わり合いとはたとえば、販売、購入、貸与、担保、融資、委託、賃貸であり（われわれがこれらを「自発的な係わり合い」と言うのは、係わり合いのそもそもの始まりが当事者の自発性に基づくためである）、また本意に反する係わり合いのうち一部は相手に秘密裏に為されるものであって、これはたとえば、窃盗、姦通、投毒、売春斡旋、奴隷強奪、暗殺、偽証であり、一部は暴力による強制を伴うもので、たとえば暴行、監禁、殺人、強盗、傷害、誹謗中傷、虐待などである。

7　原語は diorthōtikon。日本語訳としては、匡正《きょうせい》的正義、規制的正義、是正的正義等。係わり合いや交渉において当事者間に不公平の意味での「不正」が発生した場合、不正を解消して正しさを実現する正義。この場合一人は一人として数えられ、価値に応じて配分される場合の配分的正義とは「等しさ」の実質的内容が違う。

## 第三章　部分的正義の第一の種類：「配分的正義」

不正な人は不公平な人であり、不正なことは不公平なことであるので、不公平なことにも、それに対応するなんらかの中間があることは明らかである。そして、この中間が「公平なこと」である。なぜなら「より多いもの」と「より少ないもの」がある行為のうちには、「等しい《イソン》（公平な）もの」[1]もあるからである。それゆえ、もし不正なことが「不公平な（等しくない）こと」[2]であるなら、正義とは、公平で等しいことである。まさにこの点こそ、議論ぬきに全員に正しいと考えられることなのである。

そして、等しいことが中間であれば、正義はなんらかの等しさであるということになるだろう。また等しさは、最少で二項のあいだで成り立つことである。

それゆえ、正義とはなんらかの事柄との関連で、またなんらかの人々にとって「中間」であり「等しいこと」である、ということが必然である。そして、それが中間で

a10

あるかぎりで、何かと何かの中間でなければならず（つまり、超過と不足の中間でなければならず）、等しいかぎりでは、二つの項のあいだに成り立つのでなければならない。したがって正義は、最少で四項のあいだで成り立つのでなければならない。なぜなら、正義がその人々のあいだで成立するような当事者が二人いる必要があり、かつ正義が成立する場としての事柄が二つある必要があるからである。[3]そして、当事者のあいだの等しさと、場となる事柄相互の等しさは、同じ等しさで

1　原語は ison で、形容詞中性形。数や量の等しさを表現する言葉であると同時に、人々と社会の問題としての公平さ、公正さ、平等さを意味する。

2　原語は anison。前注の ison に否定の接頭辞がついた形容詞で、不等という意味が基本であるが社会的な関係の場面では不公正と不正を表現する言葉である。アリストテレスの配分的正義の問題の扱いも、適切な意味の「等しさ」が成り立つかどうかを場面ごとにみてゆくという方向を取る。

3　兄と弟（二人の当事者）が三枚のせんべい（事柄）を二人で取り合うとか、部長と課長（当事者）が月給（事柄）の比較をするとかの場面で正義や平等が問題になるということ。

なければならない。[4] なぜなら、二者のあいだで事柄自体が関係しあうとおりに、現状のこの二者のあいだの関係が成立しているからである。というのも、もし当事者の両者が互いに等しくなければ、かれらが等しいものをもつことはないだろうが、まさにここから、等しい人同士なのに等しいものをもたない、あるいは等しく配分されないときとか、等しくない人同士なのに等しくもつ、ないし等しく配分されるときに、もろもろの争いと不満の訴えが起こってくるのである。[5]

さらに、配分は価値に基づくものだという観点からも、このことは明らかである。なぜなら、もろもろの配分における正しさについて、万人が何か或る価値に基づくべきであると同意しているからである。ただし、同じ価値がその問題の価値であると全員が語っているわけではない。民主制を唱える人々は「自由」がその価値であると言っており、寡頭制支持の人々は「富」がそれだと言っており、また一部の人々は「生まれの良さ」がそれだと言い、優秀者支配制を唱える人々は「徳《アレテー》」がそれだと言っているのである。[6]

したがって正義とは、一種の比例関係にあるものである。なぜなら、比例関係にあるということは抽象的な[7]数にのみ固有の事柄ではなく、一般的な数に固有の事柄[8]だか

a30

らである。というのも、比例関係とは、複数の比のあいだの等しさであり、[9]それゆえ、少なくとも四項のあいだで成り立つ事柄だからである。ここで、分離された比例関係[10]が四項からなることは明らかなことである。しかし連続的な比例関係でも同じことで

---

4　たとえばお菓子をもらうという事柄にかんして兄が弟とまったく平等であれば、二人はせんべいを一枚半ずつ分けるのが正しい。その事柄にかんして兄が弟よりなんらかの意味で優越しているなら、兄が二枚、弟が一枚というように分けるのが正しいということになる。事柄にかかわって人間のあいだの「等しさ」が平等か、なんらかの比によって表現されるべきか（いまの例では二対一だった）により、せんべいの分けられ方もきまってくる。

5　兄と弟が平等なのに（あるいは、弟が自分は兄と平等であると思っているときに）、兄が三枚のせんべいを独占するとか、二枚とるとかすると、兄弟げんかが起こる。

6　人間の価値の見方に応じて、「X：Y」の比が変わってくる。民主主義的で平等な二人の人は富に応じた配分で二対一になるかもしれない。この二人で、お金持ちの人がダメ人間で貧乏人が人格者であれば、かれらの徳《アレテー》に応じた配分は、逆に一対二かもしれない。

7　算術で扱われる数。

8　数や数値を言える非常に多くの事象の事情を指す。

9　「A：B＝C：D」であるとき、AとBの関係はCとDの関係に（正）比例すると言える。

10　ふつうの正比例の関係。

ある。なぜなら、連続的な比例関係において、一項をあたかも二項であるかのように
使用して、二回その項に言及するからである。[11] たとえば、線分Aが線分Bに対するよ 1131b
うに線分Bは線分Cに対する、というようになっているのである。ここでは線分Bに
二度言及された。それゆえ、線分Bが二度提示されたのであれば、比例関係の項は四
つなのである。[12]

そして、正義もまた最少四項からなり、比も同一である。なぜなら当事者と問題の事柄が、お互いに同じ比において分けられているからである。したがって、項Aが項Bに対するように、項Cは項Dに対する。それゆえ、項を入れ替えて、項Aが項Cに対するように、項Bは項Dに対する。[13] したがって、これらの全体［A＋C］もまた同じ関係で全体［B＋D］に対する。[14]——まさにそのような全体へと、配分が組み合わせたのであり、そしてこのように結合をおこなうときには、その組み合わせは正しい仕方によるものなのである。

したがって、項Aと項Cの組と項Bと項Dの組が、配分における正義であり、この b10
正義が中間である。これに対し不正とは、比例関係に反するものである。なぜなら、
比例関係にあるものが中間であり、正義とは比例関係にあることだからである。そし

て、数学者はこの種の比例関係のことを「幾何学的比例」と呼んでいる。[15]なぜなら幾何学において、全体は全体に対して、それぞれの部分が部分に対するまさにその比の関係に立っているからである。なお、この比例関係は連続的ではない。なぜなら当事者の人と事柄とが、数においてひとつの項となるということはないからである。――このように、「配分的」正義とは以上のもの、つまり比例関係にあるものである。[16]

他方、不正とは、比例関係に反するものである。それゆえ、一方で超過が生まれ、他方に不足が生まれる。そして、まさにこの結果がもろもろの現実の実践において起

11　つまり「A：B＝B：C」のように「B」が等号の両方の側に出てくる場合のこと。
12　前注の場合はじめのBとあとのBがあるので、四項のあいだの関係である。
13　「A：B＝C：D」のとき「A：C＝B：D」になる。
14　「A：B＝C：D」のとき、「A：B＝C：D＝A＋C：B＋D」になる。
15　「幾何学的比例」はわれわれが学校で習った「比例」のことで、ギリシャ数学では「算術的比例」と対比されていた。算術的比例は、比ではなく項同士の完全な等しさの関係。
16　(単純な考え方で説明すると) 部長が課長の一・三倍の働きがあるとき、「部長の働き：課長の働き＝部長の給料：課長の給料」となるように部長に課長の一・三倍の給料を出せば正しい配分になる。一・五倍や一・〇倍の給料にすると正しくないことになる。

こってくる。実際、不正を為す者は善いものをより多く手に入れ、不正をされる者は
より少なく手に入れるのである。悪いものについてはこれと逆である。なぜなら、よ b20
り少なく悪いものは、より多く悪いものとの対比において、むしろ「善いもの」に数
えられるからである。というのも、より少なく悪いものはより多く悪いものよりも望
ましいし、望ましいものは善いものだからである。そして、より望ましいものはより
善いものなのである。

正義のひとつの種類は、以上のものである。

## 第四章　各人を等しく一人として考える第二の種類：「矯正的正義」

もう一種類の正義は、矯正的正義である。これは、自発的であろうが本意に反しようが、もろもろの係わり合いにおいて生まれるものである。そしてこの正義は、先の「配分的正義」とは異なる性格をもっている。その理由は、以下のとおりである。

すなわち、まず［当事者に］共通のものの配分にかかわる正義のほうは、つねに、すでに述べたような比例関係に基づいている。実際、共有の財貨から配分がおこなわ
b30 れるという場合であれば、関係するそれぞれの当事者から当の共同の営みに投入された貢献分が互いにもつ比と、同じ比に基づいてその各人に配分されるだろう。そして、この種類の正義に反するような不正もまた、比例関係に反したものなのである。

これに対して、係わり合いにおいて成り立つ正義は、［言葉の上では配分的正義と同じく］なんらか「等しいもの」ではあるのだし、その反対の不正もなんらか「等しく
1132a ないもの」ではある。けれども、ここで言う「等しい」とは、配分の場合の比例関係

に基づくものではなく、算術に基づく、そのものずばりの等しさのことである。なぜなら、「高潔な人」が「劣悪な人」からふんだくろうが、「劣悪な人」のほうがふんだくろうが何の変わりもないことであって、また姦通したのが「高潔な人」だろうが「劣悪な人」だろうが、同じことだからである。法は、これらの人の一方が不正を加えた人間であり、もう一方が不正を加えられた人間である場合にも、かれらの一方が損害を与えてもう一方が損害をこうむった場合にも、むしろ損害の相違だけに着目して、両方の当事者を「そもそも」同等の人々として扱っている。

それゆえ、ここでの不正とは、不等であり不公平な関係のことだから、そこで裁判官はこれを、均等化[1]しようとするのである。なぜなら、片方が殴り、もう片方が殴られるとき、あるいは片方が殺し、もう片方が殺されるとき、こうむった状態とおこなった行為が互いに対して等しくない関係になったまま、分断されているからである。そこで裁判官は、「損害」により「利得」を減殺《げんさい》することで、均等化しようとするの
a10

1　「均等化」の原語は isazein。幾何学などで、等しくすること、等しさ（to ison）を実現することという意味で使われる。

である。ここで、「利得」が或る種類の人間にとってぴったり適切な言葉でない場合がある[2]のになぜこのように言うのかといえば、たとえば殴った人について言われることがあるように、雑駁な話としては、この種類の不正を犯した人々について「利得」が語られ、不正をこうむった人については「損害」が語られるからである。ただし、こうむった状態がどれほどの状態かが査定される段になれば、そこでは現に一方は「損害」と呼ばれ、もう一方は「利得」と呼ばれる。したがって、「等しいもの」とはより多いものとより少ないものの中間であるが、利得と損害では「より多いもの」と「より少ないもの」が互いに反対の関係になっていて、善がより多く、悪がより少ないのが利得であり、その反対が損害である。そして、等しさとはこの両者の中間であって、このような等しさのことをわれわれは「正義」と言っている。したがって、是正することの[3]正義とは、損害と利得の中間であるということになるだろう。

このことゆえにまた、人々は係争になった場合、裁判官のところに助けを求めに行くのである。そして裁判官《ディカステース》のところに行くということは、正義《ディカイオン》のもとに行くということである。なぜなら、「裁判官」はいわば、「生きた正義」のような者という意味を担っているからである。そして、中間（メソン）を得るなら正義を得ることができると考えて、或る地方の人々は裁判官を「仲裁者（メシディオス）」と呼んでいる。したがって、もし裁判官が中間であるのなら、この正義もなんらかの中間である。そして裁判官は均等化をおこない、一本の線が等しくない二本の線に切断された場合に、より長い線分が半分を超えている分をその線分から取り去り、これを、より短いほうの線分に付けるというようにするのである。全体が二つに（ディクハ）分割される場合、人々は、自分たちがそれぞれ等しいものを得たときに、自分のものを保持していると主張する。ただし、ここで「等しい」ものとは、算術における比例関係に基づく、[4]より大きなものとより小さなものとの中間のことである。そして、「正義（ディカイオン）」はまさにこの理由、すなわち二つに分かれている（ディクハ）という理由から、「ディクハイオン」に似た名をもっている。

そこで裁判官（ディカステース）とは、「二分する人（ディクハステース）」のよう

2 たとえば、殴った人全員がそのことで「得をした」とは言えない、ということ。

3 原語は epanorthōtikon。既出の diorthōtikon（「矯正的」）と同様に形容詞 orthos「正しい」を語の構成要素として含み、同義の言葉。

4 「算術的比例」は数の等しさに基づく関係のこと。第三章注15参照。

a30

な者なのである。[5]というのも、もし二つの等しいものの片方から一定部分が差し引かれ、それがもう片方に付け足されるならば、引かれた部分の二つ分、足されたほうが引かれたほうを上回ることになるからである（なぜなら、かりに片方が差し引かれるだけで、もう片方には付け足されなかったとすると、引かれたその一つ分しか上回らなかったはずだから）。それゆえ、足されたものは「中間」を一つ分上回り、「中間」は差し引かれたものを一つ分上回っている。したがって、われわれはまさにこの「中間」により、より多くもつ者からどれだけ差し引いたらよいかを知り、より少なくもつ者にどれだけ足せばよいかを知るのである。なぜなら、中間が上回る分をより少なくもつ者に足すべきであり、中間を上回る分を、もっとも多くもつ者から差し引くべきだからである。いま、線分ＡＡ′、線分ＢＢ′、線分ＣＣ′が互いに等しいとしよう。線分ＡＡ′からＡＥが差し引かれ、線分ＣＣ′がＣＤ分延ばされたとする。そうすると線分ＤＣＣ′全体は線分ＥＡ′にくらべてＣＤとＣＦの分長いことになる。したがって、この線分は線分ＢＢ′にくらべるとＣＤの分長いことになる。[6]

ただし、「損失」と「利得」という名称は、もともと自発的な交換に由来するものである。実際、たとえば売買や、法が許すほかの取引において、はじめの自分の持ち分よりも多くもつことは得をすることと言われ、当初の自分の持ち分より少なくもつことは損をすることと言われている。その一方で、より多くもなくより少なくもなく、当初自分のものとしてあったものがまさにそのまま同じだけ双方でその人のものになるとき、人々は自分が自分の持ち分をもっており、「損もしていなければ、得もしていない」と言うのである。[7]

したがって、［そのような自発的交換の場面から発想を得た］この矯正的正義は、こう

---

5　一一三二a三二の dikhaion, kai ho dikastēs dikhastēs. におけるOCTのコンマをピリオドに変え、訳文としてはここで段落を新しくする（つまりこの段落では、前段落を受けて裁判官の現実に正しいやり方の秘訣が紹介されているとする）。

6　図のようにアリストテレスは聴講者の前でAA′、BB′、CC′をまず描き、ついでAA′の一部AEを消し、CC′にAEと等しいDCを足しながら説明している。

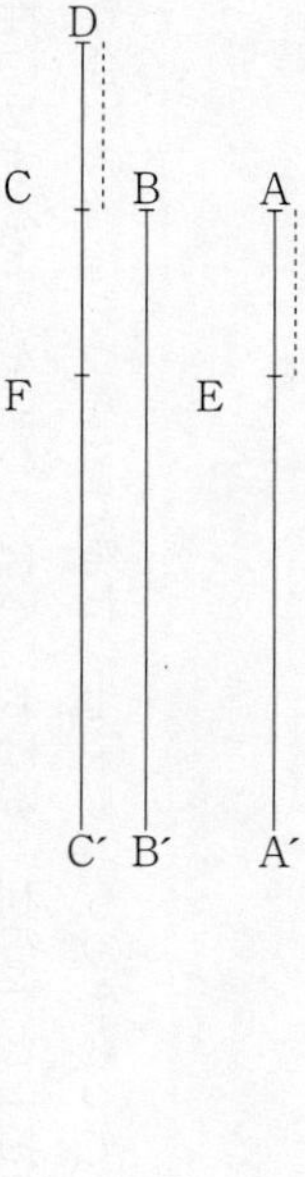

した自発性に反するような係わり合いにおける「利得」と「損失」の中間なのであり、当の係わり合いの前後をつうじて変わらず等しいものをもっているということなのである。 b20

7　この一段落全体については、この位置では議論の流れを阻害するとしてほかの位置への移動がしばしば提案されてきたが、次文で訳文に補いを入れてはっきりさせたように、一一三二b一九 para to hekousion「自発性に反する」という言い方によって前段落b一三の hekousion「自発的（交換）」の話との連続性が明記されているので、全写本とOCTの判断どおりの位置で訳した。

# 第五章　正義の議論における「応報」という考え方について

他方、ピュタゴラス派の人々がかつて主張していたように、「自分が何かされたならそれに」応報することこそ何の限定もぬきに正しいことだ、というように或る人々には思われている。事実、ピュタゴラス派は、正義とは他人に応報することであると、限定条件を何も付けずに定義したのである。[1] たしかに人々は、かつての「ラダマンテュスの正義」[2] もまた、そのことを言おうとするものだったと考えている。

もし人が自分のしたことをされもしたなら、直線のようにすっきりとした正義《ディケー》が成り立つだろう。[3]

しかし、それでもこの応報ということは、配分的正義にも矯正的正義にも適合しない。実際のところ、［正義を］「応報」で考えてゆくと、多くの事例で不整合が起こる。

たとえば、或る人が支配権を握っていてだれかを殴ったなら、その人は殴り返されてはならない。その一方で支配される身で支配している相手を殴ったなら、殴られるだけではなくその上懲罰をも受けなければならないのである。さらに、自発的な事柄なのか意に反する事柄なのかということは、この点で非常に大きな違いとなる。[4]
しかし、交換をおこなっている人間同士の共同においては、この種類の正義、すなわち［単純な］等しさによらないで比例関係に基づいて応報する正義が、共同の絆に b30

---

1 アリストテレス派の著作『大道徳学』第一巻第一章一一八二a一四では、ピュタゴラス派が「正義の徳（dikaiosunē）とは、平方数である」と主張したとしつつ、著者はこの主張の妥当性を否定している。

2 ラダマンテュスは、冥界で人々の魂の裁きをおこなったとされるギリシャ神話の人物の一人。プラトン『ゴルギアス』五二三E～五二六D参照。

3 ヘシオドス断片二八六。

4 自発的に人を殴った人物と、だれかに命じられて人をいやいや殴った人物とでは、同じ殴ったにしても懲罰的な賠償の大きさは違わなければならないことがあるし、いやいや殴った人のケースでは、むしろそれを命じた人の不正な「利得」を減らして、均等化する必要があるかもしれない。

1133a

なっている。なぜなら、人々が比例関係に基づいてお返ししあうことにより、国家は維持されてゆくからである。[5]実際、場合によって人々は、悪に対して悪を応報しようとする。――そして、もしそうしないのなら、そのような関係はただの隷従だと思われる。また場合により、善に善でお返ししようとする。――そして、もし人々がそうしなければ、交換は生まれないのである。しかし、まさに交換によって、人々は互いに結びついている。このことゆえに人々はまた、カリス［うるわしい優しさ］の女神たち[6]の神殿をも目立つところに建てる。これは、その土地でお返しがおこなわれるようにと考えてのことである。お返しは、この女神たちの親切心に固有のことだからである。というのも、親切にしてくれた相手にはお返しに奉仕しておいて、そしてもういちど、今度は自分のほうからもすすんで、相手に親身の行いをしなければならないからである。

そして、対角に位置するもの同士の結合が[7]、比例関係に基づくお返しをつくりだす。いま、大工がA、履物職人がBで、家がC、サンダルがDであるとしよう[8]。このとき、大工は履物職人から職人の制作物をもらい、お返しに自分は履物職人に自分がつくった家を分けてあげなければならない。この場合、比例関係に基づく等しさがはじめに成り立っていてその後に応報が起こるなら、先に述べた比例関係に基づくお返しになっているのである。しかし、逆にそうなっていない場合には、関係項は等しくないし、両者の絆は維持されない。なぜなら、片方のつくったものがもう片方のつくったものよりすぐれていることは、よくあることだからである。したがって両者の生産物同士が、均等化されていなければならなかったのである。

---

5 ここで説明される正義は、第三章の「配分における正義」とも第四章の「矯正的正義」とも異なるように思える「正義」である。「交換的正義」と呼ばれることがあり、第三の独立の正義と言えるかどうか解釈が分かれる。異なる生産物をもつ異種の人同士の共同がそもそも発生するにあたっての均等化の原理であり、その点で重要である。

6 カリスの女神たちは、優美、親切、慈しみなどの意味を体現するものとして崇拝された。

7 大工（A）　家（C）
履物職人（B）　サンダル（D）
という図を思い浮かべると、たとえば対角の履物職人と家一軒の組に対して、別の対角の大工とサンダルn足の組が、釣り合いのとれたものになっていなければならない。

8 このように記号化して、第三章の注13、注14のような比例関係の等式を考えている。

この点は、ほかの技術の場合でも同じく成り立つ。なぜなら、かりに制作者がつくった当のものを、その当のものとして、またそれだけの量のそれだけの質のものとして受け手も受けないとすれば、それらの技術は消滅してしまっただろうから。というのも、二人の医者から共同は生まれず、医者と農夫の二人から共同が生まれるのであり、一般に共同とは、等しくない他人同士から生まれるものだからである。しかし、だからこそこれらの人々は、均等化されなければならない。それゆえ、交換が成立するすべての項は、なんらかの仕方で互いに比較可能でなければならないのである。

貨幣は、この目的に向けて設定されたものであり、なんらかの意味で「中間」になっている。なぜなら貨幣は、いったい何足のサンダルが家と等しいか、あるいは何足が食物と等しいかというようにすべてのものを測るため、超過も不足も測るからである。したがってこうして、大工が履物職人に対するように、その比にちょうど従った数のサンダルが、家ないし食物に対するのでなければならないのである。なぜなら、もしこの関係が成り立たないなら交換は成立せず、共同も成立しないからである。その一方で、もしも生産物が相互になんらかの意味においても等しくなければ、そもそもこのような関係は成り立たない。したがって、すでに前にも語ったように[9]、或るひと

a20

つのものによってすべては測られなければならないのである。しかし真実には、すべてのものを結びつけているその「ひとつのもの」とは、必要なのである。なぜなら、かりに人々が何も必要としないとか、同じようには必要としないとかになれば、交換が成り立たなくなるか、あるいは［双方からみて］同じ交換というものが成り立たなくなるかだからである。そして、その一方で、貨幣は取り決めにより、いわば、当事者たちの必要を交換可能なかたちで代理するものとして生まれたのである。それゆえ貨幣は、自然によるのでなく人為の定め（ノモス）によるものであり、これを変えることも、使用しないようにすることもわれわれ次第であるという、まさにその理由からこの「貨幣（ノミズマ）」という名をもっている。したがって、［ひとつの測定単位による］均等化があらかじめ成り立ち、そのために農夫が履物職人に対してもつ比のとおりに履物職人の制作物が農夫の生産物に対するようになっ

---

9　直前の一一三三a一九。

10　原語は khreia で「需要（英 demand）」とも訳される。しかし「必要」（英 need）が適切である。プラトン『国家』第二巻三六九C「国をつくる要因は、われわれがもつ必要なのである」からアリストテレスが受け継いだ考えと思われる。

ているときには、つぎに交換が起こる。しかし、交換がすでに現実に始まった過程で、関係する人やものを比の項として組み入れてはならない。なぜなら、もしここで言う決まりに従わないなら、［自分のほうの受け取りが済んだ］一方の側の当事者が、二重の超過分を両方とも受け取ることになってしまうからである。そうではなく、双方が自分の生産物をまだ手元にもっている時点ですでに、比をつくっておかなければならない。このようなやり方をとれば、かれらは互いに等しく、ともに共同する者となっている。なぜなら、こうすれば比例関係に基づく等しさが、かれらのところで成立しうるからである。農夫をA、食物をC、履物職人をB、均等化を経た履物職人の制作物をDとしよう。これに対し、かりに交換がこのやり方でおこなわれないとしたら、共同は成り立たなかっただろう。

そして、あたかも実在するひとつの要因のごとく、人々のもつ必要がこの共同を結び付けているということは、つぎのことから明らかである。すなわち、たとえばワインのように、自分がもっているなんらかのものを相手となるだれかが必要とし、しかも相手方が穀物の輸出を容認するといった場合であれば交換が起こるのだが、他方、これとは事情が違って、もし当事者が両方とも、あるいは片方だけでもお互いのもの

1133b

を必要としていないときには、かれらは交換をおこなわないということがそれである。このことゆえに、交換が現に起こるときには、交換されるものが均等化されていなければならないのである。

その一方で、いまは何も必要としていない場合であっても、必要とするときにいつか交換しようという理由による未来の交換のためには、貨幣は、われわれがもっている保証のようなものとなる。なぜなら、貨幣をもって行く者は必要とするものを獲得するはずだからである。そこで、むろん貨幣も［ふつうの物品と］同じ変化をこうむる。なぜなら、貨幣にしても、つねに等しいものであり続けるということは、可能でないからである。しかし、それでも貨幣はほかのものにくらべれば、まだ安定性があるものである。それゆえ、商品となるすべてのものには価格がついていなければならない。なぜなら、そうしておけば交換がつねに起こるようになっており、また、もしそうなっていれば、共同もずっと続いてゆくからである。したがって貨幣は、尺度のようなものとして物品を通約可能とし、均等化する。なぜなら、交換がなかったなら共同はなかっただろうし、また等しさがなければ交換はなかったはずであるが、もし通約可能性がなかったなら、等しさもなかったはずだからである。

b10

したがってこうして、これほどまでに異なるもの同士が互いに通約できるようにな
るということは、ことの真実から言えばありえないことなのに、必要にてらして言え
ば十分に可能なことなのである。それゆえ、貨幣はひとつの何かでなければならない b20
のだが、これは人々が、そうでなければならないと前提しているという問題である。
ここから「貨幣「取り決められた法で通用しているもの・ノミズマ」」と呼ばれているの
である。実際、貨幣がすべてのものを通約可能にするのである。なぜなら、あらゆる
ものが貨幣によって測られるからである。家をA、十ムナをB、ベッドをCとしよう。
家が五ムナの価値か五ムナ相当なら、AはBの半分である。他方ベッドは、CがBに
対して十分の一という価値になっている。するとこのとき、何台のベッドが家一軒に
等しいかは明らかである。つまり五台である。――貨幣が存在するより前の時代の交
換がこのようであったことは、明らかである。というのも、五台のベッドが家一軒と
交換されるということと、五台のベッド分の貨幣が家一軒と交換されることには、な
んの違いもないからである。
　不正とは何であり、正義とは何かということは以上で述べられた。そして、これら
を規定したことから、正しい行為とは不正を為すことと不正をされることの中間であ b30

るということが明らかとなった。その理由は、以下のとおりである。すなわち、まず、不正を為すとはより多く手に入れることであり、不正をされるとは、より少なく手に入れることである。つぎに、正義の徳《アレテー》とは一種の中間性であるが、これは、ほかのもろもろの徳《アレテー》と同じ意味での「中間性」ではなく、ちょうど中間のものに達するという意味におけることである。[11] これに対し、不正の悪徳は、両方の極端に達するものである。そして正義の徳《アレテー》とは、それにより、正しい人が正しい事柄の選択に基づい

11　正義の徳《アレテー》（つまり、部分的正義）はほかの人柄にかかわる徳《アレテー》と同様、中間・中間性である（第二巻第六章、第七章）。しかし正義の徳《アレテー》がそもそも他人に関係する対人的徳《アレテー》である（したがって最少で二人の人と二項の四変数をもつ）ことにより、たとえば勇気において、恐怖の超過・不足、自信の過剰・不足のような固定的な超過と不足に対してもっぱら自分の感情と自分の行為の「ちょうどよい中間」を経験的につかむという問題だったのと、同様ではありえない。正義では、社会的対人関係における公平と不公平の問題にかんして、同時に一方の超過、もう一方の不足となるような一定の不正に対して、当事者双方にとって超過でも不足でもない「中間」を、経験に基づいてつかむという問題になる。正義とほかの人柄の諸徳《アレテー》とのちがいと、アリストテレスのいずれにおいても「中間」を用いる説明の首尾一貫性の問題については、［解説］参照。

1134a

て行為することができるような性向であり、それにより、正しい人が他人と自分のあいだで何かを配分するときや他人同士の関係において配分をおこなうとき、望ましい価値のもののより多くを自分に、そしてより少ない部分を隣人にと配分する（そして害となるものでは、これと逆にする）というやり方をせず、比例関係に基づく等しいものをそれぞれに分けてゆき、他人のあいだでの配分でもこれと同様にすることができる、そうした性向なのである。

他方、不正の悪徳はこの反対に、不正に達するような性向である。そして不正とは、有益なものや有害なものが比例関係に反して超過するか、あるいは不足しているということである。それゆえ、不正の悪徳とは、自分にかかわる場合、限定ぬきに有益なものならそれの超過に達し、有害なものであればその不足に達するというようにして、超過もしくは不足に達する性向であるがゆえに、超過もしくは不足である。他方、ほかの人々にかかわる場合、総体的には自分にかかわる場合と同様だが、比例関係からの背反ということにかんしては、どの人にどの方向で超過しようが、またどの方向で不足しようが、何でもありうるのである。――ただし、不正行為にかんして言えば、［行為の「損失」と「利得」の計算で］より少ない［損失的な］ものを得るのが不正をさ

a10

れることであり、より大きい［利得的な］ものを得るのは不正を為すことである。

正義の徳《アレテー》と不正の悪徳にかんし、これら双方の自然本性は何であるかということは、以上で述べられたこととしよう。正義と不正についても、以上で一般的に述べられたこととしよう。

# 第六章　限定ぬきの正しさと、国における正しさ

不正を為しながら、まだ不正な人間ではないということは可能であるから、どのような不正行為を為すときに、不正の悪徳のそれぞれにおいてただちに「不正な人間」——たとえば、盗人とか姦夫とか略奪者とか——であるのだろうか？　いや、むしろそのような［結果の行為のあれこれの性質の］点では、なんら違いがないのではないだろうか？[1]　実際、相手がだれかを知っていて女性と性交渉をもち、しかしそれでも選択によって行為しているというのではなく、感情のままに行為するということもあるのである。この者はもちろん不正を為しているが、不正な人間ではない。たとえば或る人間は［常習的］盗人ではないが盗みをしたのだし、また或る者は姦通したが、［常習的］姦夫とは言えない。ほかの場合でも同様である。

さて、「応報」が正しさとどのように関係するかということは、前に述べたところではある。[2]　けれども、探究されている「正しさ」が、「限定ぬきの正しさ」と「国《ポリス》」に

おける正しさ」の両方の意味だということも、注意しなくてはならない。ここで、「国における正しさ」とは、自足のために生活をともにしている人々のあいだに成り立つ正しさのことであり、そのような人々は自由であると同時に、比例関係に基づいて等しいにせよ数の点で等しいにせよ、互いに平等である。したがって、この要因がないすべての人々[3]には、互いに対して国における正しさはなく、なんらかの正しさが、〔単に〕類似するものをもつことによる事柄として成立している。なぜなら、互いのあいだで人々に適用される法というものがあるかぎりで、その人々のあいだに正しさもあるからである。そして法は、その人々のもとで、どこかに不正の悪徳も存在するような人々のところで制定されるものである。なぜなら、法の裁き《ディケー》は、正しい事柄と不正な事柄の判別だからである。そして、不正の悪徳も存在するようなこうした人々

1　単に結果に注目しても無駄だというここの態度は、後の第八章における「不正行為」と「不正な人の不正行為」の区別をめぐる考察に引き継がれ、そこでのより積極的で説得的な説明につながる。

2　第五章一一三二b二一〜一一三三b二八。

3　法を市民が共有する都市国家（polis）以前の段階の、法のない「部族的な」人々のこと。

のところには、不正を為すことも存在する（しかし、或る人々のところで不正を為すことがあるからといって、その全員に不正の悪徳があるというわけではない）。また、「不正を為すこと」とは、限定ぬきに善いもののうち、より多くを自分に配分し、限定ぬきに悪いもののうちのよりわずかを自分に配分することである。このことゆえにわれわれは、人間が支配するのを許さず、理性の言葉《ロゴス》[4]が支配することを容認するのである。なぜなら、人間はみずからにかかわるそのような不正を為して、そして僭主になるからである。

支配者とは正義の守護者であり、またもしかれが正義を守護するのなら、支配者は等しさの守護者でもある。そして、もし支配者が正しい人なら、その人は自分がより多くもつことがまったくないように思えるので（なぜなら、そのような人間は、限定ぬきに善いものが自分に対してちょうど比例の関係にあるのでなければ、そうした善いものをより多く自分に配分することがないからである。それゆえ、かれが為すことは、他人のためである。そしてこの理由から、以前にも触れたように[5]、人々は正義の徳《アレテー》のことを「他人のものである善」と言っている）、そのような人には、なんらかの報酬が与えられなければならない。そしてその報酬は、名誉と特権である。しかし

1134b

自分にとってそのような褒賞でも十分でないとき、人々は僭主となるのである。[6]
他方、主人としての正しさや父親としての正しさは、以上の正しさと同じでなく、似たものである。なぜなら、自分に属するものに対しての不正は、限定ぬきにはありえないし、所有物と、一定年齢となり独立するまでの子どもは、いわば自分の部分のようなものなのであって、自分自身に害を与えようとする者はだれひとりいないからである。それゆえ、「自分自身に対する不正」というものもまた、存在しないのである。[7] したがってまた、この場合の事例は、国における不正にも、正義にもならない。

b10

4 本章以後の正義論において、ここに言う支配すべきロゴスが現実に国家で制定される法とどう関係するのか、また、生きた人間たちが徳《アレテー》の学びによりこのロゴスをどう担ってゆけるのかという問題を、アリストテレスはさまざまな角度から追究する。

5 第一章一一三〇a三。

6 以上二段落の論述は、アリストテレスが「権力は腐敗する」ということをよく知っていたことを示す一例である。

7 ここでこのように断言しつつ、後にアリストテレスは第九章一一三六a三四以後で、「自己自身への不正」が成り立つケースが存在しないことを確かめる議論をおこなう。

なぜなら、国家の正義とはもともと、法に基づくようなものであったのだが、その法ががんらい自然本性的に適用されるべき人々は、支配と被支配とのあいだの平等が成り立つ範囲の人々であったからである。それゆえ、子どもや所有物との関係におけるより、妻との関係においていっそう「正しさ」が成り立つのである[8]。というのも、これは家政における正しさだからである。しかしこれも、国における正しさとは異なるものである。

8　夫婦については、妻が家庭内で支配の権利をもつ重要領域が当時の法に明記されていた。

# 第七章　正しさにおける、自然本性的なものと取り決めによる法的なもの

国《ポリス》における正しさには、自然本性的なものと法的なものがある。自然本性的なものは、あらゆる事例において同じ能力をもつようなものであり、或る人にそう思えるかどうかということには依存しない。他方、法的であるのは、そもそもの始まりにおいては、「このようか、それともこれ以外のありさまか」で何の違いもないのに、いったん定まると現に違いが生まれるような事柄である。たとえば、捕虜が保釈されるのは一ムナでとか、二頭の羊でなく一頭の山羊を犠牲にささげることとか、さらにはまた個別の事柄にかんし人々が法的に定めるすべてのこと、たとえば「ブラシダスに敬意を表して犠牲をささげること」[1]とか、あるいは議決によるもろもろの法令がそうである。

だが、或る人々には、「価値や人為にかかわる」すべてのことはこの「取り決め次第で動き、自然本性と関係しない」種類であると思われている。なぜならかれらは、自然に

b20

よるものは不動であり、たとえば火はここでもペルシャでも燃えるというように、あらゆるところで同一の能力をもっているのに対し、正しいことはゆらいでいると考えるからである。

この点は、かれらの言うようにはなっていないのだが、或る限定された意味ではそうなっているとも言える。たしかに、いやしくも神々のもとではかれらの言うようなことは、おそらくまったくないのに対し、われわれのもとでは、自然によるものはなんらかあるとはいえ、すべてはゆらぐのである。しかし、それでもそこに自然本性によるものと、自然本性によらないものとがある。そして、ほかのありさまでもありうるようなさまざまなもののうち、いかなるものが自然本性によるもので、いかなるものが自然本性によらずに法的で取り決めによるものなのかということは、かりに両者とも同様にゆらいでいるものであるとしても明白なことなのである。そして、ほかの

1　ブラシダスは、前四二二年にアンフィポリスでアテナイと戦って戦死した、スパルタの武将。アンフィポリス市民は市をあげて英雄としてかれを讃えた。トゥキュディデス『歴史（戦史）』第五巻六～一一。

事柄にかんしても、同じ規定があてはまるだろう。実際のところ、たとえ全員を左右両手使いに変えることができたとしても、自然本性的には右手がよりすぐれているのである。そして、取り決めに基づくもろもろの事柄と、そのような正しい事柄の有益さは、さまざまな「尺度」に似たものである。なぜならワインの秤《はかり》と穀物の秤はどこでも同じになっておらず、卸値で買うところでは大きな単位にして、小売りで売るところでは少量単位にしているが、これと同様に、自然本性的ではなく人間的な「正しい事柄」もまた、どこでも同じというわけではないからである。そしてこれは、もろもろの国制にしてもどこでも同じというわけではないということによるのである。しかし、それにもかかわらず、自然本性に基づいてであれば、最善の国制はどの国であってもただひとつなのである。

そして、もろもろの正しいことや合法的なことのそれぞれは、普遍が個別に対するような関係をもつ。なぜなら、為される事柄は多いのに、対応する正しいことや合法的なことの項目はそれぞれひとつにすぎないからである。というのも、これらは普遍的だからである。

また、不正行為と不正なことは異なり、正しい行為と正しいことは異なる。この事

1135a

情は、つぎのとおりである。まず、不正なことは自然本性において不正であるか、指令によって不正であるかである。そして、同じそのことが現実に為されるときに不正行為となる。だが為されるまではまだ不正行為ではなく、ただ不正なことにすぎない。そして正しい行為でもこれは同様である。ただし、いま話題にしているものは一般名ではむしろ「正しい行い」と呼ばれ、不正な行為を是正することが「正しい行為」[2]である。

これらのそれぞれがいかなる種類でいくつの種類でどのような事柄をめぐるのかということについては、後に[3]考察されなければならない。

a10

2　原語の dikaiōma は言葉のつくりから言うと不正行為の adikēma に対応するが、この語の実際の意味は、不公平を正すことだった。内容的に対応する言葉となる、「正しい行い」と訳した原語は dikaiopragma。

3　『政治学』の広い範囲の議論への言及と思われる。

# 第八章　加害の三種：過失と、不正行為と、不正の悪徳による不正行為

以上述べてきたことが正しい事柄と不正な事柄であるので、人はそれらを自発的に為すときに不正を為したり、正しい行いをしたりすることになる。他方、意に反してことを為すとき、付帯的な意味においてでなければ、不正も正しいこともしていない。というのも、正しいことがたまたま付帯する人々や、不正であることがたまたま付帯する人々が、そのようなことをおこなっている［にすぎない］からである。そして、不正行為も正しい行いも、自発的であるか、意に反するかということによって規定されている。なぜなら、或る種の行いは自発的であるとき非難されるのだが、それと同時にその行いは不正行為にもなるからである。したがって、「自発的である」という条件が付加されない場合、「不正」ではあってもまだ不正行為でないようなものが、何かあることになる。

わたしが「自発的」と言うのは、以前にも語った[1]とおり、人が自分次第である事柄

a20

のうちの何かを、「だれを相手に」「何によって」「何のために」為しているのか知っていて、無知ではなく為すようなことである。たとえば、だれを、何により、何のために殴っているのか、知っていて為すのでなければならない。そして、そのような行為の要因のそれぞれにてらして、付帯的な仕方においてでも、強制によってでもなく（たとえば、だれかが本人の手を取ってほかの人を殴る場合には、自発的ではない。この場合には、そうすることは本人次第ではないからである）為すのでなければならない。

しかし、自分が殴っているのが父親であるとき、本人は、相手が人間であることや現場に居合わせている者の一人だとは知っていても、その相手が実の父親であることにかんして無知であるということはありうる。そしてこの種の知と無知は、行為の目的にかんしても、行為の全体についてもこれと同様に区別されていなければならない。それゆえ、無知であって為す場合、ないし無知ではないものの自分次第ではない場合、ないし強制による場合には、意に反する。実際、自然にそうなるようになっていて、

1　第三巻第一章。

われわれが知りつつ為したりこうむったりする多くのものは、たとえば「老いること」や「死ぬこと」[2]のように、そのどれひとつとして、自発的でも意に反するものでもないのである。

また、不正にかんしても、正しい事柄にかんしてと同様に、付帯的であることがありうる。実際のところ、或る人が預かっていたものを意に反して、恐怖から返却するという場合、付帯的な仕方以外ではその人が「正しいことを為した」とも「正しい行いをした」とも言うべきでない。同様にまた、預かっていたものを、強制されて、意に反して返却しない人は、たまたま付帯的に不正を為していて、付帯的に不正な事柄をおこなっていると言うべきなのである。その一方で、自発的な行為のうちでも一定の事柄をわれわれは選択した上で為すが、一定の事柄については選択せずに為している。そして、われわれが選択したのは、あらかじめ自分で思案していた事柄であり、あらかじめ思案がなかったものは選択されないのである。[3]

それゆえ、もろもろの共同関係における加害は、三種類である。まず、無知ゆえの「過失」がある。これは、想定した人相手に、想定した当の行為を、想定した手段で、想定した目的で為すのではないような場合に起こる。つまりそれは、そもそも人に向けて投げようと思わなかったか、それを投げようと思わなかったか、その人に向けて投げようと思わなかったか、そのために投げようとは思わずに、それでいて、自分がそのことのために為そうと思ったのではないような何ごとかが、起こった場合なのである。たとえば、傷つけるためにではなく［単に］軽く当てるために投げたのに傷つけたり、その相手に対してと思ったのではなかったのにその当人に当たったり、その手段でと思ってしなかったのにその手段で当たったり、という場合である。そこで、加害が合理的な予想に反する場合には、「不運だった」のである。他方、加害が起きたことは不条理ではないが、そこに悪徳がからんでいるのでもない場合、「過失が犯された」のである（なぜなら、原因の始まりが本人のうちにあるときには、その人は

2 「老いる」ことなどは行為の要素の無知も含まず、「強制」によるものでもないため、第三巻第一章の説明では「自発的行為」に分類されることになるようにも思える。これは明らかに人々の通念に反するので、自然であり、自分次第でない老いや死にかんする本章のこの点の分析は、『エウデモス倫理学』第二巻第九章一二二五b八〜一〇よりも詳しく、また本書第三巻第一章の分類よりも繊細なものである。

3 選択と、それに先立つ思案については、第三巻第三章参照。

過失を犯しているのであるが、始まりが外部にあるときにはその人は不運だからである）。

b20 他方、〔自分の行為をつくりあげる個々の要因を〕知っていて、しかしあらかじめ思案したわけではない事柄は、「不正行為」である。たとえば、激情、あるいは、当人にはどうしようもない感情や、自然なものとして人間のなかに生まれるほかのさまざまな感情によるすべての加害が、それである。実際、そのような行為において、人々は現に他人に害を加えており、現に過失を犯しているわけだから、不正を為してはいるのだが、しかし、まだそのことゆえには、本人が不正な人間であるとか、人柄の不良な人間であるとかとは言えないのである。なぜなら、当の加害が不良性ゆえのものであるということではないからである。これに対して、不正行為が選択から為されるものである場合には、当人が「不正な人間」であり「不良な人間」なのである。それゆえに、激情から為された事柄ならば、事前の深慮からの行いと判定されないということは正しい。なぜなら、激情によってことを為す者は自分が行為の始まりであったわけではなく、その者を怒らせた人がその始まりをつくったからである。しかも、言い争いになるのは、ことが為されたかどうかをめぐってではない。正義をめぐって言い争いになるのである。というのも、怒りは、「自分にとって不正とみえるもの」に発するものだからである。実際、取引の場合、人々は不正行為にあたる出来事がそもそも起こったのかどうか、言い争うことがあり、その場合には――当の出来事を当事者が忘れてしまったために言い争っているのでなければ――かならずどちらか一方が不良な人間のはずである。しかし、これと違っていまのこの場合の人々は、起こった出来事にかんしては同意しながら、その出来事が正しいか否かをめぐって言い争いをしているのである（ただし、悪事を企んだ者なら、自分の悪さに無知ではないが）。そして、このことのゆえに、片方の人は自分が不正をされたと考えており、もう片方はそうは考えないのである[4]。

1136a これに対し、自分の選択からだれかに害を加えたのなら、その人は不正を為している。それだけでなく、この不正行為においては、比例関係に反しているか等しさに反しているとき、当の不正を為す者はすでに「不正な人間」なのである。そして、同様に人が選択の上で正しい行いを為すとき、その人は「正しい人間」である。ただし、自発的に行為しているというだけでも、その場合には正しい行いをしてはいる。

意に反して為された事柄のうち一部は赦しに値し、一部は赦しに値しない。というのも、そのことに無知であったばかりでなく、無知のゆえに犯した過失は赦しに値するが、無知のゆえにではなく、無知ではあっても自然本性に基づくと言えないような非人間的な感情のゆえに犯した過失は、赦しに値しないからである。

4 ここでの「言い争い」は正義をめぐる道徳的対立（moral conflict）になっている。そのような対立では、二人の人ないし二つの党派が、同じ事件や行為について相反する倫理的評価を下して、お互いに妥協しない。アリストテレスが分析するように、多くの不正行為の根には、このような対立状況における自分とは反対の意見の人間への「怒り」の爆発があり、そのような場合、単純な「悪者探し」では済まない。したがって、本章のアリストテレスが言うとおり、正義（部分的正義）の理解と正義の日常的問題のなんらかの解決には、道徳的対立の本質の理解が含まれなければならない。

# 第九章　正義をめぐるいくつかの哲学的難問（「自発的に不正をされることがあるか？」「自分自身に不正を為すことは可能か？」など）について

ここで人は、不正をされることと不正を為すことにかんし、以上で十分に規定されたのかということに疑問を感じるだろう。

はじめに人は、エウリピデスが語ったようになっているのかどうかが、難問だと思うだろう。かれはつぎのように言っているのである。

おれは母を殺した、早い話が。自分の母をだ。

――それでおまえたちは、すすんで殺し、すすんで殺されたのか、それともいやいや殺し、いやいや殺されたのか？

というのも、「自発的に不正をされること」は、ほんとうに可能なことだろうか、それともそうではなく、不正を為すことのどれをとっても自発的であるように、不正をされることならどんなものでも意に反するのだろうか？　また、あらゆる事例でこちらかあちらか、どちらかにきまっているというものだろうか、それともそうではなく、場合により自発的で、場合により意に反するというようになっているのだろうか？　正しいことをされることにかんしても、同様である。なぜなら、正しく為すことは、どれもみな自発的だからである。それゆえ、それぞれにかんし、反対のものは［この自発的か、意に反するかの点で］同様の性質を帯びているとするのが、もっともなことである。つまり、不正をされることも正しいことをされることも、ともに自発的か、ともに意に反するかであるとするのがもっともなのである。[3] しかし、正しいことをされることについても、どれもみな自発的だとすると、奇妙に思えるはずであ

1　「不正をされる」と訳したのは adikeisthai で、「不正を為す」と訳した adikein の受け身。「殺す」に対する「殺される」、「暴行する」に対する「暴行される」などを一般的に表現する。

2　エウリピデスの失われた劇『アルクマイオン』（第三巻第一章注7参照）で近親者にアルクマイオンが実母殺害を告白するくだり。

る。なぜなら、或る人々は、自発的に正しいことをされるというわけではないからである。[4]

つぎの点も、人は難問であると思うことだろう。すなわち、事実不正な事柄をこうむる人はだれもが、不正をされるのだろうか、それとも「為すこと」について成り立つことが、「こうむる」ことについても成り立つのだろうか？　なぜなら、「その反対の、正しいことを」為すことと「正しいことを」されることの両方において、たまたま付帯的にであれば正しい事柄に与るということが可能であり、[5] しかも不正な事柄についても、明らかにそうなっているからである。[6] というのも、「事実不正な事柄を為すこと」は「不正を為すこと」と同じではないし、「事実不正な事柄をこうむること」は「不正をされること」と同じではないからである。「正しい行いをすること」と「正しいことをされること」についても同様である。なぜなら、だれかがその人に不正を為すことなしには「不正をされること」は不可能であり、[7] だれかがその人に対して正しい行いをしないかぎり「正しいことをされること」も不可能だからである。そして、もし不正を為すこととは単に限定ぬきに「自発的に或る人に損害を与えること」であり、また自発的な事柄とは、だれを相手に、どのような手段で、どのように為すか知っていて為すことであり、そしてまた抑制のない人は、自発的に自分自身に損害を与えるのなら、そのような人は自発的に不正をされることになるだろうし、自

3　正しくおこなうことがすべて自発的なので、正しいことをされることもすべて一律に自発的であるという議論に進もうとしている。しかしこのやり方ではうまくいかない。

4　たとえば、正しい裁きで罰せられる人は、大多数が自発的にではなく強制されて正しい措置を受け入れる。

5　正義の行いの行為者とその行為による正義の実現を見る当事者（たち）は、その一回の行為で、（たとえ当事者同士が敵対的であったり、当事者のだれかが事実上お金を減らしたり、罰を受けたりしても）ともに実現した正義に与った、といえる。

6　正義の行為の当事者たちと同様、不正な行いの行為者とその行為の相手も、ともに特定の不正行為と不正の成立に与った間柄であることは間違いない。

7　アルクマイオンの母は殺された。自分の息子による被害としての死と、その被害を（つまり、為された「不正な事柄」を）彼女がどう「受容した」かということは解釈の問題になる。しかし一回の殺人行為（それを能動形で言うと「かれは彼女を殺した」になり、受動形で言うと「彼女はかれに殺された」になるが、同じひとつの出来事である）は、あくまでアルクマイオンの自発的行為であって、かれの母にはこの行為にかかわるいかなる自発性もないから、「自発的に殺された」「自発的に不正をされた」と言ってはならない。

分自身に不正を為すことは、可能だということになるだろう。そして、自分自身に不正を為すことが可能なのかどうかという、この問題もまた、われわれの難問のひとつなのである。さらに、自発的に行為をおこなうほかの或る人によって、抑制のなさにより、自発的に損害をこうむることもありうるので、この場合も「自発的に不正をされる」ということが、可能であるということになるだろう。

あるいは、先ほどの不正行為の定義[8]は正確なものではなく、「だれを相手に、どのような手段で、どのように為すか知っていて損害を与えること」に、「その相手の願望に反して損害を与えること」をも付け加えるべきなのだろうか？　そうだとすると、人が自発的に「損害をこうむり」、自発的に「「事実」不正である事柄をこうむる」ことはあるのだが、だれも「自発的に不正をされる」ことはないということになる。[9]なぜなら、不正をされることなどだれも望まないのだし、抑制のない人にしてもそんなことは望まないのであって、むしろ人は、願望に反して抑制のないことを為すからである。というのも、すぐれていることだと自分では考えないようなことを望む人はいないのであり、抑制のない人は、為すべきであると自分が考えることを「単に」為していないのだから。

1136b

また、グラウコスがディオメデスに対してそうしたとホメロスが言っているように、自分の財産を［明白に自分の損になるほど多く］だれかに与える人は、「不正をされる」わけではないのである。青銅の甲冑に代えて金の甲冑を、九頭の牛の価値のものに百頭分の価値を[10]

なぜなら、このようなものを与えることは当人次第のことであるのに対し、不正をされることは自分次第ではなく、不正を為す者もまた、そこにはそろっていなければならないからである。したがって、不正をされることが自発的ではないということは、明らかである。

さらに、われわれが以前に選択した難問[11]のうち、いったい価値に反してより多く配

8　第八章一一三五b一九〜二四の、過失と対比しての不正行為の説明への言及。
9　前注7参照。
10　ホメロス『イリアス』第六巻二三六行。
11　問題を列挙している箇所は見当たらない。

分した者が不正を為しているのか、それとも［そうした配分の結果］より多くもつことになった者のほうが不正を為しているのかということ、および、自分自身に不正を為すことは可能なのかということ、以上二つの問題について論じなければならない。なぜなら、もし以前にわれわれが語った［自分自身に不正を為すという］ことが可能であり、しかも、より多く配分する者が不正を為していて、より多く得ている者が不正を犯すわけではないとすれば、或る人が、そうと知りつつ、しかも自発的に自分に配分するよりも多くのものをほかの人に配分するという場合、その人は、まさに「自分自身に不正を為している」からである。そしてそのことを、「ほどほど」ということをわきまえた人々は、現に為していると思われる。なぜなら、高潔な人とは、より少なく取るような人だからである。

——あるいは、以上の議論でもまだ、あまりに単純なのではないか？　というのも、高潔な人は、それを得ることができる場合であれば、たとえば名声やいっさいの限定ぬきの美のような、［利得と］別の善にかんして「貪欲」だからである。さらに、不正を為すということの定義に基づく難問解決がある。なぜなら、高潔な人は自己の願望に反した何ひとつの事柄もこうむっていないので、したがって、少なくともこの配分行為によって不正をされるということはなく、もしもそれに類したことがなんらかここにあるとすれば、単純に損害をこうむったというだけのことだからである。[13]

そして、配分する者もまた不正を為すことがあり、より多く手に入れる者がいつもきまって不正を為すというわけではないこともまた、明らかである。なぜなら、不正がその人のもとで成り立つ人であれば不正を為しているというわけではなく、自発的に不正行為を為すことが成り立つような人が、不正を為している。そして、この「自発的に為す」ということが行為のそもそもの始まりであるが、［いまの場合］そうした始まりは配分する者のうちにあるのであり、受け取る者のうちにはないからである。さらに、「為す」は多くの仕方で語られ、或る意味では無生物も「人を殺す」ことが

12　本章一一三六a三四〜b一参照。不正をされることは自分次第でないと論じた際（一一三六b一―二）、この自分自身への不正の可能性も同時に間接的に否定されたようにも思えるが、ここではまだ、自分自身への不正ということの可能性自体は残っていると考えられている。第十一章冒頭の一一三八a四で再度取り上げられ、最終結論が出る。

13　つまり、高潔な人が自分に不利な配分によって「自己自身に不正を為した」という結論は出ないということ。

できるし、手も、だれかの命令のもとの召使いも「人を殺せる」。それゆえ、受け取る人は「これらの限定つきの意味の「行為者」もそうであるように」「不正を為して」はいないのである。ただ結果的に不正である事柄を「為している」だけである。

さらに、まず、もし人が無知であって正しくないことを判断したのなら、法的な正しさの意味では「不正」を為してはいないし、その判断も「不正なもの」ではないが、しかし、それでもその判断は或る意味で「不正」なのである。というのも、法的な正しさと、第一の意味での正しさ[14]は異なるからである。つぎにその一方で、もし人が知っていて不正に判断したのであれば、自分でだれかの感謝を余分に得ようとしているか、あるいはそうでなければ、だれかに過大な報復を加えようとしている。それゆえ、不正行為に荷担した人の場合のように、こうした理由で判断する人もまた、不正な仕方でより多くのものを得ている。実際、土地にかかわる裁定においてかつてこのような発想で判断した人が、土地ならぬ銀貨を獲得したのである。

ところで人々は、不正を為すことは自分次第だと考えている。それゆえに人々はまた、正しい人であることは容易なことだとも考えている。[15]しかしながら、そのようなことはない。なぜなら、隣人の妻と性交渉をもつことも、近くの人を殴ることも、だれかの手に銀貨をつかませることも容易であり、自分次第であるが、自分がこの特定の性向であることによってこれらのことを為すのは、容易なことでも、自分次第でやれることでもないからである。[16]

また、人々はこれと同様に、正しい事柄と不正な事柄を知っていることは、なんら

---

14　法の取り決めによる正しさに対比される、自然本性的な正しさのこと。第七章一一三四b一八以下参照。ここでは法に従って指名された裁定者自身が正しい配分から逸脱しているので、配分は法的に問題がないという意味では「正しい」。しかし事柄と配分について理解する者はだれでも、客観的に配分の間違いを指摘することができる。

15　この考えは、おもに「人柄」の重さの理解と「自分次第」の解釈の点で間違っているとアリストテレスは以下で論じる。

16　つまり各人は各人の性向をもっていて、その性向に基づいて行為する。或る記述「他人を殴ること」に該当する行為は、その程度の一般性では、だれでも自在にできることだとさしあたり言ってよいが、具体的な場面においてこの記述で押さえることができる特定の行為を、特定の性向の特定の人がほんとうに「できる」かどうかは、まさにそのような個別事情全部を考えに入れないと決まらない。そして現実には、多くの場合われわれは、まさにまっとうに育ったがゆえに「いまわたしはこの人を殴ることができない」と言うべき性向なのである。この点については注19も参照。

賢いことではないと考えている。[17]なぜなら、もろもろの法律が語っていることについて理解するのは難しいことではないから、というわけである（ただし、そのような法の内容は、付帯的な仕方でなければ、「正しい事柄」「そのもの」ではない）。しかし、いかなる仕方で為された事柄が正しいか、いかなる仕方でおこなわれた配分が正しいかを知るということは、健康な事柄を知ることよりも、さらにいっそう難しいわざなのである。実際、健康にかんしても、ハチミツとワインとエレボロス[18]と焼灼《しょうしゃく》と切開を知ることは容易だが、健康のためにどのように、だれに、またどのタイミングでこれらを配分してゆくべきかを知るということは、「専門の」医者であることにちょうど匹敵する程度に難しい仕事なのである。

しかし、まさにそのことゆえに人々は、不正を為すこともまた、「不正な人間がそれらを為すのと」同様に、正しい人が当然できるようなことだと考えている。その理由は、正しい人であれば「不正な人間に」まったく劣らないだけでなく、むしろいっそうすぐれて、これらの行為のそれぞれを為すことができるはずだからということである。実際、正しい人にしても女性と性的に関係し、他人を殴ることができるのだから、というのである。また、勇気ある人だって盾を投げ捨て、身を翻してどこかあさっての方向に逃亡してゆくことができるではないか、というわけである。しかし、付帯的な仕方でないかぎり、「臆病にふるまうこと」や「不正を為すこと」がこうしたことを為すこと「そのもの」であるわけではなく、それは、この特定の「悪徳の」性向でそれらを為すこととなるのである。これはちょうど、治療することと健康にすることが、切開するかしないかという「だけの」ことや薬を与えるか与えないかという「だけの」ことではなく、この特定の「医術的な」やり方で切開し薬を与えることであるのと、同様のことである。

そして、それだけでなく[19]、正しい事柄とはそもそも、限定ぬきに善いものになんらかの特定の仕方で与るような人々のところに見出されるものなのである。そして、そのような人々のところでは、人々はそれらの超過と不足をもっているものである。なぜなら、おそらくは神々にとってそうであるように、このように限定のない善がふんだんにあり、善の「超過」などもはやないような人々もいれば、有益さの分け前が

17　この考えは、「知る」の正しい解釈のもとではひどい間違いだとアリストテレスは論じる。
18　下痢や精神疾患用に用いられた薬草。

まったくなく、すべてを害してしまう癒しがたい悪人もいるけれども、それに対してこの両者とはまた別の人々のところでは、或る一定程度までの有益さがあるからである。この理由から正しい事柄は、人間的なものなのである。

19　前段落までの説明を完成させる段落。正しい人が臆病なことや不正なことをすることは、もちろんできない。前段落のように、医術などの技術との類比だけで悪徳的行為を説明すると、徳《アレテー》と悪徳が価値的に横に並ぶかのような印象を与え、誤解を生むかもしれない。そこでアリストテレスは、もろもろの人間のあいだで善悪の分布に絶対的ではなはだしい優劣・上下の差があるという事実を指摘する。そして、この基本的な事実をここで確認した上で、すでに徳《アレテー》を得ている正しい人間には、人間のなかでそのようなすぐれた上位の人であるがゆえに悪徳の行為を為すことは不可能であるというかれの立場を明示する。

## 第十章　法の文言どおりにいかない事態に対応する、高潔な人による「衡平」の実現の重要性について[1]

高潔さと高潔な人について、高潔さは正義の徳《アレテー》とどのように関係するか、「高潔な人が真の正義の実現のために調整に乗り出して、生まれる」「衡平なもの」[2]は「正しいもの」とどのように関係するかを語ることが、以上に続くことである。というのも、考察する者にとってこの両者は、なんらの限定ぬきにも同じであるとは思えないし、逆に類において「といったかけ離れた仕方で」異なるとも思えないからである。そして、時にはわれわれは、「衡平なもの」とその種の「衡平さを実現させる」「高潔な人」を賞讃するので、ほかの観点において賞讃をおこなうときにもこれを転用して、「より高潔」をより善いという意味の表示にすることにより、「善い」という言葉を「高潔な」へと代えているほどなのである。しかし、時にはまた、議論をもっと進めて、「衡平なもの」が「正しいもの」とは別の事柄であるにもかかわらず賞讃されるものである、ということはおかしいと思えるのである。なぜなら、「衡平なもの」が正し

1137b

いものとは別とすれば、「正しいもの」がすぐれたものではないのか、あるいは衡平

1　章の順番を逆にする解釈もあるが、写本群とOCTのとおり本章が第十章、つぎの章が第十一章と解釈する。理由は、高潔さの議論が非常に重要であったため、第九章でこれにかかわる横道の話になった直後に第十章の高潔さにかんするまとまった本格的議論が必要になり、それで正義にかんする難問の検討が第九章と第十一章に離される形になっても仕方ないと著者が判断したということである。また、第十一章は正義論の結びにふさわしい内容である。第十一章注7参照。

2　「衡平」の原語は to epieikes。「高潔な人」と訳した ho epieikēs は同じ形容詞の男性形名詞化で、「高潔さ」と訳した epieikeia はその形容詞の抽象名詞。「衡平」とは、法の条文で不正な扱いになるようなケースを法規外の措置によって救済する正義の実現においておこなわれる「アンバランスの調整」のこと。訳語としては法学や社会科学でこの意味で使う「衡平」にして、本章以外のより専門性の薄い文脈では「公平」も併用した。衡平を生む人は正義の徳《アレテー》の持ち主で、一般に人格の非常にすぐれた人でもあるので、アッティカ方言のギリシャ語では男性形の epieikēs が「spoudaios（すぐれた）」と並んで「agathos（善き）」の代用となった。それゆえ、epieikēs はとくに正義の人の含みを匂わせながら「善い」をも意味しうる言葉で訳すのが望ましい。本訳では「高潔な」と訳した。そして epieikēs、epieikeia、epieikes を統一的に訳すことを断念した。

なものが正しくないのかの、どちらかだろうし、あるいは、そうではなくこの両者ともすぐれたものであるとすれば、［別だと考えた前提に反して］これらは互いに同じものになるからである。

そこで、この難問は、おおよそは、衡平なものにかかわる以上のいくつかの論点により、生まれるのである。しかし、ここに並んだいくつかの論点は、じつはいずれも或る意味において正当なのであり、［その意味をよく考えれば］互いに矛盾するようなことは何もないのである。というのも、衡平は或る種の正しさよりは善いものでありつつ、なおも正しさであり、正しさとはそもそも異なる類の何かであるがゆえに、それで正しさより善いものである、というわけではないからである。それゆえ、正しさと衡平とは同じ［種類の］ものであり、両者ともにすぐれたものでありつつ、両者のうちでは衡平のほうがよりすぐれているのである。そして、先の難問のもとにあるのは、衡平は正しさではあるが、法に基づいたものではなく法的な正しさを是正するような正しさであるという事実である。[3] また、この事実の原因は、どの法も普遍的であるが、いくつかの事例では普遍性を保って語ることが正しくできないということである。それゆえ、普遍的に語らなければならないのにそうすることが正しくできない事

b10

例の場合、法は、比較的多くの場合に妥当することを採用する。このとき法は、その際におかされる誤りを知らないということはない。そして、それでも法は正しいものであり続けるのである。なぜなら、誤りは法のうちにもないし、立法者のうちにもないのであり、当の事柄のもつ自然本性のうちにあるからである。というのも、為される行為を構成する素材がすでにそのまま、そのような性質だからである。[4]

そこで、法は普遍的な語り方をするものだが、問題となる個別の事例において普遍的なことに反する結果が起こっている場合には、立法者がもともと書くのを省いて、必要な限定ぬきに語って誤りを犯したかぎりで、そこに欠けている点の是正をおこなうことは正しいのである。そして、そのような是正であれば、これは、もし立法者が

b20

3　つまり、正しさは（1）法的な正しさ、（2）法を補う正しさとしての衡平、の二つの下位分類をもつということの確認が、難問解決の鍵になる。法の適用ではうまくいかない特殊な場合を考えれば、同じ正しさに属するなかでは、（2）のほうが（1）よりも道徳的にすぐれている。したがって、難問を生んだいくつかの論点はそれぞれ或る意味で正しいことがわかり、しかしそれにもかかわらず難問に悩む必要はないことになる。

4　原語は hulē で、「質料」ないし「素材」と訳されるアリストテレス独特の哲学用語。

その場に居合わせたならかれ自身もそう語っただろうし、また立法者が当時そのことを知っていたならそう立法したにちがいない、そうした事柄なのである。それゆえ、これは正しさなのであるが、或る種の正しさよりもすぐれた正しさである。ただし、限定のつかない正しさよりもすぐれているということではなく、法をもろもろの事実的限定ぬきに扱うことによる誤りよりもすぐれているのである。そしてこれが、つまり法に普遍性ゆえの不足があるかぎりでそれを是正するということが、衡平の自然本性なのである。実際、このことは、すべてのことが法に基づいているわけではないということの理由でもある。つまり、或る種の事柄については法を定めることは不可能であるため、議決による法令[5]が必要なのである。なぜなら、レスボス島の建築で使う鉛の定規[6]のように、そもそも定めが明らかでない事態に対しては、明らかな定めにはよらない規則がうまく対応するからである。実際、この定規は石の形状に合わせて形を変えてゆき、同じ形状にとどまらない。そして、議決による法令もまた、現実に起こる事態に対してそのように対応するのである。

それゆえ、衡平とは何かということ、そしてそれが正しいことであり、或る種の正しさよりすぐれた正しさであるということは、明らかである。またこのことから、高

b30

潔な人がどのような人かということも明らかである。すなわち、高潔な人は衡平にかかわることを選択し、実際に為す人なのである。また、悪い方向に杓子定規に法を解釈してしまうことがなく、立場上法に守られていながらも法の文言を控えめに解する人[7]が、高潔な人である。そして、このような性向が高潔さであり、これは正義の徳《アレテー》の一種なのであって、この徳《アレテー》と別の性向ではない。

1138a

5　議決による法令（psēpisma）は普遍性をもつ法（nomos）と区別され、特殊性が問題となる機会に定められた。この区別の原則に反してまで議決を重視したアテナイ民主制の問題について、アリストテレスは『政治学』第四巻第四章一二九二a六〜三七で分析している。

6　長さを測る定規。レスボス島によく見られた、装飾が多く曲線の多い石造りの建物の長さを測るべく、面に沿って測れるようになっていたもの。

7　従来の訳では一一三八a一のこの原語 elattōtikos を配分にかんして「自分がより少なく取る人」と訳す（第九章一一三六b二一などではこの意味）が、Broadie and Rowe の新提案どおり、自分が立場上かかわっている法にかんして「控えめ」と訳すほうが、文脈上よい。

# 第十一章　「自分に対する不正」は、文字どおりの意味においては不可能であることの最終的議論

他方、「自分に不正を為すこと」は可能なのか、それともそうではないのかという問題は、これまで述べられた事柄から明らかである。[1]

まず、正しい事柄のうち、法により指令された、徳《アレテー》全体にかかわりをもつような事柄もあるが、たとえば法は自殺をせよとは命じていないのであり、法が命じていないこの事柄を、法は禁じているのである。[2]

さらに、だれかから害をこうむりその相手に報復するというのではなく、法に反して自発的に或る人に害を加えるという場合、その者は不正を為している。そして、どの人を相手にいかなる手段でおこなっているか知っている人が自発的である。その一方で、怒りにより自らの喉をかき切る人は、自発的に、正しい分別《ロゴス》に反してそうしているのであるが、この行為を法は許容していない。したがってこの人は不正を為していることになる。では、この人はいったい、いかなる相手に不正を為しているのだろ

う？　むしろかれは、国相手に不正を為しているのではないだろうか？　そして、自分自身に不正を為しているわけでは、ないのではないか？　なぜなら、この人は自発的にこの事柄をこうむっているが、しかしそれにもかかわらず、自発的に不正をされる人は、だれひとりいないからである。そして、このゆえに国はこのような人を罰し、自らを殺《あや》める人には不名誉がついてくる。これは、その人が国に対して不正をはたらいたという意味なのである。

さらに、「不正を為す人」は、ただ単に〔部分的不正の意味の〕不正な人であり、全面的に劣悪な人であるわけではないという場合もあるが、「不正」のこのような意味において「自分自身に不正を為す」ということは不可能である（なぜならこの部分的不正は、全体的不正とは異なるからである。というのも、「不正な人」は、なんらか[3]

1　第九章一一三六a二三〜一一三七a四。

2　これは、アリストテレスによる、人々の自殺を防止するための言明のひとつ。『ニコマコス倫理学』では、ほかに二箇所ある。勇気論中の第三巻第七章注6と、愛にかんする議論のなかの第九巻第四章注19を参照。

3　全体的不正については、第一章一一三〇a八〜一〇参照。

の［部分的不正の］意味では、「臆病な人」が人柄の不良な人であるのと同様に、限定された意味で不良なのであり、悪徳全体をもっているという意味では「不良」ではなく、それゆえ、［悪徳全体という］この特殊な意味で「不正を為す」こともないからである）。なぜなら［自分自身に対する部分的不正が成立するとすれば］、或る分を或る［不正をされる者としての自分である］相手から「差し引く」のと同時に同じ分をその同じ［不正を為す者としての自分である］相手に「付け足す」という［矛盾した］ことが成立することになる。しかし、これは不可能なことであり、正義と不正は、つねに複数の人間のあいだで成り立つことでなければならないのである。

またさらに、不正を為すことは自発的であり、選択に基づくことだが、[4] それだけではなく、ほかの人の行為に先立って為すことでもある。なぜなら、何かをかってこうむっていて、その同じことを相手に仕返しする人は、不正を為しているとは思われていないからである。しかし、「自分が自分自身に不正を為す」とき、その人は同じ事柄をこうむるのと同時に為していることになってしまう。

さらに、もし自分に不正を為すことが可能なら、自発的に不正をされることがありうることになる。また、以上のことに加え、部分的な不正をおこなうことなしにはだれも不正を為さないが、自分の妻相手に「姦通する」人はいないし、自分の家の壁に穴をあけて「家宅侵入する」人もいないし、自分の持ち物を「窃盗する」人もいないのである。そして一般に、「自分に不正を為す」ことの問題は、「自発的に不正をされること」にかかわる規定からも解決される。

さて、不正をされることと不正を為すことが両方とも「劣悪なこと」であることは明らかである（実際、一方は中間よりもより少なくもつことであり、他方は中間よりもより多くもつことであり、これらは医術において健康なものがかかわる事情や、体育術において良好な体調のものがかかわる事情に似ているのである）。しかし、それにもかかわらず、不正を為すことのほうがいっそう悪いのである。なぜなら、不正を為すことは、悪徳を伴い——ただし「悪徳」と言っても、完全で限定ぬきのものもあ

---

4　精確には選択に基づいて不正を為すことは、不正を為すことの一部である（たとえば第八章一一三五b一九〜二二など）。ただしこの段落のアリストテレスの主張を左右する問題ではない。

5　当時の家屋は庭に向いて窓があり、道路側に窓がなかった。したがって家宅侵入する泥棒は、道路側から壁に穴をあけて押し入ることが多かった。

れば、悪徳に近いというだけの悪さもあるが（なぜなら、自発的行為がどれも悪徳を伴うというわけではないからである）――しかも非難されるべきことであるのに対し、不正をされることは、その当人には悪徳も不正もないことだからである。

　したがって、不正をされることは、それ自体としては、劣悪さがより少ないものである。しかし、場合により付帯的には、それがより大きな悪であることもありうる。ただし、この点は、なんらかの技術のあずかり知るところではなく、技術は、たとえば［単に］肋膜炎が、つまずいた傷などよりは大きな災いであると言うのである。むろんそれでも、つまずいた者がそのつまずきによって敵軍に囚われたり死んでしまったりするようなそれ以外のなにかが、そのときたまたま起こるかもしれない。

　――その一方で、「自分が自分に対してということではないものの、自分に属する一部に対して正しい」ことは、比喩と類似性による事柄であり、全面的に正しいのではなく、主人の正しさや家政における正しさとして［のみ］正しいのである。というのも、これらの［別人同士にまたがる隔たりの］関係において[6]であれば、魂において分別《ロゴス》をもつ部分は、分別を欠く部分とは異なっているからである。そこで、こうした
b10 魂の諸部分に注目することにより、そのような部分においては自分たちの欲求に反す

1138b

る何ごとかをこうむることがありうる——そこで、支配する者と支配される者には、相互に対するなんらかの正しさがあるが、これと同じように、これらの魂の部分にも相互の正しさがある——という、この理由で「自分に対する不正」というものもあると思われているのである。[7]

正義の徳《アレテー》とほかの人柄にかかわるもろもろの徳《アレテー》については、以上の仕方で述べられたこととしよう。

6　主人と使用人との隔たりや、家庭内の夫婦や親子の立場の隔たり。「関係」の原語は logois で「議論」と訳すことが多いが、Broadie and Rowe の新案に従う。

7　魂の諸部分と「自分自身への不正の問題」でアリストテレスの念頭にあるのは、プラトン『国家』第四巻四四一C～四四四Cの魂の三部分説と、その理論による正義の徳《アレテー》の説明である。四つの代表的な徳《アレテー》の説明においてプラトンは、正義の徳を、魂の理知的部分と気概的部分と欲望的部分の三部分がそれぞれ自分のことだけをすること（四四一D～E）として説明した。慎重な言い回しを取りつつアリストテレスは、プラトンの言う「魂の部分」や「自分」は言葉の使い方として比喩的であり、文字どおりの言葉の使い方では「自己への不正」は語りえないと示唆している。

# 『ニコマコス倫理学（上）』解説目次

# 解説

渡辺 邦夫

## 一 アリストテレスと『ニコマコス倫理学』

アリストテレスは、都市国家《ポリス》が世界史的にはじめて自由や個性的自己表現や市民の政治参加を実現させた時代の末期の前三八四年に、マケドニアとの境界付近のギリシャ北部の町に生まれました。父はギリシャ人でしたが、多数分立する小規模都市国家で先進的文明を享受していたギリシャ人世界の外部の一大王国、マケドニアの王家の侍医になりました。父母を早く亡くしたアリストテレスは、アテナイの最高の学園であったプラトンのアカデメイアに、十七歳で入学します。以後、三七歳までの二〇年間アカデメイアにおける学生生活と研究者としての生活で、かれの優秀さは学内のだれもが認めるところでした。「アカデメイアの心臓」という異名が生まれるほどでした。

前三四七年、プラトンが八〇歳で亡くなると、アリストテレスはほかの仲間とともに小アジアのアッソスの支配者ヘルミアスの招きを受け入れて移り住み、その地で研究を続けます。ところが、マケドニアと友好関係の密約を結んでいたヘルミアスは、まもなくそのことを近隣の大国ペルシャ帝国に気づかれて捕まり、殺されてしまいます。このような運命の荒波の中でもアリストテレスは生き延び、研究を着実に進めます。そして、一時期家庭教師として教えたマケドニアのアレクサンドロス王子が長じて王となり、東征をおこない、大帝国を建設する時期に、アリストテレスもアテナイに戻り、自分の学園リュケイオンを創設します。五〇歳少し前からのリュケイオン学頭としての十数年が、かれの絶頂期です。しかし、やがてアレクサンドロスが前三二三年に急逝し、アリストテレスは反マケドニア派による裁判騒動に巻き込まれて、不敬神で告発されます。かれは前三九九年にソクラテスが裁判にかけられ刑死した故事を引いて「アテナイ市民が再び哲学を冒瀆することにならないように」という言葉を残し、リュケイオンを友人テオフラストスにゆだね、裁判を合法的に避けて母の故郷のエウボイアのカルキスに逃れますが、ほどなく前三二二年に六二歳で亡くなります。

アリストテレスの主要著作を収めた著作集は「アリストテレスの身体（Corpus

Aristotelicum)」と呼ばれます。後のリュケイオン学頭アンドロニコスが前一世紀に編集して公刊した、アリストテレスの講義録的ノート群です。これらの講義は四種類に分かれるものとして編集されました。第一のグループは学問的思考の「道具」を意味する「オルガノン（Organon）」で総称される『カテゴリー論』『命題論』『分析論前書・後書』『トポス論（トピカ）』『ソフィスト的論駁について（詭弁論駁論）』という一連の著作群で、カテゴリーの理論、命題にかんする理論、論理学、学問的演繹の理論、哲学的問答の方法論を含みます。この第一のグループは、学問の方法と、学問を建設するための問答による議論の方法を記したものです。

第二のグループは理論的な「観想（theōria）」の学問の著作群で、『形而上学』『魂について』『自然学小論集』『自然学』『生成消滅論』『天界について（天体論）』『動物誌』『動物部分論』『動物生成論』などの多くの著作を含みます。観想の学問は知ることのための学問であり、「観想」を意味するテオーリアというギリシャ語は「理論」を言い表す現代語の theory 等の語源に当たります。観想の対象は一般的法則性を見いだせる領域ですから、そこには必然性や、一定程度以上の蓋然性が問題になり、人間の行為の自由度や選択の自由度は問題になりません。

他方、本書『ニコマコス倫理学』を含む第三のグループが「実践（praxis）」の学問です。ここでは事情は一変して自由な行為が問題です。そして、人間が主体的に行為し、行為の積み重ねを通じて自分のあり方・人柄と、行動に直結する自分の知性を形作るための倫理学と、自己の幸福の場となるポリスに主題的にかかわり、ポリスの善きあり方に貢献するための政治学が、このグループに属します。著作としてはほかに、『エウデモス倫理学』と『政治学』があります。『エウデモス倫理学』は『ニコマコス倫理学』と三巻の共通巻（『ニコマコス倫理学』第五、六、七巻＝『エウデモス倫理学』第四、五、六巻）を持ちますが、微妙に内容と主張のニュアンスを異にする独自の五つの巻（『エウデモス倫理学』第一、二、三、七、八巻）もあり、ともにアリストテレスの真作であることが分かっています。そして『政治学』は倫理学書のつぎに続けて読まれるべき書物とされました。なお、著作集にはほかに『大道徳学』もありますが、アリストテレスの真作かどうかは疑われています。しかし、アリストテレス学派の著作であることは間違いありません。

最後に、第四の著作のグループに、「制作（poiēsis）」に関係する『詩学』『弁論術』などが属します。

本書を含む実践学について、もう少し詳しくみてゆきましょう。まず実践の学問の対象は、「善悪」や「自由」や「運不運」や「成功と失敗」が問題になる、人とその心理的性質や行為や選択、そしてこれらに関係する出来事や慣習や制度などです。ここには厳密な百パーセントの法則は成り立ちません。必然性もありません。必然性がなく、百パーセントきまっているわけではない事象の領域だから、そこで或る人やグループが「このように」やるのか、それとも「そのように」やるのかの両方ともあり得て、しかもどちらのやり方をとるかで、結果や意味に差が出てくるわけです。

その一方でこの領域の事象や習慣に、なんらの意味での「法則」も「決まり」も、あるいは「規範性」もないかといえば、そのようなことはないとアリストテレスは考えます。ここに、実践にかかわる「学問」が成り立つポイントがあります。アリストテレスの言葉では、倫理や政治は「たいてい成り立つ」事柄の領域であり（第一巻第三章）、規範が問題になる領域です（第二巻第二章、第四章、第六章、第三巻第四章など）。もちろん、理論学研究も「たいてい成り立つ」事柄についておこなわれることがしばしばあります。生物の構造の研究は（アリストテレスによれば）天体の動きの研究に比べ必然性や百パーセントの法則が適用されるものを対象としていません。生物には奇形や異常のような例外が、かなりあるからです。しかし、このような理論学における「たいてい」と実践学の「たいてい」とでは、学問と学問の活用にとっての意味自体が異なっていました。つまり、実践学はその研究対象が「たいてい成り立つ」程度のゆるい一般性を持つだけではなく、学問の目的も理論学と異なります。理論学では、研究して知ることが目的です。その知識に付加価値や関連する応用技術や儲け話が付随するにしても、「知るために知る」わけです。万学の才に恵まれたアリストテレスは、この意味での理論学を確立するのにもっとも大きな貢献をした功労者です。かれの『形而上学』Ａ《アルファ》巻第一章冒頭の「人はみな、自然の生まれからして知ることを欲する」（九八〇a一）は、理論と観想にかんするギリシャ特有のすぐれた伝統を受け継いで誇りに思っていたアリストテレスが、理論の最高度の重要性を訴えた言葉なのです。他方、実践学の倫理学と政治学では、知ることそれ自体が学問の目的ではなく、知ることによってよくおこなえるようになることが目的です。

この点を簡潔かつ誤解の余地なく言い表している言葉として、つぎに引用する本書第二巻第二章の一節に、こうあります。「そこで、いまわれわれがおこなっている探究は、ほかのさまざまな探究のように理論研究のためではないので（というのも、われわれがいま考察しているのは『徳《アレテー》とは何か』を知るためではなく、われわれ自身が善き人になるためだからである。事実、もし知るための探究であったなら、それから得られる利益など、なにもないであろう)、われわれはもろもろの行為にかかわる研究をして、それらの行為をどのように遂行すべきか、研究しなければならない」(一一〇三b二六~三〇)。倫理学は、すでによい人柄をもち、倫理学がかかわる多くの事実をすでに自身の行動習慣に基づいて「知っている」或る程度成熟した人々が、そのすぐれた習慣に基づいて、今度は行為の「理由」や「原理」、「人生の意味」を考えながら、さらに大きく飛躍するための「人間形成」の学問であり、「いかに為すか」にかかわる「学問」であるということです(この点を強調した代表的論文に、M. F. Burnyeat, 'Aristotle on Learning to Be Good,' in A. O. Rorty (ed.), *Essays on Aristotle's Ethics*, *Berkeley/Los Angeles/London* 1980, 69-92(バーニェト、神崎繁訳「アリストテレスと善き人への学び」井上忠・山本巍編訳『ギリシア哲学の最前線Ⅱ』東京大学出版会・一九八六年、八六~一三二頁)があります)。しかし、このことは学問の性格の問題になると同時に、実践学における個別性や例外の重要性の問題につながります。厳密な理論学である数学や天文学では一般性こそ重要なのですが、いま・ここで何を選ぶか、いま、ここで何を為すかが実践学では問われ、こうした問題は必ず、個別の状況で特定の人間がその状況にどのように適切に応答して行動するかという問いです。つまり、たいていは成り立ち、「ほぼそう言える」ことがあったとしても、いま、ここで、このわたしが選ぶことや為すことにおいては、まさにその一般法則からの例外が成り立っているのかもしれないので、その点の感受性の鋭さが問われるわけです。そしてこれは、実践の場面の一般性が例外含みであるという要因と、実践の学問の最終目的が、個別のよい行為と個別の人間の完成としての幸福にあるという要因の、両方によるのです。

それぞれの学問には、その学問を本格的に学ぶための学習者側の「準備」が必要ですが、アリストテレスによれば受講者が善き人になるための倫理学において必要な主な準備は、よい行動習慣です。そして、あまりに若い受講者、あるいは、年長でも感情的で自己抑制のきかない精神の未熟な受講者には、倫理学講義は効果がゼロであると最初に明言しています（第一巻第三章）。つまり、実際に小さいころからの躾けや自分で考えた行動によってよい行動ができるようになっていて、それに伴うよい価値判断ができるようになっている青年たちが、受講者としてふさわしいとされます。同時に、（アリストテレスはそのために実践学の講義を、とくに学外の人々にも聴講可能にしていましたが）このような受講者のなかに、やがてギリシャ各地で自分の所属するポリスの立法にかかわる人があらわれることが期待されます。倫理的にすぐれた人が立法する法のなかで、教育のあり方をしっかり定めることがアリストテレスの願いでした。そうすれば人々と国々の将来に希望がある、とかれは信じていたのです。倫理的行動と国の指針をつくることの両方のために、受講者は、倫理学とそれに続く政治学の講義を連続して聴くことで、自分が事実おこなえるようになっているよい行動やすぐれた判断がそれぞれどう理由づけられ、どのような「意味」と「重み」をもつものかということを自ら考え、自分がもっている倫理的な考え方のなかでどの考えがもっとも中心的でもっとも大切な「原理」として相応しいのかということを理解し、今後の行動をさらによいものにしていくことが望まれました。

そうした原理となるのは、第一巻第七章で提出される「人間的善」、つまり幸福の定義的説明です。アリストテレスは第一巻第四章のなかで、原理に向かう議論なのか、原理からの議論なのかをいつも区別するようにとプラトンから教わったと証言しています。幸福の学問的理解を得るための議論においては、さしあたり明らかなこと、つまり「われわれにとってよく知られた事柄」が出発点になります。アリストテレスはこれを「あらわれ」とも呼びます。あらわれには（自然の研究の場合にとりわけ重要なように）感覚による観察も含まれますが、一般に学者や賢者など声望ある人の意見や、人々の常識や、言葉の慣用の知識も含まれます。そして、行動と幸福が問題となる倫理学で「あらわれ」を活用するためには、学ぶ人が自らよく行動でき、的確に個別の行為や出来事について判断できることがもっとも重要であることになります。ただし、幸福にかんする学問的な説明を得た後の議論は、表面上似ていても意味合いが異なります。ここでは「われわれにとっての」という限定ぬきで「よく知られた事柄」、つまり学問のほんとうの基礎が出発点になっていなければなりません。ただし倫理学でもほかの哲学の議論でも、「学問原理発見以前」の段階と「発見以後」の段階と、二つに単純に大別することはできません。幾何学定理を証明する場合のように、原理を前提して「証明」だけをしてゆくということは、倫理学では容易でないからです。むしろ行ったり来たりを経験しながら、人生の意味と幸福について考えをすこしずつ整理し深めてゆき、その中途の整理の段階ごとに、自分が直面する現実の状況においてよりよく行動できるようになることが、さしあたり望みうることでしょう。本書の論述でも、第一巻第七章以後にむしろ、幸福という原理の正しい理解に向けた議論が次々登場してきます。次節でみるように、幸福の定義は「徳《アレテー》」という言葉を含みます。「徳《アレテー》」についての考察は第二巻から第六巻まで続くわけですから、受講者も読者も「ここまで聴いて（読んで）倫理学の原理がわかった。あとは定理を導けばよい」という地点に、簡単には立てません。

よい行動やよい生活上の判断ができるようになっている比較的若い人が、倫理学講義を受講した後では、一定の学問的説明によって自分がおこなえていたことや判断できていたことを、新たな学問的説明を付けて理解できるようになるわけです。しかし、アリストテレスが第二巻第二章で強調するように、実践学の倫理学では理論学の天文学や動物学と違って、このように学問的説明を得て、その結果実際に自分の行動と生き方が向上するのでなければ、講義の意味がなかったことになります。この意味で、アリストテレスの倫理学講義自体が、かれの「教え」を講壇から述べて聴き手に「覚えさせる」ためのものではなく、むしろ受講者に役立ってはじめて意味を持つと意識されていた、「実践的な価値や用途からみられるべきもの」でした。これは、非常に重要な事実だと思います。なぜなら、実践とその質が最初から最後まで問題なので、ここでは「主役」は明らかに著者・講師のアリストテレスではなく、受講者であり、読者であることになるからです。ただし受講者は一般にまだまだ完全な人間ではないし、それぞれの欠点や劣る程度もさまざまです（講義を受けない一般大衆のなかには、もっと数多くの目立つ欠陥もあるはずです）。しかし、受講者にせよ読者にせよ、自分の生活を検討して反省できるだけの道徳性の高さと将来の見込みのある人ならば、講師の言葉の働きかけに応じて自分の生活を見直し、若干残る欠陥にも適切に対処して自己の最善の可能性を目指せるように、アリストテレスは講義を組み立てていたと思われます。

## 二　幸福について

ギリシャ語で「幸福」にあたる言葉は「エウダイモニア」です。ダイモン（神霊）の恵みがあることといった語源的な意味内容を持ちますが、この言葉をキーワードに『ニコマコス倫理学』の十巻すべての考察が組み立てられています。

幸福について学問的考察をおこなうように受講者に促す、ということが本書におけるアリストテレスの課題です。ところで、このような課題は現代社会に生きているわれわれ日本人には、いま一つ「ピンとこない」面があると思います。われわれ現代人でも、たとえば雷やインフレーションについては学問的探究が成り立ち、「雷とはそもそも何だろうか？」とか「インフレーションとは厳密に言ってどのようなものか？」とかの問いを立てることには何の疑問も抱きません。これらについては気象学や経済学で学ぶことができるからです。そのような学問の問いをわれわれはみな、当然問われるべき問いであり、客観性のあるまともな問いであるとみなします。しかし、それではその一方で、「幸福とは何か？」という問いはもともと、「雷とは何か？」のような、われわれ自身がまじめに問う価値のある問題だったのでしょうか？　――多くの人は、そうではない、それは個人がそれぞれ生きている中で、自分の主観的な考えにおいてなんらか意識していればそれでよいという問題なのだ、ここには学問も学問的「定義」も学問的討議も関係しないし、「客観的に正しい」答えや、「よりすぐれた」答えがあるわけではないと考えていると思います。あるいは、そこまではっきり否定的態度でなくとも、「幸福とは何か？」という問題が、多くの人によってまじめに学問的態度で扱われるべき問題であるならば、アリストテレスやこの問題にこだわるほかの人間のほうでその根拠を積極的に示す必要があると、ほとんどの人が思うことでしょう。

この要求は当然のものです。学者として幸福を大まじめに論じたアリストテレスを弁護するひとつの方法は、「幸福」の原語「エウダイモニア」の豊かな意味を明らかにすることだと思います。日本語の「幸福」も英語の happiness も、その場で当人が感ずる幸福感という意味合いが強い言葉です。だから、たとえばお風呂に浸かって「幸福だ」とつぶやいたり、デートの時に「幸福をかみしめ」たり、ひいきのサッカーチームのゴールを見た瞬間に「人生最高の幸福」を感じたりするわけです。しかし「エウダイモニア」という言葉は、「人生全体での実質的幸福」により近いニュアンスの言葉でした。主観的な感じ方というより実際に幸福であるかどうかが問題であり、一瞬の幸福感というより、人生をもっとも長い「一生涯」でとらえたときのトータルな幸福が問題だったのです。好きなサッカーチームのゴールに喜ぶすべての人が、充実した人生を送り、しかも正しく生きているというわけでもないでしょう。そしてエウダイモニアとは、そのような一時的な幸福感に浸った人については言うことができない、真の、長期的な観点における幸福のように考えられていた言葉でした。

もともとの日常的な言葉がこのような奥深いニュアンスをもっていたこと（日本語の「幸福」もこの種の奥深さを担わせることができる言葉なので、それで本訳では既存の日本語訳と同様、エウダイモニアを「幸福」と訳しています）に伴って、ギリシャ人は、好んで幸福論を口にし、議論する人々でした。とくにポリスという、「都市にして国家」に暮らす自由な市民たちは、肉体労働や強制された仕事に縛られず、余暇をもち、政治的意見を政治に反映させつつ自分の人生を設計できるという意味で、「人生の意味」と「長い人生の中での自己実現」を自分の問題として考えながら生きる人々でした。また、ギリシャのさまざまなポリスにおいても、それ以後も、国家はそれぞれ、工夫された法をもちます。そうした法は、市民がきめ、変えられるものです。そして法が変われば、その国で大事にする価値も変動します。したがって市民たちが自分と社会についてさまざまな意見をもつこと、とくに自分とほかの市民が、人生をいかに生きるべきか、何が人生の幸福なのかにかんして、それぞれ「一家言」をもつことは、そのさまざまな意見の上で公《おおやけ》の政治が成り立つ以上、当然のことになりました。

もちろん多くの人は、まだまだ浅いところで考えることを停止してしまい、（「享楽」に近い）快楽が幸福にほかならないという意見をもっていました。べつの、もっとやる気満々で、人生を舞台とした自分の勝負をしたいと考える人々の一部は、名誉のために生きよう、名誉が幸福だといった考え方に徹しました。武将たちや政治家たちがその典型です。しかしまた、一部のもっと考える力のある人々はそれでは満足できずに、他人や社会から名誉が与えられる根拠である、自分自身の徳《アレテー》そのものが大事だ、徳《アレテー》こそ幸福だ、とも考えるようになりました。さらに、これらの人とはまたべつに、学者肌で、研究して真理を発見すること、知恵の道を歩むことが幸福だと考える人も、ギリシャ各地に出現しました。

アリストテレスは、おおよそこれらの考え方が「幸福論」として目立つタイプであると第一巻第五章でまとめます。ここが、哲学的幸福論が始まる、最初の場面ではないかと思います。

凡人が到達できない「エウダイモニア」のより深い意味内容に到達することが、ギリシャの知識人たちの使命でした。ここでいう「知識人」には研究者タイプの人のほか、有名な政治家や詩人たち、またほかのさまざまな面で卓越した、みなから一目置かれる人々が入ります。アリストテレスはまず、恩師プラトンとともに、「目的」という言葉に注目して「エウダイモニア」という幸福のほんとうの深みに到達しようとします。目的と幸福のつながりは、たとえばプラトンの『ゴルギアス』では、人はみな「何か（乙）のために何か（甲）を為す」のであり、行為として為される甲は必ずしも「よいもの」ではなく、行為の目的である乙が「よいもの」であるがゆえに為されるものである、という観察が述べられます（四六七C〜四六八B）。たとえば、人は麻酔がない時代にも外科医に行って、痛い目にあって治してもらいましたが、そのような治療は、健康という「よいもの」のためにあえて選び、してもらったことでしょう。また一獲千金を夢見て、海のかなたの遠くの国に船で荷物を運ぶ人々は、それ自体がよいものとは自分でも思わない「危ない海に出かけること」を、自分にとってはっきりと「よいもの」である「富」のために為すわけです。

行為の目的（乙）は、その行為を選んで為す時に行為者がよいものと考えている事柄です。その目的はまたほかのなんらかの目的（丙）のためであり、この目的（丙）にもまたさらに目的（丁）があり、……というように目的の系列が或る程度続いて、それでわれわれは、いま、ここで行為を為しているのがふつうだと思われます。アリストテレスはこの点を本書冒頭の第一巻第一章ではじめに確認し、人生の最終目的に当たる、すべての行為や活動の究極の目的である「最高善」が、われわれ人間にとっての「幸福」なのだ、と第一巻第七章前半部で主張します。

しかし人生の究極目的は、あるとしても、いま、この行為の目的からずっと遠いところにある大目的なので、ふつうに生活しているわれわれには、それを明確に捉えることも、はっきりと意識することも難しいと言わざるを得ません。アリストテレスはまず、行為の目的、そのまた目的といった、近いところで明確に意識できる「目的」は非常に多種多様であるという点を確認することから始めます。建築術の目的は家で、医術の目的は健康です。さまざまな技術の目的はこのように明白に雑多であり、この事情はさまざまな行為に置き換えても、変わりません。そして、ここからかれは、そのような雑多な目的のなかで、これこそ目的中の目的と言える「究極目的」を探そうとします。

この探索は二段階になっています。まず、それを使ってほかのものを手に入れるための「富」や、一時期の気晴らしのための「笛」などの「道具的なもの」も当座の目的になることがあるので、それらを除外した、ほかのものの「道具や手段にならない目的」のみを残します。しかし、残るのはまだ多種多様な目的です。たとえば、名誉も徳《アレテー》も知恵も思慮深さも快楽も、すべて手段として求められるものではなく、名誉は名誉のために求められるし、徳《アレテー》も快楽も、そのもののために求められるという点では、同様だからです。アリストテレスはこれらのうちで「もっとも完結した目的」、つまりほかのもののためでない、究極的な目的が幸福であると主張します。なぜなら、「わたしは名誉のためだけでなく、幸福のためにも名誉を求める」とは言えても、「わたしは幸福を名誉のために求める」といった類いのことを言うことは、できないからです。

第一巻第七章のこの箇所にはいろいろな解釈が可能です。名誉や快楽や徳《アレテー》や思慮深さや知恵は富や笛とは異なるので、幸福のための「手段」というより、それぞれが「幸福を構成している」「幸福の一部である」と言えるように、「構成要素」として全体的幸福と関係していると考えることが有望です。そして、そう解釈したとき、名誉が「幸福の構成要素」であることの意味と、徳《アレテー》が「幸福の構成要素」であることの意味は、まるで異なるはずです。先にみたように、すでに第五章一〇九五b二六以下で、名誉は、徳《アレテー》が幸福にじかに関係することに依存して幸福に近いと感じられる要素なのだ、と論じられていました。したがって、そのような「意味」を一つひとつ解明してゆけば幸福も解明されることが期待されます。そこで、この点で内容的に思いきって踏み込んで、はじめから一挙に幸福の本質に迫ろうとする議論が、第七章後半部の「人間のはたらきに訴える幸福の説明」の議論です。そしてここが、倫理学という学問の「原理」を述べる箇所として、これにつづく『ニコマコス倫理学』のすべての議論のための、出発点になります。

アリストテレスは幸福ないし「人間が到達しうる最高の善」とは、ほかの動物や植物にない人間ならではのはたらき、つまり、ほかの動植物にはない分別《ロゴス》を使って考えて行動するというはたらきがもっともすぐれて実現しつづけることだ、と考えました。かれの人間的な善（つまり、幸福）の定義のはじめに出てくる形は、「徳《アレテー》に基づく魂の活動」（一〇九八a一六～一七）というものです。ここでの「徳《アレテー》」は単数形です。つまり、「これが人間としてすぐれていることだ」という人間の徳《アレテー》が明確に定まるのであれば、それを身に付け、それに基づいて活動をおこなって一生を過ごすことが幸福だ、というメッセージです。ところが、ここでさしあたりそのような単数形で表現された「徳《アレテー》」は、現実の社会の中でのわれわれの語りや思考において、「さまざまな徳《アレテー》」という複数形として登場します。ギリシャでは「知恵、勇気、節制、正義」という四つの代表的な徳《アレテー》が語られ、そのほかにも十数の徳《アレテー》が賞讃され、教育の場面でも賞揚されていました。ここから、現に自分の社会で承認されているもろもろの徳《アレテー》とはどのようなものであり、いかなる共通性をもち、どのように互いに関係しあうのかという問題が生まれます。問題の展開のはじめの部分を次節でみます。その展開を予想しながらアリストテレスは、先の定義につづけて「そしてもし徳《アレテー》が二つ以上だとしたら、もっとも善く、かつもっとも完全な徳《アレテー》に基づく魂の活動が人間にとっての善となる」（一〇九八a一七～一八）と説明を加え、さらに、人生の一定以上の長さ（この世で意味のあることをやり遂げるだけの長さ）も必要だという条件も付け加えます。

もっとも善い、もっとも完全な徳《アレテー》の候補と当時目されていたのは、知恵と正義の二つでした。そして、学者肌の人々は知恵が幸福だと言い、社会貢献と政治への志向が強い人々は正義が幸福だと主張するのが常でした。アリストテレスは以後の議論で、もろもろの徳《アレテー》の分類と整理に自分独自の工夫を凝らすことにより、このような単純な論争よりも高い次元に進もうとします。しかし、最後の第十巻における最終結論についでは、解釈論争が絶えません。詳しくは下巻解説でみますが、たとえば知恵がもっとも善いもっとも完全な徳《アレテー》であるとするなら（これに、アリストテレスは第十巻

第七、八章で賛成します）、ほかの正義や節制や勇気は幸福のために必要なのでしょうか？　知恵があれば、もうそれで幸福だということが結論だ、と考える解釈は「優越説（dominant view）」と呼ばれます。反対に、知恵があるだけでなく、勇気や節制も必要でありこれらは知恵を下支えしなければならないというのが結論だとする解釈もあり、これは「包括説（inclusive view）」と呼ばれます。

アリストテレス倫理学の結論をめぐる解釈論争は下巻解説で最後に扱うこととして、いまはアリストテレスの幸福論の目立つ特徴をいくつか挙げておきましょう。第一に、前半生で徳《アレテー》を身に付け、それに基づいて成熟した年代の人生をすぐれた活動をつづけて生きることが幸福であると考えられています。そのような人生が自分のものとなるなら、たしかに幸福感、充実感、達成感にも満ち溢れた、あこがれの人生になるように思われます。したがって、これはトータルでみた人生の幸福の理想を表現しており、かつ「幸福感」の意味での「幸福」にもつながる見解です。

第二に、この幸福の説明は幸福を、あくまで徳《アレテー》の主導権の側からみています。つまり運や財産や地位や生まれが幸福をきめるとは考えていません。徳《アレテー》がある場合に「運」と呼ばれる外部事情もまた善用されて真によいものに転化することが多いし、不運にもっとも強いのも徳《アレテー》のある人間だとかれは考えます（第一巻第十章）。したがって、人生の戦略は、地道な徳《アレテー》の学びからしかスタートできないというのがかれの主張です。またかれは、快楽追求から幸福になれるとも考えません。まず人間としておこなうべき学習や訓練をしっかりこなし、その上で幼稚さや甘さから脱却して、成熟した一人前の大人として感ずるべき快楽と感ずるべき苦痛を感ずる人間になるべきだというのがかれの見解です。

――そして、以上の点がアリストテレス倫理学を現代にまで生き残らせた、最大の魅力でしょう。生まれつき大きな差がついている財力や門地、あるいは幸運や結果的成功が幸福にとってもっとも大事な鍵であるとは考えず、また快楽にあふれていてもつまらないことやばかげたから騒ぎで一生を送ることを幸福とみなさず、自分のまっとうな努力で得た徳《アレテー》のみが人の真の価値と真の幸福の両方をきめる、と考えています。これは、ソクラテス、プラトンとアリストテレスが一致する論点であり、人間の力を、非常に多くの人々に原則的に開かれた「学び」の問題と捉える点で、西洋のヒューマニズムのひとつの根拠でもあると思います。

このようにアリストテレスは、「徳《アレテー》の最重視」という面ではプラトンと完全に一致しますが、しかし第三に、徳《アレテー》の持続的活動がなければ人は「幸福」ではないと考える点で、かれは、プラトン派の多くの人々と異なる意見を表明しています。徳《アレテー》は善いことをおこなうようなその人の「性向」です。しかし、だれでも知っているように、尊敬できる正義の人が政治的に弾圧されて牢獄で後半生を過ごすこともあれば、人格者で知恵もある人が健康をひどく害して、あるいは経済的に破綻して活動がままならなくなるということも起こります。このようなとき、かれらは内的に幸福なのだとか、彼女たちが築いた幸福はそんなことでは揺るがないと言うことは可能ですし、この説の支持者が、いまも昔も大勢います。アリストテレスはこの説に反対して、オリンピックが参加者のあいだの競技であるように、活動できなければ「幸福」という栄誉は得られないと断定します（第一巻第八章）。

これはアリストテレスが、「幸福」と「至福」が公共の言語に属する共通の語彙であるという事実に重みを置いて発言しているからだと思います。われわれは通常、すぐれた人が悲惨な目にあうとき、その人は不幸だと言います。そして、このような「悲劇的」状況をむしろ不幸の典型と考えがちです。アリストテレスはこのわれわれの日常的態度を一部裏書し、一部是正しようとします。つまりまず、そのような「不幸」にあった人はそれで自らが「惨め」になったわけではないとして、われわれの考えの不足に注意を促します（第一巻第十章一一〇〇b一二～二二、b三三～三四）。これは、ソクラテスに端を発する考えです。間違った判決で死刑になったソクラテスのような犠牲者には、ソクラテスの告発者のように、自分から他人に不正をはたらくような劣悪さはいっさいありません。ソクラテスとプラトンの規準では、不正をはたらく悪人こそ真に救いようのない「惨めな」人間であり、不正にあう人間はそれに比べれば、「不幸ではない」ことになります。アリストテレスは道徳主義的なこの考え方と表現を一方でそのまま受け入れつつ、他方で、不正な目やひどい不運で本来のすぐれた活動が続けられなくなる場合、われわれみなの公共の言葉の意味に従って、そのような人は「幸福でない」と言うしかないのだと主張します。そのような人は、惨めという意味で「不幸」ではなくとも、「幸福」とまでは言えないということが、アリストテレスの幸福論のひとつの結論です。

　内的な幸福というものに訴えず、「非の打ちどころのない有徳の人だが、恵まれずに幸福でない人間」の存在を認めるこのアリストテレスの態度を、現実との厳しい対峙という観点から、擁護することができると思われます。「有徳な人」の解釈において、もちろんその人が優秀であることも、道徳的に立派であることも動かないので、われわれはこの現実にかんする自分たちの言葉や考えだけを問題にする方向に動くのではなしに、むしろ現実そのものに立ち向かってゆき、このような理不尽な事例ができるだけ減るように、また隣人や自分がそんな目にあわないで済むように努力し、そのために協力しあうべきだと思います。言葉の上の幸福や精神論を言うより、現実の不合理を直視しそれを減らしてゆく方向でわれわれはものごとを考え、行動してゆくべきでしょう。

## 三　人柄の徳《アレテー》とは何か？

アリストテレスは第一巻第七章の幸福の定義において、「徳《アレテー》」ないし「もろもろの徳《アレテー》」をまず身につけて、それを発揮してすぐれた活動をしてゆくことが幸福であるという考え方を示しました。定義で表現されたこの考えは、単数にせよ複数にせよ「人間の徳《アレテー》」というものが解明されてはじめて、その実質的な意味が理解できるようなものです。したがってかれはこのあと、本書の第一巻第十三章から第六巻第十三章までの大きな部分を割いて、徳《アレテー》を二種類に分類し（第一巻第十三章）、第一の種類の「人柄の徳《アレテー》」の一般的説明（第二巻）ともろもろの人柄の徳《アレテー》の説明（第三巻第六章〜第五巻第十一章）、第二の種類の「知的な徳《アレテー》」の説明（第六巻）という順番で説明をしていきます。

第一巻第十三章でアリストテレスは、徳《アレテー》を、個人における分別《ロゴス》そのものの卓越性《アレテー》（知的な徳《アレテー》）と、分別《ロゴス》による欲望や感情のコントロールという点での卓越性《アレテー》（人柄の徳《アレテー》）の二つの種類へと大分類します。この分類はアリストテレス以後かなり常識化して、古代中世や現代の「徳の倫理学」という考え方において前提されることも多いものです。しかし、プラトンにもほかの当時の論者にもこれに似た分類は存在しなかったので、アリストテレスがこのような「徳の議論の始まり」を新たにつくったことの意味を、はじめに押さえておく必要があります。

プラトンには徳《アレテー》にかんする同様の区別を立てている箇所はありませんが、かれの著作においてアリストテレスのこの区別につながる、「魂の部分」という考え方がはじめて述べられます。『国家』第四巻四三四C以下においてプラトンが提出した考え方によれば、魂は理知的部分と気概的部分と欲望的部分に分かれます。プラトンは教育において、まず「恥」や「義憤」と結びつく気概的部分が、分別《ロゴス》以前に欲望的部分に対抗できるようにしておき、そのように感情や欲求においても、若い人が規範に従って生きられる準備をするよう導くべきであると考えます。そして、将来国家を運営する担い手のための知的学習は、このような健全な情操の発展の上に、それに接続するように組まれるべきであるとします。

プラトンのこの情操教育と知性の教育の有機的連携というアイデアを、アリストテレスは基本的に受け継ぎます。しかしかれは、「魂の部分」がプラトンの言うように三つなのか、それともほかの数なのかという点にかんして、あらかじめ議論の文脈がきまらないと定まらないことだと『魂について』第三巻第九章四三二a二七〜b七で断言します。そして、倫理と政治のための教育という場面を文脈とする『ニコマコス倫理学』では、表のように「分別《ロゴス》を持つこと」の二重の意味を区別します。われわれ人間は分別《ロゴス》自体がすぐれている場合にも人間としてすぐれていますが、正しい分別《ロゴス》の「言うことを聴いて」行動できる場合にも、人間としてすぐれているからです。アリストテレスはこの二重の意味に「魂の部分」を重ねる説明を選びます。そしてその二つの部分（表の①と②）の卓越性《アレテー》として「知的な徳《アレテー》」と「人柄の徳《アレテー》」を導入します。

| 魂の「部分」 | 機能として対応する「部分」 | 「部分」の卓越性《アレテー》（＝人間の徳） |
| --- | --- | --- |
| 「分別《ロゴス》をもつ」部分 | 分別自体のはたらき（①） | 知的な諸徳《アレテー》（知恵、思慮深さなど） |
| | （分別に従う）欲求・感情（②） | 人柄の諸徳《アレテー》（勇気、節制など） |
| 「分別をもたない」部分 | （分別に逆らう）欲求・感情 | |
| | （分別に無縁の）栄養摂取や生殖のはたらき | |

こうして、プラトンが「気概的部分」というアイデアによって、分別《ロゴス》に従う「非知性的」で「分別と異なる」感情の鍛錬を重視した教育を提唱したことを、アリストテレスは継承します。しかし、同時にかれは、「善き人柄の形成の問題」にかんして独自の教育方法をも工夫しました。その方法の要点を、アリストテレスはつづく第二巻全体を通じて示そうとします。それは、人柄の徳《アレテー》とすぐれた情操は、もっぱら行動の良い習慣によって身に付く、という着眼に基づきます。そのようにして身に付いた

判断力が、倫理の領域で「すぐれた分別」をも用意するとかれは考えました。つまり、いわゆる「学習」や知識の修得では人柄の徳《アレテー》も倫理的判断力も身に付かず、善い行為の継続だけが人柄の徳《アレテー》と、倫理的な「頭のよさ」をつくってくれると考えたわけです。

議論の冒頭を占める第二巻第一章は、人間における習慣の問題の重要性を指摘する議論です。われわれ人間は生まれつき善い人間であることも、悪い人間であることもないはずです。アリストテレスは「われわれは徳《アレテー》を受け入れるように自然に生まれついているのではあるが、しかしわれわれが現実に完全な者となるのは、習慣を通じてのことなのである」（一一〇三a二五～二六）と考えます。ここでアリストテレスが問題とする「自然」とはさしあたり自然的素質のことですが、しかるべき成長を遂げた人間においてはじめて実現されるような、成長の目的・終点・完成というニュアンスの「自然」にもつながるものです。これは、「第二の本性」といわれることもある「自然」です。その「あるべき人間本性」が得られる鍵は、すぐれた行為の継続と習慣化によるすぐれた行動傾向（性向）の獲得にあるとされます。

第二巻第六章においてアリストテレスが提出する人柄の徳《アレテー》の一般的定義は、「選択を生む性向であり、それはわれわれにとっての中間性を示す性向である」（一一〇六b三六～一一〇七a一）というものです。かれはこの定義に、「そして、ここでの『中間性』とは、〔その人の〕分別《ロゴス》によって中間性と定まり、かつ思慮深い人ならば中間性と定めるような定め方において定まるものである。そして、中間性は二つの悪徳の中間、つまり超過による悪徳と不足による悪徳の中間である」（一一〇七a一～二）という補足説明を加えています。

この定義にかんしては、「われわれにとっての中間性」について解釈が大きく二つに分かれています。ひとつは伝統的な「質的（qualitative）解釈」であり、もうひとつの解釈は「量的（quantitative）解釈」です。質的解釈では、「中間」「中間性」といっても「適切な」「適度な」という意味であって、量的に超過と不足の中間というわけではないということがアリストテレスの主張点だと考えます。この解釈は、「われわれにとっての中間」には、規範性が込められているということを、ひとつの論拠と考えています。つまり、「しかるべき中間」であり、「適度」であって、量や数値の上での真ん中ではない、とアリストテレスは言いたいのだと考えます（L. Brown, 'What is "the Mean Relative to Us" in Aristotle's Doctrine of the Mean?', *Phronesis* 42 (1997), 77-93）。

これに対して量的解釈では、超過が「十」で不足が「二」であっても数値的にその真ん中の「六」がいつも正しいとはかぎらず、別の大きさ・数値が正しいことを「われわれにとっての」という限定句でアリストテレスは言いたかったのだ、と考えます。この解釈を最初に提唱したアームソンは、妻がいわれのない苦しみを受けた相手に「ほどよく」怒る人は、徳があるわけではない、むしろそのようなときに明確に激しく、つまりちょうど真ん中よりも強い程度の、きまった激しい程度の強さで怒ることが徳なのだ、と主張します（J. O. Urmson, 'Aristotle's Doctrine of the Mean,' in Rorty (ed.), *Essays on Aristotle's Ethics*, 157-70, 160f.）。

本訳ではこの二つのうちでは量的解釈を支持しますが、アームソンなどの従来の量的解釈とは違った解釈が必要だと考えています。量的解釈でも質的解釈でも、一般に従来の解釈では、第二巻第六章の後半部に登場する「しかるべき時に、しかるべき事柄について、しかるべき人々との関係で、しかるべき目的のために、しかるべき仕方で感情を感じ」、そしてそのように行為することが「中間」としての人柄の徳の特徴であるというアリストテレスの説明（一一〇六b二一〜二四）を、うまく解釈できていません。まず、現在の質的解釈を代表するブラウンはこの「われわれにとっての中間」を「ずばり正しいこと（what is just right）」と考えます（'Why is Aristotle's Virtue of the

Character a Mean? Taking Aristotle at His Word', in R. Polansky (ed.), *Cambridge Companion to Aristotle's Nicomachean Ethics*, Cambridge 2014, 64-80, 69)。したがって彼女の解釈では結果的に、倫理規範が明文として与えられて、それに従えばそれでよいと解釈しているのと同じことになります。しかしアリストテレスは一社会で通用する規範を単純に前提するのではなしに、むしろ、人としての自然本性が或る個人において抜群にすぐれた仕方で実現した時に発生するものとしての規範性（後に「六　正義について」でみるように、人間に可能なすぐれた自然的規範性のあらわれである「高潔さ」は、第五巻第十章のアリストテレスの考察によれば、法的には正しいが真の正義でないケースをも見抜き、是正できます）を取り上げることができるように議論しようとしているはずです。

他方、アームソンたち量的解釈でも、「しかるべき」と言われる「事柄」のちょうどよい程度や「時」にかんするちょうどよい程度、また「相手」にかんするちょうどよい程度を考えて、それらの要素（アリストテレス解釈では、「パラメータ」と言いならわしています）を考えあわせることにより、表出される感情の量がその場できまることになるとしています。しかし、そもそものような手続きを踏んだ感情の「決定」を、われわれはしているのでしょうか？　うまく育っていて、すぐれた感情と感性によって状況そのものを感じ取って行動できている場合、われわれはこれらのパラメータの点でうまく考え、すべて「計算」して「推論」しなくとも、その場で適切に怒ることも、恐れることも、喜ぶこともできる――そして適切に行動できる――と思われます。その適切な怒りや恐れは、状況に全体として合った「賢い直観」であり、そうであるから問題になるパラメータの面でも、すなわちたとえば「事柄」の面でも、また「時」の面でも、また「相手」の面でも、しっかり「中間」になっていると思われるのです。つまりアームソンは、情操の訓練により、いきなり結果をもぎ取ることができる直観を活用していると思われる人間の行為を、実情に合わない仕方で解釈していると思います。

　これに対して本訳では、アリストテレスは人間の感情がもつ二つの側面をともに人柄の徳の説明に込めたかったので、それで成熟した個人のすぐれた行為を、その個人特有の「感情の量」の問題として論ずるために、「われわれにとっての中間」という表現を選んだと考えます。感情のひとつの側面は、行動の原因となるという側面です。これは、動物とも共有する人間の行動の特徴です（アリストテレスは人間通の哲学者ですが、同時に西洋を代表する動物学者の一人です）。もうひとつの側面は、感情が認知機能を帯びるという面です。われわれは或る人が「胡散臭い」と感じて、その人に対してほかの人々と接する場合よりも慎重に距離を取ったり、その人に話しかける言葉に気をつけたりします。胡散臭さは感情ですが、同時に相手の人にかんする直観的な認知としてのはたらきを持っています。そしてその一方で、いろいろな人間の感情ないし情動による認識において、すぐれている人もいれば、劣っている人もいます。たとえば怒りや恐れの感情は、人によってさまざまなあらわれ方をします。怒り方が度を越していて人を傷つける行動に出る反社会的な人もいれば、怒れないとみなされて周りの人々から軽蔑される人もいます。他方で、適切なタイミングで適切な相手にのみ適切な仕方で怒ることができる立派な人もいます。恐怖でも、性欲でも食欲でも、適切なコントロールができる人と、できない人がいます。すぐれた人はすぐれた行為の継続により、超過でも不足でもない「自分の怒りの量」や「自分の欲望の量」などをもつことができるのだと推測されます。――ここが、アリストテレスが人柄の徳《アレテー》と悪徳を「中間」「超過」「不足」によって論じたことのポイントであると思われます。

それぞれの感情ですぐれた状態にある人には、そのような自分の感情に頼って状況や人を、濁りや曇りのない透明な仕方で認識することが可能になります。不正に対して適切に怒りが発動するようになっている人は、そのときの正義と不正について、逸脱した怒りの状態の人（そのような人は、多すぎる怒りや少なすぎる怒りのために、認識が「濁った」り「曇った」り「遮蔽され」たりしているように思われます）よりも、すぐれた判断ができるでしょう。また、恐ろしいことに対してその恐ろしさに見合った恐怖を感じ、その恐ろしい事柄に見合った程度に自分の自信を保っている人は、適度な自信によって沈着冷静に行動でき、適度な恐怖ゆえに慎重に行動できるはずです。このような人（勇気ある人）は、恐れすぎて守るべき持ち場から逃げ出してしまう臆病者や、向こう見ずに行動して仲間と自分を危ない目にあわせる人が、自分の感情が「ノイズ」となって状況を認識できないのに対し、適切な感情の力で状況をよく認識できるために、よい判断をくだし、よく行動できるわけです。

そして、感情がうまく状況の認知を助けてくれる場合、人はアームソンが解釈したように、事柄・時・相手・目的などをいちいち考慮に入れ、それらから「推論」して判断しているのではないでしょう。むしろ、そのような人は通常、状況をまるごと直観的につかんで把握することができています。したがって、アリストテレスが感情の認知的な側面の強化と活用を「人柄の徳《アレテー》」で論じようとしたと解釈し、そしてそのために「われわれにとっての中間」という言葉を選んだと解釈することが適切であると思います。また、この解釈では、すぐれた感情状態を保ってその認知により判断できる人は、自分の自然的財産である感情の最高の発揮により、その人が属する社会の中で、まったく新たに（あるいは、古い因習をうち破って）規範となるような判断と発言をすることができると期待できます。したがって、社会で通用している特定の規範を鵜呑みにするだけのことになるという、質的解釈の先ほどの弱点も、以上の解釈では克服していると思います。

## 四　行為と選択

第三巻前半の五つの章は行為と自発性と選択にかかわる基礎的な議論です。これらの主題をめぐるここでのアリストテレスの議論は、哲学史上きわめて重要であり、しかも長いあいだその真の意義が忘れ去られていたものです。西洋哲学史において二〇世紀哲学は、言語論と行為論が哲学の表舞台に復活した重要な節目でした。そして行為論復興と、言語行為論再生の原動力のひとつは、アリストテレスのこのわずか五つの章の再評価だったのです。アリストテレス自身にとっては、自由と道徳的責任を主題とする生涯の研究の成果が、ここの議論です。われわれは或る行為や或る行為者を賞讃したり非難したり、赦したり憐れんだりします。これらの自分たちの行為や言語行為をよく分析して整理してみれば、われわれは自分たちが倫理的行為や倫理評価にかんして日ごろもってはいるが全面的には意識されない、（じつは繊細で、組織的で、規範的な）多くの規準を明文化でき、有効利用できるようになるはずです。

また、アリストテレスは倫理学講義を、政治・社会活動における将来の指導者候補の人々のためにも、将来の研究者たちのためにもおこないました。いずれの種類の人々にも、人間のあり方にとって幼いころからの自発的行為が重要であることを哲学的に論じる第三巻の前半五章は、とくに有益な認識を与えたと思われます。人間は習慣の動物であることが第二巻からの人柄の徳《アレテー》の議論のテーマです。或る程度成長した青年期の受講者は、人間が行為の仕方によって善の方向にも悪の方向にも変化するものであるがゆえに、自分の人柄自体が「自分の責任」のもとにあるというこの五つの章のアリストテレスの結論的主張（第五章一一一三b一三〜一四、一一一四b二一〜

二四、一一一四b二八〜二九）が、倫理学において第一に銘記すべき最重要事項であるということを、ここで正確に理解しておくべきでしょう。

以下、第一章の自発性にかんする議論をはじめに検討し、つぎにアリストテレスの選択の規定を説明します。そして第四章の「願望の対象」にかんするアリストテレスの結論の意味を考えた後で、最後に「徳《アレテー》も悪徳も自発的なものである」というかれの重大な主張のもたらす教訓を検討します。

## （一）自発性

アリストテレスは第三巻前半五章の行為論を、第一章の自発性の議論で始めます。自発的行為の反対は「意に反した行為」と呼ばれますが、行為が自発的な場合と意に反した場合でわれわれの行為の評価が変わることがあるという事実に、かれはまず受講者の注意を向けます。つまり、同じ行為でも自発的な場合には賞讃か非難がされ、善悪いずれかであると前提されるのですが、意に反している場合となると「赦し」や、場合により「憐れみ」さえ与えられるからです。それでは「意に反した行為」は善悪評価の外側のものなのかということも問題になりますし、自発的行為の正確な範囲をきめることも、重要な問題になります。アリストテレスによれば、これは「徳《アレテー》について考察する人たちにとって」（一一〇九b三三〜三四）必須の思考課題です。なぜなら、善悪が問題になる領域で善い行為を繰り返す時、人は人柄の徳を身に付けることができるというのが、第二巻全体におけるアリストテレスのメッセージだったからです。立法家にとっても、だれをどのような場合にどのように罰し、だれにどのような場合にどのような名誉を与えるかきめるためには、善悪評価の範囲を最初に正確に理解しておかなければなりません。

アリストテレスの考えていた「自発的行為」は、ふつう現代のわれわれが「行為」と呼んでいるもの（あるいは、もう少し専門的な哲学用語で「意図的行為」と呼ぶもの）よりは広いものでした。幼児の衝動的な「行為」も、動物の「行為」も、かれは「自発的行為」に含めていたからです。このようにありとあらゆる行為を含む広い自発性の理解の下では、単純に考えると「意に反した行為」は行為でないものになってしまい、一種の形容矛盾ではないかとも思えてきます。しかし人々は、意に反した行為でも行為であり、独自の評価のされ方をもっていると考えています。したがって、人々のこのような考えには、おそらく、正しい面と正しくない面（あるいは少なくとも、非常に不正確な面）があるはずです。この両面を確定して、行為と行為の評価にかんする人々の理解を飛躍的に向上させることが第一章の目標です。

「意に反した行為」は大きな哲学的問題を含む分類だということが分かりますが、アリストテレスによれば「意に反したもの」と呼ばれる行為は二種類に大別されます。まず、強制ゆえに起こった行為が、意に反したものとされています。このなかには、行為と呼べないただの受け身の運動も入ります。アリストテレスの言い方では、「行為の始まりが外部にあり、行為者のうちにない場合」になります。風にさらわれて一メートル動くことは自分ではどうにもできない強制によることです。そのようなことは、行為でさえないでしょう。また独裁者の政治的強圧で連行されるときもどうしようもない強制によるので、これも「行為」とは呼べないと思われます。人々が典型的に「強制による行為」と呼ぶ種類の行為は、こうした「運動」や、「単なる受難」ではないものです。アリストテレスは積み荷を運ぶ船が嵐にあったとき、「意に反して積み荷を捨てる」例で、このような行為が自発的でもあると論じます。嵐がないノーマルな状況なら、大切な積み荷を捨てるなどということはとんでもないことであり、だれもそうしようと思わないので、それでこのような行為は「強制による」「意に反した行為」であると言えますが、しかし、逆に嵐のひどい状況で積み荷を捨てなければ乗員の生命が危ない場面では、知性をそなえた人間であればだれでも積み荷を捨てるでしょう。つまり、この行為は自発的行為であり、その個別の状況ではだれもが進んで選ぶような、これしかないという正しい行為でさえあるわけです。アリストテレスは人々が「強制による行為」と呼ぶ行為は、それが行為であるなら、意に反した行為と自発的行為の「混合したもの」であり、「どちらかといえば、自発的行為に近い」と結論づけます（一一一〇a一一〜一二）。

以上のアリストテレスの分析と結論は、三つの観点で考えることができます。第一に、行為者としてさまざまな状況で行為するわれわれは、「強制による行為」においても、あくまで善い行為なのか悪い行為なのかを第一に考えて行為しなければならないということです。そして「意に反した行為」でも、その行為の始まりがわれわれ自身にあるかぎり、われわれの責任は当然問われます。アリストテレスは、たとえ権力者からそうしなければ殺すと脅されても、自分の母親を殺すことはけっして赦されないことだと言います。

第二に、行為はその記述のされ方によって性質と評価が変わるものだということを、アリストテレスは歴史上はじめて本格的に論じました。「積み荷を捨てる行為」はその記述の下で、或る状況で「強制により、意に反して」おこなわれたのですが、「荒天で船の無事のために積み荷を捨てる行為」はこの記述の下で自発的に為されたものです。そして個別的状況の特殊性を記述に反映させてゆけば、その特定の行為のほんとうの性質により近づけることが分かります。したがってこの行為は強制によるという性質と自発的という性質が「混合した」ものでありつつ、自発的行為であるわけです。そして、このように行為の理解と評価における行為記述の重要性を理解すると、自発的行為が行為のもっとも広い範囲を押さえていて、しかも意に反した行為が自発的行為の「反対のもの」として考えられていることも、理解できるでしょう。

第三に、行為と行為者の評価にかかわるものはおもに法と道徳ですが、ここのアリストテレスの議論から、法と道徳の行為へのアプローチは方向性がかなり異なるということがわかります。法律をつくる場合には或る程度一般性をそなえた記述によって行為を分類し、それが善い、賞讃に値する行為か、あるいは悪い、非難に値する行為かをきめてゆき、そしてそれだけでは大雑把すぎて適用できないので、この種の行為にはこのような場合もあってその場合には罰しないとか、罰を軽減するとかの規定も加えてゆきます。これに対して倫理的行為を論ずる際には、個別的な人間が個別的な状況でどうふるまうかという関心から考えてゆかなければなりません。そして個別的事情に、あくまで優先権があるわけです。以上のことについては、基本的に、行為をして行為評価もおこないながら生きている市民たちがすでにそれぞれ自分で学習し、理解してきたことでもあり、この共通理解が、立法者が法律を定めるとき、最大の源となるものです。それゆえ、法にかかわるようになる人々も、この事実をつねに押さえておかないと、法の適用の場面で行為の評価を正しくおこなえないはずなのです。

「意に反した行為」の第二の種類は、無知ゆえの行為です。無知ゆえの行為のなかには、自発的ではない(が、意に反しているとも言えない)中間的なものもあるとアリストテレスは説明します。たとえば、自分の言葉がその特別の状況では相手に対して失礼に当たると知らずにそのような発言をしても、そのことを後悔しない場合には、その人は自発的に行為したわけでもなく、意に反して行為したわけでもありません。アリストテレスは行為の要素がさまざまあるので、無知もそれだけ多様であるという点に注意を促します。たとえば相手がだれかを知らなかったとか、自分の行為がどのようなものかを知らないでそれが秘密の暴露に当たるとわかって後悔するとか、大砲の説明をするはずが、実装していると知らずに実演して砲弾が飛んでしまう、とかの例を挙げます。これらにおいて、行為は無知によっており、後悔があれば、その行為は意に反していたものになります。

では無知による行為は、自発的行為ではまったくないのでしょうか？　この場合も、行為の記述が関係します。また、無知により後悔しても、責任や責めを回避できない場合もあります。ソフォクレス『オイディプス王』では、若きオイディプスは一群の人間たちとけんかになり、闘っていてなかの一人を殺してしまいます。ところがその殺した相手は生き別れのかれの父親である王でした。オイディプスは「一人の敵を杖で打つ」という記述の下で自発的行為をしたでしょうが、「父親を杖で打つ」（もしくは「父親を殺す」）という（正確な）記述の下では、意に反した行為をしたわけです。つまり行為は自発的に為されたが、無知により結果的に意に反した行為になっています。その上、無知により意に反して自分の母親と結婚したオイディプスは、すべてを知って、自らの運命に打ちひしがれて舞台から去ってゆきます。多くの観客はこれに、戦慄を覚えます。これほどひどい運命は、類例がないでしょう。人間の身に起こる多くの「無知による意に反した」現実の行為では人々は、それぞれの事例の性質に従って、行為者を赦したり、憐れんだりしています。

そしてアリストテレスは、このような無知による意に反した行為に一見似ていてもそれに分類されない、行為にかかわる二種類の「無知」があることに注意を促しています。まず、酒に酔って部外者に組織の機密を漏洩してしまう場合、この人は自分のしていることにかんして「無知」ですが、無知により（無知が最終的な原因であって）意に反して行為したわけではありません。そもそも機密であると知らずに他人にそれを言ってしまった場合には「無知により、意に反して」行為したと言えますが、酔って失敗した人は酒に酔ってしまったために（酔いが原因で）それで「無知であって」そうしたので、同じ言い訳は成り立たないわけです。つぎに、もうひとつの紛らわしい例は、行為の目的にかんする無知です。つまり「すべきこと」や「望ましいこと」をそもそも知らない、価値観のゆがみのある人です。このような人は習性的に劣悪な行為をする人なので、この種類の無知による行為は「意に反して」行為したということにならないのです。悪徳の自発性は、第五章の主題です。これについては後の(四)で説明します。

## (二) 選択とは何か？

第二章で導入される「選択」は、人柄の徳《アレテー》の問題に直接関係する心の要素です。アリストテレスは自発性を広く解釈し、幼児の衝動的な行為にも自発性を認め、動物も自発的に行動すると考えましたが、選択のほうは逆にやや狭く解釈し、完全な意味で「選択に基づく行為」は、人柄ができあがった成人の行為について言えるものと考えました。人柄がよい場合には徳《アレテー》があるのだし、劣悪な場合には悪徳があるわけです。子どもや若者は発展途上であり、選択に基づく行為以前の自発的行為をおこなっています。なお、ここでの議論には「選択」を訳語として使いますが、キツネウドンを選び、タヌキソバを選ばないといった「選択行動」を意味しているわけではありません。アリストテレスがこの言葉に当たる原語を用いて言いたいのは、あらゆる種類の行為において、それが定まった人柄から為された行為である時には、当の行為がその人によって選択されたものだということです。

アリストテレスは第三巻第二章で選択を判断などさまざまな心の態度と区別します。

その過程でかれは選択を、願望からも区別します。願望とは、行為の目的にかかわる欲求の一種です。欲求には、ほかの動物にもある「欲望」がもっとも基盤的なものとしてありますが、「願望」はわれわれが「これを欲する」「そうなってほしい」「それが望みだ」のように表現できる人間的な欲求であり、ほかの動物はもたないものです。願望の焦点となるのは、われわれの幸福です。幸福はだれもが「願望する」ものでしょう。ほかのもろもろの願望も、この幸福の願望になんらかの関連性をもつはずのものです。アリストテレスは「願望はどちらかといえば目的にかかわるが、選択は目的のための事柄にかかわる」(一一一一b二六〜二七)と言います。これが、これ以後の行為の分析にとって、もっとも基本となる区別です。願望という欲求が行為の目的を定めて、選択のほうはおもに目的の手段にかかわる、ということです。

かれの挙げる例は、或る人が健康になりたいと思うというものです。この欲求が、その人のいまの行為に直接関係する願望です。その人は自分が健康になるための手段について考えます。手段をあれこれ考える結果、方針がきまります。たとえば薬局に行って薬を買うとか、毎朝ジョギングをすることにするとか、食事のカロリーを抑えるとか、そのときにきめるでしょう。そして方針がきまれば、われわれはそれを実行します。この実行が行為であり、たとえばさっそく玄関から歩いて薬局にでかけます。このように、身体さえ動かせばすぐに実行できる特定の行為にきめるという意味で「何をおこなうかきめること」が、かれの考える選択なのです。第二章の結論部分でアリストテレスは、「選択が自発的なものであることは明らかだが、しかし自発的なもののすべてが選択されたものであるわけではない。そうではなくて、選択されたものとは、『あらかじめ思案されたもの』なのではないだろうか。というのも、選択は、分別《ロゴス》と思考を伴うからである。『選択（プロアイレシス）』という名前もまた、それが『先立って（プロ）』『選ばれたもの（ハイレトン）』であることを暗示しているように思われるのである」（一一一二a一四〜一七）とまとめています。自発的行為をしているうちに「前もってあれこれ思案して、その結果選択して行為する」というパターンの行為もできるようになります。やがて、そのような選択がその人のものとして固まって、或る種の行為はその成人の「選択に基づいた行為」とみなされるようになるわけです。

つづく第三章でアリストテレスは、選択に先立つ思案についてまず検討し、そこから選択とは何かという問題に答えようとします。かれは思案の対象について、「われわれ次第であり、われわれが為しうる事柄について」（一一一二a三〇～三一）思案すると言います。一定の金額のお金が必要なら、その目的に向けてわれわれは思案しますが、そのとき、不可能なことや自分には無理なことはそもそも思案の範囲に入ってこないだろうということです（逆に、自然法則や綴り方や初歩的計算の知識なども、思案の背景をつくる当たり前の事柄なのであって、現実に思案される事柄の範囲には入りません）。そのもろもろの「われわれ次第のもの」の中から、思案した結果ひとつにきまった場合、その思案で残った最終の対象が「選択されたもの」であることになります。こうしてアリストテレスは「選択された対象とは、われわれ次第のもののうちで、思案され欲求されたものであるのだから、選択とは、われわれ次第のものへの思案的な欲求ということになるだろう」（一一一三a九～一一）と規定します。もともと目的が欲求（ないし願望）されていたので、その目的をどう実現するか思案して最後に得られる「選択されたもの」とは、欲求され、その上で思案されたものという二段階の結果として表現されるわけです（ただし、いかなる場合にも明確な目的の欲求から思案が始まるとはかぎりません。欲求を感じ、当初それを自分で一定の願望と解釈していて――あるいは、漠然とした欲求であって――、そこから思案し、選択して行為してはじめて、逆に自分が目的にしていたものの正確な〈再〉把握にいたる場合もあります）。たとえば、当座のお金のために「われわれ次第」のいくつかの候補をまず立てて、親に借りるか働くかというように思案した末、新しいアルバイトを見つけることにしてアルバイト先候補を絞り込み最後に残ったひとつの候補であるA社に電話する場合、その選択は、欲求され、その上思案されたものであると言えます。そして、このような思案過程を経た選択のあり方は、この少額の資金繰りの行為や、ちょっとした不調から立ち直って健康になる行為などの日常的でありふれた行為から、人生最大の問題と言える重大行為や、周りの人々との複雑な人間関係のもつれの中できめなければならない難しい行為に至るまであり、すべて共通して、大人の行為であるように思われます。

幼児や動物は、考えることなしに欲求や感情まかせで自発的に行為しますが、人間の場合にはその後年齢と経験が増えるにつれ、行為の前に「考える」「あれこれ思案する」力が発達してきます（もちろん多くの場合に、とくにすぐれた、またとくに賢明な人は思案に時間をかけずに「自然に」有徳で正しい行いをすることができます。そのような人は、幼児のような衝動的行動をしているわけではなく、かつてよく考えて行動してきて人柄が定まった結果、平凡な人であれば思案の末に得られる選択に基づく行為を、意識的思案をしなくとも素早くおこなえるわけです。発達前の未熟な人間と、成熟した完成段階の人間は、一見すると行為着手の素早さの点で似ていますが、実態は異なります）。そして、やがてだれでも、そのつどの願望の下で思案し、思案の結果選択し、行動するということが、その人のものとしての形を帯びてきます。そのような「その人としての行為」が定まるとき、その人がおこなう行為は「選択に基づくもの」になります。

アリストテレスは、これ以前にすでに第二巻第四章で、有徳な人になるのは一回の有徳な行為で十分かという哲学的難問に答えていました。たとえば、子どもでも正しい行為をしますし、正義感の強い子どもも数多くいますが、子どもであればまだ、正義の人ではないように思えます。また、だれかが節制の人がするような行為をしたとしても、その人が不純な動機（しないと叱られる、するとご褒美がもらえる、しておくほうが、評判が上がるなど）でその善い行為をすることは非常にしばしばあり、われわれはそのような動機の行為者を節制の人とはみなしていません。したがって、一回の有徳な行為は、行為者が「その徳《アレテー》の人」であることを意味しません。第二巻第四章でかれは、人柄の徳《アレテー》をもっている人の条件として、有徳な人に固有の仕方で行為していることと、選択に基づき、確固たる態度で行為していることの二点を挙げます

（一一〇五a二六〜b五）。つまり、自分の行動習慣に基づき、節制ある行為を、節制ある行為だからという純粋な動機から選択して行為する段階に至った人が、選択に基づいて行為しています（逆に、放埒な行為の繰り返しにより悪徳が身についた成人は、放埒の悪徳により、選択に基づいて放埒な行為をします）。節制の人の選択に基づく節制ある行為には、それが善い有徳な行為であるという確かな認識、幸福の一部に節制の徳《アレテー》が含まれることの理解、そのような行為をするとき、すべきことをしている気持ちのよさが伴うことなどの顕著な特徴がそなわっています。

このように選択と、選択に基づく行為をアリストテレスは説明しています。これ以後、人は願望ないし欲求によって目的を設定し、その願望のもち方に人柄の徳《アレテー》（と悪徳）が関係すること、また、人は目的の手段を思案し、その結果選択して行為することになり、そして思案には知的な徳《アレテー》としての思慮深さが関係すること（第六巻）が、かれの行為論の基本的な枠組みになります。そして、選択と人柄の徳《アレテー》のあいだにも、徳《アレテー》のある人ならすぐれた選択に基づいて行為するという、きわめて密接な関係があるとかれは考えています。以上のことから、思慮深さともろもろの人柄の徳《アレテー》の関係が問題になることがわかりますが、この問題はかなり先の第六巻第十二、十三章で論じられます。

## (三) 願望の対象

アリストテレスは第四章で、願望の対象にかんする論争的議論に進みます。願望は行為の目的にかかわるものであり、欲求の一種でした。よい目的の下で選択をして行為する人は道徳的にすぐれているといえます。逆に、行為の目的さえすでに劣悪であり価値観自体が不道徳なら、その人は悪徳の持ち主でしょう。したがってここには、人間の道徳的優劣の問題が入ります。そして、願望の対象の解釈により、善悪の規準にかんする立場が大きく動きます。

第四章の議論は、願望の二つの解釈を示すことから始まりますが、その二解釈はいずれも退けられます。第一に、願望は(真に、また絶対的かつ客観的に)善いものを対象とするという解釈があります。この解釈の問題は、多くの事例で人々がほんとうは善くないけれども善いと思いこんでいるものを願望するという事実を否定して、真に善いものしか願望できないと強弁せざるを得ないことです。第二の解釈によれば、善くみえる（あるいは、あらわれる）ものが願望されます。この解釈では第一の解釈と異なり、人々が願望とみなすものをすべてそのまま承認できます。しかし、第二の解釈のもっともポピュラーな形態は、人がそれぞれのあらわれに生きており、互いのあいだであらわれの真偽の争いをすることは無意味だという相対主義です。当時、すでにソフィストのプロタゴラスによる「万物の尺度は人間である」という相対主義の教説が知られていて、かれは、人々のあらわれのあいだに真偽の差は存在しないと主張しました。アリストテレスは、このような倫理的相対主義は不毛だと考えます。

そこでアリストテレスは、第三の解釈を提案します。限定ぬきには（真に）善いものが願望され、各人にとっては善くみえるものが願望される、と二段構えの言い方を採るとともに、（真に）善いものとは、すぐれた人たちにとって善くみえるものだと解釈しておく、という提案です。このときかれは、既存の二つの立場と自分の立場を区別できています。ひとつはプロタゴラスの相対主義であり、アリストテレスはプロタゴラスとちがって、善悪の絶対的な差異と優劣を確保しています。第二にかれは、プラトン『法律』第四巻七一六Cの「われわれにとって、神こそもっともすぐれて万物の尺度であり、或る人々が主張するように、だれか人間が尺度であるなどということにくらべても、神ははるかにすぐれて、万物の尺度であろう」という、善悪の尺度としての神に訴える立場も拒否しています。

共同体の中の具体的な「すぐれた人たち」に善いとあらわれることを規準とすることにより、かれの立場では、具体的問題に対する具体的な人間たちの発言権の強さの問題を論じることも可能になります。では、いったんその「すぐれた人たち」とは、「すぐれている」ような人と認定されてしまえば、後はそのままずっと「すぐれている」ような、単に特権的な具体的人物なのでしょうか？　第十巻第五章の快楽論における類似の規準の議論を読むと、アリストテレスはそのような道徳的権威の固定化に対して、用心深かったと思います。かれはその箇所で、「徳《アレテー》と、善き人であるかぎりでの善き人が、それぞれの事柄の規準」（一一七六a一七〜一八）であると明言しているからです。特定の人物は、その人だから善さの規準になれているわけではなく、事実すぐれた善い人だから規準であるということです。そのような或る程度の数の道徳的判断の確かな人々が、それぞれの人柄の小さな変化や、行動評価における個人的なクセを捨象されて、共同体の現在の倫理性を代表するという見解が、アリストテレスのものであると思います。そして、もしそうなら、そうした代表的な人々に次ぐ段階の人々もいることでしょうし、その人々が代表的とされる人々に異議を唱えることも、やがてもう一段進んでかれらに代わってゆくことも可能でしょう。

## （四）「徳《アレテー》も悪徳も自発的なものである」

第三章と第五章にまたがる議論の全体において、アリストテレスはわれわれの一回の行為が自発的であり「われわれ次第」であって、われわれを原因ないし「行為の始まり」とし、われわれの責任であるという基本的主張をします。これをもとにかれは、行為だけでなく徳《アレテー》や悪徳などのわれわれの人柄自体も自発的なもので、われわれに責任があるものであるというもうひとつの主張を論じています。「行為の自発性」については、「意に反した行為」というそれの裏の面のほうから、その圧倒的な広がりをすでに見ました。ここでの、人柄が自発的なものであり、その人に自分の人柄の責任があるという議論では、行為の自発性に基づく、間接的な意味の「自発性」が問題であるように思えます。

人柄の問題を抱えていて悪徳をいま現にもっている人がその悪徳から逃れることは、

自発的にできることではありません。アリストテレスのたとえでは、石を放り投げたことは「その人次第」で自発的でしたが、投げた石を取り戻すことはもはや不可能であるのと同様に、いまやもう、悪徳に染まっていない自分に戻ることはできないということになります。しかし、アリストテレスのように、以前には、あるいは人柄が固まる長い期間全体を通して言えば、悪徳の人にならないことは本人次第であった（それゆえ悪徳は本人の責任だ）、と論ずる立場に対して、ひとつの反論が存在しました。各人が願望する「善くみえるもの」は、各人の性質に応じてはじめからきまっているから、その願望に基づく行為の劣悪さも、悪徳も、本人にはどうしようもないもので、その点で本人の責任であるとは言えないとする議論です。この反論の作者は、悪徳は自発的ではないが徳《アレテー》は自発的だと考えるので、アリストテレスはまず、相手の首尾一貫性に疑問を差し挟み、それなら徳《アレテー》も自発的でないことになるという対人論法的再反論を提出します。

この反論に対してつぎにアリストテレスが答える本格的再反論（一一一四b一六〜二〇）は、二部からなります。まず、何かが善くみえる自分の現在の見え方は過去の自分の行為のあり方を反映しているので、自分自身もその見え方の原因となっていると考えるべきだと論じます。これがかれ自身の見解だと思います。しかし、かれはさらに、相手の前提にいっそう寄り添った反論も考案しました。すなわち、願望される行為の目的の見え方は自分の責任でなくきまっているとしても、それでもなお、その（劣った）見え方の下で目的のために自分がおこなうことを選択し、実際に行為することは「自発的」なので、劣悪な行為をせず善く行為することは可能であった、したがってこの可能性があった以上、悪徳も徳《アレテー》と同様、自発的なのだと論じます。後者の議論は、行為の場面で自分の劣悪な目的が自分にあらわれるとしても、人間はそのような見え方に隷属せずに行為できるはずだという議論です。或る人の目的の見え方が明確に劣悪なら、それを乗り越えることは容易ではありませんが、アリストテレスは、まったく不可能ではなかった以上、そのことは自分の悪徳の「言い訳」にできないと考えています。かれは相手の言う「生まれつきの見え方の悪さ」は、あったとしても悪徳の染みついた大人の改善不可能な悪い見え方のように動かしがたいものではなかったはずだ、という考えを前提しています。かれの強調点は、成長期の人間における、行為、思案、選択のトリオと、願望の抱き方（人柄）とのあいだの、双方向的でダイナミックな影響関係にあると思います。われわれはアリストテレスとともに、人々が現実に道徳的に成長するのを教育的観点から見ることに、慣れてきています。順調に育った若者には自分を改善する能力があります。この事実のリアリティを出発点に考えてゆくとき、目的の見え方を生まれつきのものとして固定しようとする論敵の議論は、しだいに「現実から浮いてしまっている」ようにみえてくるはずです。つまり、それは、ただの「議論のための議論」にすぎないように思えるはずなのです。このようなイメージを読者の心に浮かび上がらせることが、再反論全体のねらいだと思います。

以上のようにアリストテレスは、講義を聴いている若い受講者に対して、若者とはいえ受講者の年代の人間が、これまでの行為の仕方によってまさにいまの自分になってきた、ということを理解させようとしています。そして、自分の行為を原因とする人間の変わりやすさ、可塑性を一般的に説明しています。これは、直接には、受講者の年齢の人間にとってこれからの一回一回の行為が、いかに一生涯におよぶ重みをもちうるか、理解させるためでしょう。自分にかんする基本的事実を知り、これまで事実上うまくいっていたことを、今度は自分で理解した上で意識的にさらに徹底することが講義のねらいです。これからの或る行為がすぐれているとき、その行為はその行為として受講者によい成果をもたらすでしょうが、それだけでなく、その行為に関係する習慣の固定や改善につながることにより、中長期的にもかれの幸福につながってゆくはずです。逆に、万一受講者が近い将来、ゆるみが出て一回の悪い行為に向かった場合、その行為だけの問題ではなく、規範を一回踏み外したことに起因する、習慣の劣化も起こってしまうかもしれません。その場合に自分に降りかかる将来の悲惨な結末を考えるなら、受講者はアリストテレスのこの主題の話を聞く前よりも、いまは人生そのものをいっそうまじめに考えるようになり、とくに自分の一回の行為の厳粛な重みを認識するようになると思われます。

## 五　いくつかの興味深い人柄の徳《アレテー》について

### (一)　勇気

第三巻第六～九章で、人柄の徳《アレテー》のはじめに取り上げられるのは「勇気」です。アリストテレスは勇気を、「恐れ」と「自信の大きさ」という二種類の感情それぞれの中間として、自信の大きさよりは恐れのほうがより重要な問題であるとします。つまり、恐れることが大きすぎ（臆病な人はこれです）もせず、小さすぎ（このような人はあまりいないし、この類型には名前がついていないとアリストテレスは言います）もせずに中間であり、自信過剰（向こう見ずな人はこれです）でなく、自信喪失（臆病な人にはこの欠点もあります）でもなく中間であること、これが勇気です。

アリストテレスは第六章で、われわれが恐れるさまざまなものを挙げ、たとえば不評という悪いものを恐れることはむしろ善いことなので、勇気がかかわる恐怖を絞り込んでゆかなければならないとします。そして、勇気はもっとも恐ろしいものである死にかかわり、とくに美がからむ、戦争における死を恐れない態度が本来の意味の勇気であるとします。「したがって、美しい死を恐れない人、しかもその死の危険が迫った状況でも恐れない人が、本来の意味において『勇気ある人』と呼べるだろう」（第六章一一一五a三二～三四）とかれはまとめます。

アリストテレスは、ここで勇気の説明に使った「恐れない」ことについて、以後の議論で詳しい説明を加えてゆきます。まず、勇気がただの勇ましさや向こう見ずではないための条件として、美しい目的のための分別《ロゴス》をそなえた行為をもたらす徳《アレテー》であるという条件があると言います。愚かで荒っぽい性格であるがゆえに表面的に勇ましいふるまいをすることからはっきりと区別される、心の中のしっかりした態度としての勇気が問題であるわけです。戦争の場面では、経験があり、軍事に通じていて生命が惜しくない人がいれば、その人は勇気ある市民兵より強い兵士でしょうが、そのような人の表面的に勇ましい様子も、勇気の印とは言えません。戦況が悪くなった時に戦争慣れした傭兵の態度が急変して逃亡した例を、アリストテレスは挙げています。したがって勇気の徳《アレテー》は、善く生きてきたがゆえに「そのような人にとって生きることはもっとも価値あることであり、しかもその人には、さまざまなもっとも善いものが奪われるとわかりながらそうした善いものが自分から奪われるがゆえに、自分の死は、苦しいこと」（第九章一一一七b一一～一三）であるという事情の下で、それにもかかわらず美しさを選んで行動することのうちにある、ということになります。

このようにアリストテレスが「戦場における死の問題」という限定された場面で本物の勇気を語ろうとしたことは、戦争をしない国であるいまの日本でのわれわれの徳にかんする通念からすると、考え方の大きな隔たりを感じさせる要因となることでしょう。アリストテレスの勇気論をわれわれ自身にとってより参考になる議論とするためには、第八章の本物の勇気に似たいくつかのもの、とくに市民的勇気が、「本来の勇気にもっとも近い」（一一一六a一七）とされる観点を強調するのが、ひとつの方法であると思われます（ただし、その際に、市民的勇気が、有力市民同士の相互評価における、自分の名誉を維持しようとする意識の問題に過ぎないとするアリストテレスの意見を批判して、修正しなければならないでしょう。現代であれば人々は、直接生死の問題にかかわらない生活の課題においても、「個人」が際立つような美が関係する、本来の勇気の場面をもつことがあるはずだと思えるからです）。

ただし、戦場における死にかんしてアリストテレスが、目に見える勇敢なふるまいの逸話を超えて、ここまでに紹介してきたような、その場に置かれた人々の葛藤に満ちた内面性の問題として勇気を取り上げたことは、重要な功績です。また、戦場という場面に問題を限定しなければ、死というものが各人にとって恐怖の対象であり、したがって勇気の問題にとって必ず中心的に論じられなければならない主題であることは、いまも変わらない、重い事実です。生の内部の倫理にとどまらず、死一般と勇気について根本から考えたことも、かれの勇気論の業績であると言わなければなりません。

## (二) 節制

つづく第十章から十二章では、食欲と性欲にかかわる人柄の徳《アレテー》・悪徳である「節制」と「放埒」が問題とされます。アリストテレスの結論は、節制と放埒は基本的欲求である食欲と性欲を対象とする徳《アレテー》・悪徳であるということです。これは、アリストテレス以前のプラトンたちの節制・節度（ソーフロシュネー）よりは狭い範囲にこの徳《アレテー》を限定して考える態度です。プラトンまでは、知による非知性的感情・欲望等の支配や、自己知、「中庸」「ほどをわきまえること」などを含む、巨大な徳《アレテー》が「ソーフロシュネー」と呼ばれていました。アリストテレスは基本的欲望の問題として、人柄の徳《アレテー》のひとつにこの徳《アレテー》を位置づけます。かれの「ソーフロシュネー」は日本語の「節制」とほぼ重なります。そして、従来の巨大な徳《アレテー》としての「ソーフロシュネー」の問題にかんしては、さまざまな議論へと分解し、議論の場面ごとに成果を上げるという作戦を取りました。この点について、本訳下巻に収めた第六巻第五章と第七巻のいくつかの章が参考になると思います。

アリストテレスがこのような限定した観点でソーフロシュネーを捉えたひとつの理由は、節制に対立する悪徳が放埒であり、放埒は文字通りには、基本的欲望である食欲と性欲にかんしての悪徳を意味するということです。たしかに放埒とそれに関連する抑制のなさは、幼い人々を躾け、若い人々を教育する際にもっとも注意すべきポイントになる欠陥であると人々は一致して考えています。

節制は基本的欲望の超過と不足の中間性であるということになります。超過は放埒ですが、不足は欲望がそもそも足りないということであり、そのような人は現実にはほとんどいません。そこで人々も節制と放埒の対立で問題をみようとしますし、アリストテレスもその態度を踏襲して議論しています。

放埒は食欲と性欲にかかわる欲望の超過ですが、食欲の場合でも当時の愚かな大食漢が「とにかくたくさん喉を通る」ことを欲したように、味覚というより触覚の問題としての過剰が問題です。性欲の場合でも放埒は触覚に関係しますから、結局節制の徳《アレテー》とは、人間的というよりも獣的な「ものの感じ方」からいかに抜け出して、分別のもとで統制のとれた精神状態にたどり着けるかという人間全員の課題に、とりわけすぐれた仕方で答えてきた人のもつ人柄の徳《アレテー》である、と言えるでしょう。アリストテレスの説明でもっとも注意すべき点は、節制の人は放埒の人に比べて、欲望自体のあり方が違っているので、それでけっして間違えずに正しく行為できるということです。行為の習慣により大きすぎる欲望をそもそももたないので、それでそのつど適切に行動でき、そのことにむしろ高級な満足を感じるわけです。

放埒な人は超過した食欲と性欲をもち、それゆえ求めるものが少しでも足りないと激烈な苦しみ方をします。もちろん、われわれはいわゆる放埒さの悪徳を免れているはずです。しかし時には、これ以上食べるべきではないが食べたいとか、甘いものを食べてはいけないのに猛烈に食べたくなるとかで、困惑する経験をもつこともあるかもしれません。後の第七巻の議論でアリストテレスは、このような困惑と葛藤の場面で、結果的に抑制できて正しく行為できる人は、自分の欲望に悩んでいる点では節制の人のように人間として立派ではないが、その行為はもちろん賞讃されるべきであるとし、抑制がなく結果的に欲望に負ける場合（「意志が弱い」と呼ばれる場合）は、まだ放埒の人のように救いがないわけではないが、独特の問題（哲学的理解の面でも難点があり、実際にこうした失敗を積み重ねないようにするにはどうしたらよいかという実践的問題としても、特別の工夫が必要です）をかかえてしまっていると診断します。この問題は第七巻第一〜十章、とくにそのはじめの四章で、本格的に論じられます。

## （三）金銭にかんする徳《アレテー》と悪徳

第四巻でアリストテレスが論ずるさまざまな人柄の徳《アレテー》について、古代ギリシャ人の生活と考え方に興味のある読者ならば、ここがとくに面白いと感ずるかもしれません。逆に、アリストテレスの倫理思想をおおむね知りたいと考える読者は、第四巻が古代の一地方でたまたま高く評価された古臭い心性にかんする、退屈でマイナーな議論だと思うかもしれません。たとえば、第四巻第一章で論じられる「気前良さ」と第二章で論じられる「物惜しみのなさ」にかんしていえば、儲けることよりは適切に使うことを考えるべきだとする点（気前良さ）、および財産家は公共事業や国家の意味ある事業に積極的に貢献して名誉を得ようとしなければならないという点（物惜しみのなさ）は、たしかに「古臭い」とも言えます。しかし、この二つの「徳《アレテー》」はけっして単に「淘汰された徳」ではないとも思われます。これらの徳《アレテー》の説明は、資本主義の社会、あるいは公共事業を国のお金でおこなえる近代国家になる前に西洋の人々が生きていた社会の基本的なあり方を知るために役立つと同時に、西洋における新しい非アリストテレス的な発想である「まっとうな努力で適正に儲けることはよいことだ」という近代資本主義の考えが成立した後のいまも、西洋的な社会の健全性を、基本的なところで支えているということを、現代人に指し示していると思います。

すなわち第一に、「儲けること」の正当化は、たとえばキリスト教のカルヴァン派プロテスタンティズムにおいても、また、たとえばスコットランド道徳哲学におけるアダム・スミスの道徳感情論においても、宗教上の「世俗内禁欲」や、「公徳心」というる公共の規範にかなった他者との共感のように、正しい態度をはぐくむ情操教育の面で、幼児からの大変厳しい「躾け」の存在を背景におこなわれたように思われます（そうでなければ、単に私的に儲けることの賛美になってしまい、道徳性のない思想とみられることになるため、時代を大きく変える新しい考え方になれなかったはずです）。この意味で、後に新たに登場した資本主義の典型的な担い手たちは、じつはアリストテレスやかれを受け継ぐアリストテレス主義者の、「儲けること」に禁欲的な目による厳しい「審査」を通しても市民として（しぶしぶ）承認される、新しいタイプの紳士として、政治の運営と経済の発展の両方にかんする「見識」が期待されることになったのだと思います。政治において期待されるこの倫理性の深層的重要性を見逃し、ほかの科学や倫理と切り離された経済と経済学の思想のみを追いかけていると、現代社会での「期待される人間のための若い頃の躾け」は、失敗するように思われます。経済力や財産は、個人と組織の力のひとつの指標ではあるかもしれませんが、それでもわれわれは、いまもなお、資本主義に代表される現在の世界のシステムが成立するはるか以前にアリストテレス（たち）が準備した、人々の幸福に責任を負いうる公共世界の運営のトップを担う人間と、公共的組織の中で生きるほかのすべての人間がもつべき清潔な金銭感覚についての学説から、学ぶ点があると思います。

第二に、アリストテレスの「物惜しみのなさ」の徳《アレテー》にかんする発言は、かれの時代のかれ個人の考えという面を超えて、学問研究や文化や芸術への寄付をして、私的な儲けを公共へと還元しましょうということであり、西洋のお金持ちが為すべきことにかんする、一般的で最良のコメントになっています。ここも、非西洋の未来のお金持ちや将来の政治家にも、とくにしっかり読んで勉強していただきたいところであると言えるでしょう。

## (四) 志の高さ (メガロプシュキア)

ギリシャ・ローマを通じて、西洋の古典古代という時代と切っても切り離せない徳《アレテー》が、第四巻第三章の主題となる「志の高さ」です。文字通りには「魂の大きさ」という意味の言葉で、大変立派な人が自分は大変立派だと自己評価することにより、小さなことにこだわらず、また周囲の小物の人間たちを見下しながら、自分に真にふさわしい、少数だがほんとうに価値のある大事業や偉業に挑戦する精神のことを言います。

この「徳《アレテー》」は、後にキリスト教が西洋世界の大宗教として普及して新しい倫理ができあがるとともに、徳とも卓越性ともみなされなくなったものです。キリスト教では人間がみな、最初の人間アダム以来の原罪を負っているとみなします。したがって多少の優秀性があったとしても、それを誇ってはならないとして「謙遜の美徳」が賞讃されます。それゆえ、たとえば自分の立派さ通りに自分を高く評価して「小さなこと」に手を出さないようにする志の高さの態度は、キリスト教の自己評価のあり方からはむしろ避けるべき態度であることになります。また、人間はどんなに小さく劣ったようにみえる人でも聖なるものをうちに蔵しているという考え方も、キリスト教の中心的教義です。したがってアリストテレスのように、自分がほんとうにすぐれていればほかの人を軽んじてもよいと主張すること（一一二四b五〜六「なぜなら、志の高い人は他人を軽んじ、そしてそれは正当なことであるのに対し（かれの判断は真実のことだから）、多くの人が他人を軽んずるのは、その人々の勝手にすぎないからである」）は、それだけで不敬虔で不道徳であることになります。

ほかの大宗教、たとえば仏教でもアリストテレスやギリシャ・ローマの志の高さを、徳として承認しないでしょう。ここには古代ギリシャの考え方が現代において正当なのかという問題があるようです。この意味で、志の高さの議論は、あまりにあっけらかんとしていて「高慢」への歯止めが弱いので、単に過去の遺物なのかもしれません。

しかし、「志の高さ」にかんする同時代のギリシャ人の漠然とした理解をすぐれたものにするためにアリストテレスが加えようとした二点は、教育上非常に大きな意義を持つものであったと思います。第一に、かれはほんとうに徳《アレテー》がある人、それも完璧に近い有徳の人にしか「志の高さ」の態度を承認しようとしませんでした。ギリシャの現実は、徳《アレテー》もないのに尊大になる人間が多かったことを考えれば、この点はかれの大きな功績です。第二に、アリストテレスは、かれにはめずらしく、ここでは自己評価の超過よりも不足の「卑屈さ（魂の小ささ）」のほうを大きな「悪」として厳しく退けます。そしてここには、アリストテレスの倫理学講義の趣旨そのものが関係していると思われます。若い素質のある人が、社会貢献にせよ学問研究にせよ、自分の可能性の極限まで進む前に心が折れて撤退してしまうこと、自分の価値に真に見合った何かを始める前に、誤った自己診断により小さな仕事やただの時間つぶししかしなくなること、このようなことこそ本人にとって最悪で、そのような貴重な可能性を失う将来の社会にとってももっとも嘆くべき損失なのだということです。そして、この点の克服は、じつは後の西洋世界においても、とくにルネサンス以後の近代国家において、非常に上手に次代のエリート養成のコツとして活用されてきたアイデアであるように思われます（英国の伝統のひとつに「ノーブレス・オブリージュ」があります。位の高い人間は、それに見合った非常に重い社会的責務を果たさなければならないという考えです。階級社会の思想的防衛手段にすぎないという見方もありますが、ルネサンス期のイタリアにギリシャ語を習いに行って帰国した先生の教えを受けてプラトンの『国家』や本書

『ニコマコス倫理学』を英国ではじめて原語で読み、感激した世代の、オックスフォード大学出身のエリート法務官トマス・モアの義務感は、そのような階級意識とは無縁の、真の志の高さの面があったと考えられます。かれは暴君ヘンリー八世に対して法を守ることを主張して逆鱗に触れ、死刑になったのですが、そのような首尾一貫した「志」は、後代のその国の要職者におけるプライドと真の公僕意識を、明確にまた適切に、高めるものでしょう）。本音をけっして隠さないアリストテレス倫理学の隠された現代的意義のひとつを、ここに見いだすことができるのではないでしょうか。

## （五）さまざまな人柄の徳《アレテー》の統一性について

現代のギリシャ哲学研究者ボストックは、アリストテレスの挙げるいくつかの「人柄の徳《アレテー》」が真の統一性を欠いており、アリストテレスの説明は「とうてい整合的といえない」と主張します（D. Bostock, *Aristotle's Ethics*, Oxford 2000, 50）。第三巻から第五巻までに取り上げられる人柄の徳《アレテー》は十一あります。勇気は恐怖と自信の大きさにかかわり、節制は基本的欲望にかかわり、温和さは怒りにかかわるので、これら三つは

「感情の問題」にかかわると言えます。しかし、たとえば気前良さは、感情の中間や不足の問題ではなく、その都度の行為において、いかに金銭を使うかという課題に適切に対処することの問題でしかないとボストックは断言します。そして同じことは「物惜しみのなさ」にも言えるし、まして「社会的な徳《アレテー》」である機知や正直さ（真実を示す徳《アレテー》）や社交の場の徳《アレテー》や正義では、感情の問題としてこれらを論ずることはできないとして、第二巻第六章で人柄の徳《アレテー》を「感情と行為にかかわる中間性の問題」と捉え、続く第七章で十数個の人柄の徳《アレテー》を感情の中間性として例示しようとしたアリストテレスの説明は説得力を欠いていると結論づけます（Bostock, 45-52）。

以上のボストックのアリストテレス批判に共感を覚える読者も多いと思います。そこで、最小限の弁護をしておきましょう。第一に、第二巻第七章でも第三巻第六章から第四巻第八章まででも、アリストテレスは実際に関係する感情の中間を徳《アレテー》とし、超過と不足を悪徳とします。ここにはまず、一社会（アリストテレスが属していた古代ギリシャのポリス社会）で通用していた徳《アレテー》が、そのまま全時代のあらゆる社会で人間の徳《アレテー》として通用するかという問題が隠れています。アリストテレスは「通用する」ないし「古代ギリシャ的な徳《アレテー》に対応するなんらかの徳は、いかなる（進んだ）

社会にも見いだされる」というように考えていると思われます。他方、ボストックは「通用しない」ないし「通用するか否かという問いは無意味だ」という立場に近いと思います。つぎに、アリストテレスはそのような人類に普遍的な徳を、人間の心理において関連する感情の中間性として、人間の生理学的基礎に及ぶ深い分析ができるという立場から一貫して説明しようとしています。ボストックは、このような試みそのものが不毛であると考えていると思います。アリストテレスは、非常に野心的な統一的説明を目指していると思われるのです。そしてボストックの批判は、アリストテレスのこのような説明の企てそのものを初めから聞く気のない人による、外からの批判になっています。

第二に、このようなアリストテレスの野心的な説明プロジェクトの首尾一貫性は、単に言葉の上の形式ではないと思います。なぜなら、（アリストテレスの目論見がうまくいく事例では）このような感情の重視には、聴講者や読者が倫理の自学自習をするときの助けとなるような実質的な意味が込められているからです。第四巻第一章の議論によれば、年少の人が浪費をしがちな場合には慎重な初期対応が必要だということになります。ほかに問題がなければ、注意してその若者を導いて気前の良い人にできるでしょうが（一一二一a一九～二一）、ひょっとしてその若者にはすでに欲望にかかわる、放埒な人間という悪人の兆しがあるかもしれません。そしてその場合には気前良さの学習はほぼ無意味になってしまい、むしろ欲望の抑制の面で少しはましな人間になれるような人柄の改善こそが、喫緊の課題となるからです（一一一九b二八～三三）。

この例は、アリストテレスの説明の企てが、野心的であるがゆえに積極的な意味をもちうることを示しています。つまり、アリストテレスは人間を奥底で支える感情のレベルに踏み入ることにより、人の行為の背景をなすような深層の原因に迫りたいと思って考察を進めていたのですが、そのような研究により、ほかのやり方では見いだせない教育的な発見がなされたわけです。行為がタイプとして一見似ていても、原因の観点ではまったく異なる教育的必要性をもつ場合が、しばしばあります。アリストテレスはそのような深層の原因から結果としての行為を見ることができるように自分で努めていたので、いままでの自分の推測の成果と考えるものを、さまざまな人柄の徳《アレテー》を主題に披露してみせているのでしょう。それだけでなく、こうすることによりかれは、受講者が自分でも原因レベルの推測に基づいて自己陶冶と若者の教育をおこなえるように働きかけていると思われます。

たしかに、アリストテレスの企てが全面的に成功したとは言えないでしょう。たとえば、すでにみたように、気前良さも物惜しみのなさも志の高さも、今日では徳とはみなされていない性向なので、現代では、これらについて人類の問題として「すぐれた感情」を取り上げることの意味が、あまりないように思えます。またたとえば、第四巻第六章の社交にかかわる無名の徳《アレテー》は、社交のあり方が変われば異なる感情と感情表現が賞讃されるような領域の徳《アレテー》なので、古代アテナイと近代フランスと現代日本で、それぞれ徳自体が異なるはずです（文化のあり方を反映せざるを得ない「笑い」にかかわる「機知の徳《アレテー》」でも、似た問題になると思います）。しかしわれわれは、いずれの社会においても、そのような現実の多様な徳の基盤となるような人類共通の「社交性の優秀さ」ないし「真の友人らしさ」が、なんらか奥底にあるとも信じています（ただし、そのような普遍的な友人らしさを現代の人間として実現するには、われわれはたとえば、異文化の重要性と多元性の認識や、国際感覚の修得を必要とするでしょう）。したがってアリストテレスがおこなった分析は、それだけではそのような人類共通の深みに達しないのですが、だからといってボストックの言うように、単に課題ごとのふるまい方の優劣の問題につきるとも思われないのです。さらに、社会における真理への関心がアリストテレスの時代にかれのまわりで急速に高まっていて、それに関連する徳《アレテー》の問題もアリストテレスの論述から拾ってくることができます。たとえば、第四巻第七章の「真実を示す無名の徳《アレテー》」の重要性の論点は、いかなる先進的な社会でも当然の「正直」や「誠実さ」の徳の議論の一部にあたるものですが、感情と行為の中間性に訴えるアリストテレスの説明の仕方にこれらがどのように適合して、文字通りにはどのように適合しないかを検討することは、これらの徳の解明のために、意味のある仕事であると思います。——以上のことを一言でまとめれば、アリストテレスが人柄の徳《アレテー》を「中間の感情」から統一的に説明しようと企てたことは、たとえ実行してみてそれがうまくいかない場合であっても、「単なる失敗」ではなく、人々の倫理学的認識の進歩への貢献を伴うことであったと思われるのです。

それでは、巨大な徳《アレテー》である正義について、「中間の感情」は説明になるのでしょうか？　その点をつぎに考えてみましょう。

## 六　正義について

第五巻における正義論は、つぎのように始まります。「また、正義の徳《アレテー》と不正の悪徳について、それらはまさにどのような行為にかかわるのかということ、および、正義の徳《アレテー》とはいかなる中間性であり、正しいこととは何と何との中間なのかということの両方を考察しなければならない。なお、われわれの考察は、これまでに述べられた考察と同じ方法によるものとしておこう」（一一二九a三〜六）。ここから自然に読み取れることは二点でしょう。第一に、正義の徳《アレテー》は、節制や勇気や気前良さや温和さのような「人柄の徳《アレテー》」と呼ばれる種類の徳《アレテー》です。つまり、感情と行為の中間をうまく射当てるような、そして、それと同時に、ちょうど適切な中間の感情と行為であるような性向です。第二に、そのような通常の人柄の徳《アレテー》の特徴を帯びる以上、正義の徳《アレテー》の考察は、節制や勇気の徳《アレテー》の考察と同じように人々の「あらわれ」に従って進めてゆけばよいと考えられています。問題の「あらわれ」は、「人々を正しいことを為す者とする性向、つまり、正しい事柄を為し、正しい事柄を願望する性向、人柄にかかわるそのような性向こそ正義の徳《アレテー》である」（一一二九ａ七～九）という内容です。

その一方で、第五巻の議論がほんの少し進んだ段階ですでに、正義の徳《アレテー》はこれまでの人柄の徳《アレテー》とは性質が異なるということも、アリストテレスは強調しはじめます。第一に、アリストテレスによれば「正義の徳《アレテー》」は、単にその個人の優秀性や卓越性というより、その個人が他人との関係で、あるいは社会の中でどのようにすぐれた仕方でふるまえるかという問題です。この点で、節制や勇気を個人の修養の問題として論じることができるのとは、事情がちがいます。また第二に、「対人的な徳《アレテー》」としての正義は、全体的正義（つまり、どんな人柄の徳《アレテー》であっても、その徳《アレテー》を対人関係でみたときには「正義」と言えます。勇気ある人は勇気を発揮して他人に対して正義のふるまいをしていて、法（社会の決まり）に従ったよいふるまいをしていると言えます）と、部分的正義（節制や勇気と区別される正義）に分かれます。アリストテレスがおもに主題とするのは、部分的正義のほうです。そして部分的正義も、はたらきや業績の価値に比例して配分をおこなう配分的正義と、窃盗や殺人の刑罰の量刑などにおいて、「高潔」

とみられる人も「劣悪」という評判の人も、ともに一人と数える矯正的正義に二分されます。「正義」という徳《アレテー》にみられるこうした意味の枝分かれは、節制や勇気にはみられなかったものです。

以上の特殊性は、ほかの人柄の徳《アレテー》とは別の扱いが必要であることを示唆する点です。はじめに引用した、ほかの徳《アレテー》との扱いを同等にするという宣言と、矛盾したことをアリストテレスが言っていると解釈されることもあります。問題となる正義の特殊性を、アリストテレスは第五章で「つぎに、正義の徳《アレテー》とは一種の中間性であるが、これは、ほかのもろもろの徳《アレテー》と同じ意味での『中間性』ではなく、ちょうど中間のものに達するという意味におけることである。これに対し、不正の悪徳は、両方の極端に達するものである。（中略）ただし、不正行為にかんして言えば、「行為の「損失」と「利得」の計算で」より少ない「損失的な」ものを得るのが不正をされることであり、より大きい「利得的な」ものを得るのは不正を為すことである」（一一三三b三二〜一一三四a一三）と述べています。

正義の徳《アレテー》はほかの人柄の徳《アレテー》と同様「中間性」です。しかし、正義の徳《アレテー》が対人的徳《アレテー》である（したがって、最少でも二人の人につき二項の四個の変数を持ちます）という事情があり、それゆえ、たとえば勇気においては、恐怖の超過と不足のような固定的な超過と不足に対し自分の感情と自分の行為の「ちょうどよい中間」をつかむという問題だったのと、同じ話では済みません。正義では人間間の公平と不公平の問題にかんして、同時に一方の超過・もう一方の不足となる不正に対し、双方にとっての「中間」を経験的につかむという問題になります。

表にして書いてみましょう。勇気の場合であれば、

| 感情 | 超過（悪徳） | 中間（徳《アレテー》） | 不足（悪徳） |
|---|---|---|---|
| 恐怖 | 臆病 | 勇気 | （無名） |
| 自信の大きさ | 向こう見ず | | 臆病 |

というように、徳《アレテー》と悪徳が分類されます。しかし第五章のいま引いた箇所では、正義の徳《アレテー》の場合にこれに相当する表を書くことはできないとアリストテレス自身が明言しています。当然出てくる疑問は、その場合正義の「徳《アレテー》」と言って人柄の徳《アレテー》の一種類であると主張することもまた、不適切になるのではないか、「中間」が言えるよ

うな感情を示すことができないのだから、というものでしょう。

このように勇気の場合、①長い間の行動習慣によってできあがった、恐怖と自信の大きさにかかわるその人の中間の性向から、②「怖い」と人々にみなされる特定場面でのすぐれた行動へ、という二段構えで考えることができるので、それで勇気の人が勇気ある行為をしたと言えるように思えます。これに対して正義の場合、①長い間の行動習慣によってできあがった、なんらかのもの（「x」としましょう）にかかわるその人の中間の性向から、②「不正」「不公平」が問題になる特定場面でのすぐれた行為へ、というようにして、「x」のところに適切な言葉を入れて①の側から②を説明するという企てはあきらめなければならないということが、第五章の主張です。正義ならではの、ほかの徳《アレテー》にない「x」の候補は、「利得への執着」の多寡です。しかし第五章の主張のポイントは、そのような利得への執着における「中間の性向」としての徳《アレテー》は、特定の事柄にかかわる特定の対人関係に入る以前には、どのようなものかを語ることができないということです。正義の徳《アレテー》の場合、「②という結果を出すような人が『正義の（徳《アレテー》の）人』の候補になる」と言うことしかできません。そして、そうなると、②と独立に①を押さえておいて若い人を訓練することは不可能だという帰結さえ自然に思えてきます。教育の場面で「正義の徳《アレテー》の養成」を語ることはできないという結果ですから、これがほんとうなら、大問題です。

これは、対人的な徳としての正義の複雑さを考慮したときに「超過」と「不足」は意味をなすかという問題です。なぜなら、節制や勇気が先ほどの表のように、一次元的に一本の線の上で超過・中間・不足が並ぶときの中間であるとイメージできるのに対し、正義の徳《アレテー》の場合には他人との関係を含むため最少でも関係項が二人につき各二項の四つなので、二次元的になってしまうからです。つまり正義の徳《アレテー》で利得をめぐる態度における中間がいえるとしても、それは正義の性向（①）というより、正義の行為（②）の場面で、

| | 逸脱A | 中間＝正義の行為 | 逸脱B |
|---|---|---|---|
| 事柄の比に対してX：Yは | より大 | 等しい | より小 |
| 当事者X | 超過 | Yと等しい | 不足 |
| 当事者Y | 不足 | Xと等しい | 超過 |

と言えるだけのことかもしれないということです。この表の「逸脱A」は、二人のあいだの「不正行為」の問題では「XがYに不正を為すこと」であり、「逸脱B」は「XがYによって不正をされること」です。配分における不正としてみれば、配分者が「逸脱A」では片方のXに有利なように不公平な配分をおこなったのです。矯正的正義の問題であれば裁定者が「逸脱A」では一方のXに不公平に有利に裁定し、「逸脱B」では他方のYに有利に裁定したのです。これに対し「中間」とは、二人（ないしそれ以上）の人のあいだで成立する公正な関係です。――問題は、そのような配分者（ないし裁定者）が、いかなる「徳《アレテー》」である中間の性向」を背景に適切な配分・裁定をおこなったか、容易に推測できないということです。

それにもかかわらず、アリストテレスは正義の徳《アレテー》の議論を構想するとき、「中間」を「正義の人」「正義の徳《アレテー》」についても言うことができると考えました。この理由は、アリストテレスが性向としての「不正の悪徳」との対比において正義の徳《アレテー》を考えていたということだと思います。不正な人は「貪欲な人（プレオネクテース）」であり不正の悪徳は「貪欲（プレオネクシア）」であって、「より多く（プレオン）・取る人（こと）」です。しかも、単にその場で一回より多く取るのではなく、習性的に、きまった傾向としてより多く取る人が不正な人です。したがって正義の人と正義の徳《アレテー》は、事柄に合った比例関係に従って、その人の習性としての行動傾向からほどよく、つまり「等しい分」を取る人（こと）です。つまり、似た表で一覧にすれば、

| | 事柄の比に対してI：Yは | 当事者I＝自分 | 当事者Y＝任意の他者 |
|---|---|---|---|
| 逸脱①＝貪欲という不正 | より大 | 超過 | 不足 |
| 中間＝正義の徳《アレテー》 | 等しい | Yと等しい | Iと等しい |
| 逸脱②＝？ | より小 | 不足 | 超過 |

という種類の表を人の傾向にかんするものとして書くことができれば、結果としての行為の問題を超えて、正義の徳《アレテー》をほかの徳《アレテー》と同じように「中間の性向」と言えることになります。

この表が問題を含んでいることは明らかです。「逸脱①」に該当するのは貪欲で不正な人ですが、その逆の側の「逸脱②」に入る類型は何でしょうか？　意図的に「不

正をされ続ける」ような人でしょうか？　あるいは配分に際して自分のために「より少なく取り続ける」ような「自己犠牲の人」だとすると、そのような人は、正義の人をも超えた、スーパー正義の人ではないでしょうか？　しかしアリストテレスにとって「逸脱②」はあくまで逸脱であり、悪い状態です。そして、人が「逸脱②」により問題であるなんらかの不正な人間であることを前提しながら、かれは第五巻第九章と第十一章で非常に入念に、「逸脱②」を「自発的に不正をされること」とも「自己自身に対する不正」とも呼ばないという議論をしています。このことの理由は、「自発性」と「不正をされること」は両立しないというものと、正義と不正はそもそも対人関係における徳《アレテー》と悪徳だから、自己自身に反射的に跳ね返る悪徳としての「不正」を言うことは不可能だというものです。

逸脱②は、配分や政治や組織運営一般にかかわる場合の一見自己犠牲的な、あるいは一見純然たる奉仕者としてのふるまいにまつわる悪徳なので、そのような悪徳には気を付けようという、「裏のある話」として解釈すべきだというのがアリストテレスの態度です。この点を確認するには、第九章一一三六b二一以下をみることが便利です。そこではアリストテレスは自己犠牲的にふるまう（いわゆる）「高潔な人」にも裏があるかもしれず、その点でわれわれは隠れた不正の可能性を予測しなければならないと注意します。正義も高潔さも、憧れの的である分、事実誤認や意図的な嘘が発生しやすい「徳《アレテー》」でしょう。そこで、逸脱②につぎの傍点部分の説明を入れれば「正義の徳《アレテー》のマップ」を描くことができます。

| | 逸脱①＝貪欲という不正 | 中間＝正義の徳《アレテー》 | 逸脱②＝大きな、貪欲の隠れ蓑 |
|---|---|---|---|
| 事柄の比に対しI：Yは | より大 | 等しい | より小 |
| 当事者I＝自分 | 超過 | Yと等しい | 不足 |
| 当事者Y＝任意の他者 | 不足 | Iと等しい | 超過 |

この現実主義的解釈に沿うように、アリストテレスが権力に近い人のふるまいには気を付けるべきだと考えたことは、第六章一一三四a三三～b八で明らかです。「善意の仮面」を信じると、僭主という最悪の独裁者の誕生を許すこともあるのだとかれはその箇所で読者に警告しています。アリストテレスは「権力は腐敗する」というこ

とをよく知っていた現実主義者でした。こうして、「行為における中間」はその都度、超過だけでなく、不足からも守られていなければならないことになります。それゆえ結局、やはりその都度中間と「正しい分別・ロゴス」を守って行動できる人間のなかから、正義の行為を大きなスケールで実行してゆく高位の立場の人間が選定されるのでなければならないことになります。

このように、「利得をめぐる中間の性向」を押さえることができるので、正義の徳《アレテー》も人柄の徳《アレテー》であると主張することに、大きな困難があるとは思えません。しかし、その一方でこの最後の表においても、まだ正義の徳《アレテー》の積極的な育成の仕方は、示されていません。この点では、正義は節制や勇気の課題とはちがって、「利得にかんする適正さ」というあまりに誘惑の多い課題なので、「正義の徳《アレテー》」は人柄と能力を総合的に判定し、それなりに見込みのある人に配分や矯正の行動の場数を踏ませながら鍛えるべき徳《アレテー》であるという結論になります。しかしその一方で、「人柄の徳《アレテー》」を語ることの主要なポイントは、その徳《アレテー》のための教育上の提言が生み出されることですから、この点は、「中間の性向」を言うことの意味にかんする懐疑を再度生みかねない要因として、残っています。したがって、考察の角度を変えれば、現実に待ったなしの重要な配分や調整の場に立たせる前の若者の育成にかんする提言が、見つかるのでなければなりません。

アリストテレスはそのような提言を、法的正義の「穴」の部分を是正できる「(真に)高潔な人(エピエイケース)」のところに見ようとしたように思われます。法の守り手の立場に立った高潔な人の、出来合いの法に残る欠陥を、自分に確かな正義の観点に基づいて是正する「衡平の措置」の意味については、第十章にまとまった考察が述べられています。

それでは、共同体の将来にとって大変重要な、そのような高潔さをそなえた「正義の人」の候補を、どのように若い人のなかに見つけて、どのように教育したら共同体をさらに発展させることができるのでしょうか？　この問題は、じつは「人柄の徳《アレテー》」という一般的主題も、正義という単一の主題も超えた総合的で巨大な教育問題であるというのが、アリストテレスの答えだと思います。本訳下巻所収の、知的な徳《アレテー》を扱った第六巻第十一章で高潔さはふたたび主題となり、そこでは「高潔な人」の候補となるには、事柄に見合った他人への思いやりと倫理的判断力一般の強さが要求されると論じられます。さらに、「フィリア」という愛を論じた第九巻第四章と第八章で、高潔な人を育てるという課題の真の難しさと重要性も説かれます。じつは人柄の徳《アレテー》一般も高潔さという正義の徳《アレテー》も、小さな頃からの親しい人々のあいだでの相互的な愛のなかで、しだいに発達できるものだということがそこで確認されます。この点は、自分と他人への健全な愛のあり方の問題として論じられます。

したがって、アリストテレスの正義論はこのように共同体における「知」と「愛」の問題につながっていて、それらの議論までゆけばかれのスケールの大きな倫理学の全体像もまた、だれにとってもかなり明らかに、見えることになると思われるのです。

光文社古典新訳文庫

ニコマコス倫理学《りんりがく》（上）

著者　アリストテレス
訳者　渡辺《わたなべ》 邦夫《くにお》・立花《たちばな》 幸司《こうじ》

2015年12月20日　初版第1刷発行
2025年6月20日　第12刷発行

発行者　三宅貴久
印刷　萩原印刷
製本　ナショナル製本

発行所　株式会社光文社
〒112-8011東京都文京区音羽1-16-6
電話　03（5395）8162（編集部）
03（5395）8116（書籍販売部）
03（5395）8125（制作部）
www.kobunsha.com

KOBUNSHA


ISBN978-4-334-75322-1 Printed in Japan

# いま、息をしている言葉で、もういちど古典を

長い年月をかけて世界中で読み継がれてきたのが古典です。奥の深い味わいある作品ばかりがそろっており、この「古典の森」に分け入ることは人生のもっとも大きな喜びであることに異論のある人はいないはずです。しかしながら、こんなに豊饒で魅力に満ちた古典を、なぜわたしたちはこれほどまで疎んじてきたのでしょうか。

ひとつには古臭い教養主義からの逃走だったのかもしれません。真面目に文学や思想を論じることは、ある種の権威化であるという思いから、その呪縛から逃れるために、教養そのものを否定しすぎてしまったのではないでしょうか。

いま、時代は大きな転換期を迎えています。まれに見るスピードで歴史が動いていくのを多くの人々が実感していると思います。

こんな時わたしたちを支え、導いてくれるものが古典なのです。「いま、息をしている言葉で」——光文社の古典新訳文庫は、さまよえる現代人の心の奥底まで届くような言葉で、古典を現代に蘇らせることを意図して創刊されました。気取らず、自由に、心の赴くままに、気軽に手に取って楽しめる古典作品を、新訳という光のもとに読者に届けていくこと。それがこの文庫の使命だとわたしたちは考えています。

このシリーズについてのご意見、ご感想、ご要望をハガキ、手紙、メール等で翻訳編集部までお寄せください。今後の企画の参考にさせていただきます。
メール　info@kotensinyaku.jp

## 光文社古典新訳文庫　好評既刊

### ゴルギアス
プラトン／中澤《なかざわ》 務《つとむ》◉訳

人びとを説得し、自分の思いどおりに従わせることができるとされる弁論術に対し、ソクラテスは、ゴルギアスら3人を相手に厳しい言葉で問い詰める。プラトン、怒りの対話篇。

### 人生の短さについて　他2篇
セネカ／中澤《なかざわ》 務《つとむ》◉訳

古代ローマの哲学者セネカの代表作。人生は浪費すれば短いが、過ごし方しだいで長くなると説く表題作ほか2篇を収録。２０００年読み継がれてきた、よく生きるための処方箋。

### ニコマコス倫理学（上）
アリストテレス／渡辺《わたなべ》 邦夫《くにお》・立花《たちばな》 幸司《こうじ》◉訳

まっとうな努力で得た徳《アレテー》のみが人の真の価値と真の幸福の両方をきめる。徳の持続的な活動がなければ幸福ではない、と考えたアリストテレス。善く生きるための究極の倫理学講義。

### ニコマコス倫理学（下）
アリストテレス／渡辺《わたなべ》 邦夫《くにお》・立花《たちばな》 幸司《こうじ》◉訳

知恵、勇気、節制、正義とは何か？　意志の弱さ、愛と友人、そして快楽。もっとも古くて、もっとも現代的な究極の幸福論、究極の倫理学講義をアリストテレスの肉声が聞こえる新訳で！

### 詩　学
アリストテレス／三浦《みうら》 洋《ひろし》◉訳

古代ギリシャ悲劇を分析し、「ストーリーの創作」として詩作について論じた西洋における芸術論の古典中の古典。二千年を超える今も多くの人々に刺激を与え続ける偉大な書物。

### 政治学（上）
アリストテレス／三浦《みうら》 洋《ひろし》◉訳

「人間は国家を形成する動物である」。この有名な定義で知られるアリストテレスの主著の一つ。最善の国制を探究し、後世に大きな影響を与えた政治哲学の最重要古典。

kobunsha
classics